既談學問，也說情感，以真摯的筆觸表達對生活的關注

一窺周作人豐富的思想情感、悠遊於世界萬物風情

談文學、談教育、談風土、談美……

周作人獨具風格的經典散文集

# 目錄

目錄

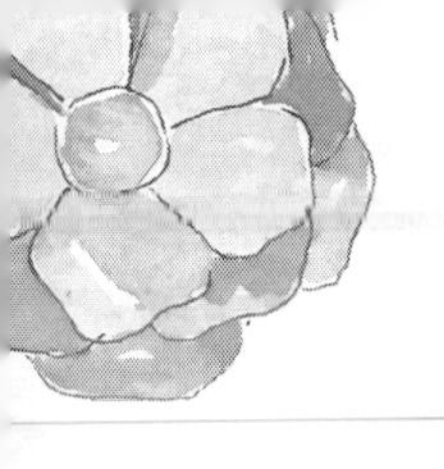

# 關於教子法

俞正燮《癸巳存稿》卷四，有《陸放翁教子法》一篇云：

「放翁《寒夜》詩云，稚子忍寒守蠹簡，老夫忘睡畫爐灰。《新涼夜坐有作》云，硯屏突兀蓬婆雪，書幾青熒蓮勺燈，稚子可憐貪夜課，語渠循舊未須增。《冬夜讀書示子遹》云，簡斷篇殘字欲無，吾兒不負乃翁書。《喜小兒輩到行在》詩云，阿綱學書蚓滿幅，阿繪學語鶯囀木，畫窗涴壁誰忍嗔，啼呼也復可憐人。其教子之主於寬也如此。就其集觀之，其子才質宜於寬也。

《與建子振孫登千峰榭》詩云，二稚慧堪憐，猶賒志學年，善和書尚在，他日要人傳。《浮生》詩云，橫陳糲飯側，朗誦短檠前，不用嘲痴絕，兒曹尚可傳。《感貧》詩云，翁將貧博健，兒以學忘憂。《夜坐示子聿》云，學術非時好，文章且自由，不嫌秋夜永，問事有長頭。《喜小兒病起》詩云，也知笠澤家風在，十歲能吟病起詩。《示兒》

詩云，讀書習氣掃未盡，燈前簡牘紛朱黃，吾兒從旁論治亂，每使老子喜欲狂，不欲飲酒竟自醉，取書相和聲琅琅。《燈下晚餐示子遹》云，遹子挾冊於於來，時與老翁相論難，但令歆向竟同歸，門前籍湜何憂畔。《閒居》詩云，春寒催喚客嘗酒，夜永臥聽兒讀書。《白髮》詩云，自憐未廢詩書業，父子蓬窗共一燈。《由南堰歸》云，到家亦既夕，青燈耿窗扉，且復取書讀，父子窮相依。《出遊暮歸戲作》云，莫道歸來卻岑寂，小兒同守短燈檠。《示子》詩云，老憊簡編猶自力，夜深燈火漸當謀，大門舊業微如線，賴有吾兒共此憂。又云，儒林早歲竊虛名，白首何曾負短檠，堪嘆一衰今至此，夢迴聞汝讀書聲。《縱談》詩云，高談對鄰父，樸學付痴兒。《忍窮》詩云，尚餘書兩屋，手校付吾兒。《即事》詩云，詩成賞音絕，自向小兒誇。家庭文章之樂，非迂刻者所能曉也。

又有《示子聿》詩云，雨暗小窗分夜課，雪迷長鑱共朝飢。《書嘆》詩云，偶然得肉思共飽，吾兒苦讓不忍違，兒飢讀書到雞唱，意雖甚壯氣力微。苦讀之況如此。又《短歌示諸稚》云，義理開諸孫，閔閔待其大，賢愚未易知，尚冀得一個。知愛之能勞也。

《南門散策》詩云，野蔓不知名，丹實何纍纍，村童摘不訶，吾亦愛吾兒。《幽居》詩云，雅意原知足，端歸喜遂初，久閒棋格長，多病釣徒疏，漬藥三升酒，支頭一束書，兒曹看翁懶，切勿厭蝸廬。《題齋壁》詩云，力穡輸公上，藏書教子孫，追遊屏裘馬，宴集止雞豚，寒士邀同學，單門與議昏，定知千載後，猶以陸名村。此三詩意思深長，君子人言也。放翁又有句云，兒孫生我笑，趨揖已儒酸。然則以陸名村定矣。」

案俞理初此文甚有情致，不特能了知陸放翁，對於小兒亦大有理解。所引放翁句中，我覺得有兩處最為切要。其一云，阿綱學書蚓滿幅，阿繪學語鶯囀木，畫窗涴壁誰忍嗔，啼呼也復可憐人。其二云，野蔓不知名，丹實何纍纍，村童摘不訶，吾亦愛吾兒。此在古人蓋已有之，最顯著的是陶淵明，其《責子》詩云：

白髮被兩鬢，肌膚不復實，雖有五男兒，總不好紙筆。阿舒已二八，懶惰故無匹。阿宣行志學，而不愛文術。雍端年十三，不識六與七。通子垂九齡，但覓梨與栗。天運苟如此，且進杯中物。黃山谷跋說得最好，文曰：

「觀靖節此詩，想見其人慈祥戲謔可觀也，俗人便謂淵明諸子皆不肖，而愁嘆見於詩耳。」昭明太子所撰《陶淵明傳》中敘其為彭澤令時事云：

「不以家累自隨，送一力給其子，書云，汝旦夕之費，自給為難，今遣此力，助汝薪水之勞，此亦人子也，可善遇之。」《南史》隱逸傳中亦載此一節，雖未知真實性如何，當是可能的事。《與子儼等疏》中云：

「汝等稚小，家貧每役，柴水之勞，何時可免，念之在心，若何可言。」遣力之說或即由此生出，亦未可知，假如是的，則也會有那麼的信，我只覺得說的太盡，又頗有點像《云仙散錄》所載的話，所以未免稍有疑意耳。

左思《嬌女詩》是描寫兒童的好文章，見於《玉臺新詠》，世多知者，共二十八韻，其最有意思的，如云，濃朱衍丹唇，黃吻瀾漫赤，嬌語若連瑣，忿速乃明劃，又云，執書愛綈素，誦習矜所獲。末云，任其孺子意，羞受長者責，瞥聞當與杖，掩淚俱向壁。清成書收入《多歲堂古詩存》卷四，後附評語云：

「寫小兒女性情舉動，無不入微，聰明處極可愛，懵懂處亦極可憐，此日日從掌中膝下，見慣寫來，尋常筆頭刻畫不能到此。」路德延有《孩兒詩》五十韻，見《賓退錄》卷六，佳語甚多，今略舉其數聯，如云，尋蛛窮屋瓦，采雀遍樓椽。匿窗肩乍曲，遮路臂相連。競指云生岫，齊呼月上天。壘柴為屋木，和土作盤筵。忽升鄰舍樹，偷上後池船。寫小孩嬉戲情形頗妙，趙與時亦稱之曰，書畢回思少小嬉戲之時如昨日，唯末聯云，明時方在德，戒爾滅狂顛，未免落套，解說以為譏朱友謙，或者即由此而出。昔曾同友人談及翻譯，日本語中有兒煩惱一語在中國難得恰好對譯之辭，大抵疼愛小兒本是人情之常，如佛教所說正是痴之一種，稱之曰煩惱甚有意思，但如擴充開去，幼吾幼以及人之幼，更客觀的加以圖寫歌詠，則此痴亦不負人，殆可稱為偉大的煩惱矣。《莊子．天道篇》，堯告舜曰，吾不虐無告，不廢窮民苦死者，嘉孺子而哀婦人，此吾所以用心也。此聖人之言，所謂嘉孺子者豈非即是兒煩惱的表現，如今拿來作解釋，當不嫌我田引水也。

俞理初立言悉以人情物理為依據，故如李越縵言既好為婦人出脫，又頗回護小兒，反對嚴厲的教育。《存稿》中有〈師道正義〉、〈尊師正義〉、〈門客正義〉各篇，都談及這事，但是最重要的還是那一篇〈嚴父母義〉。其文云：

「慈者，父母之道也。《大學》云，為人父，止於慈。《禮運》云，父慈子孝，謂之大義。父子篤，家之肥也。《左傳》，晏子云，父慈子孝，禮也。父慈而教，子孝而箴，禮之善物也。而《易・家人》云，家人嗃嗃，厲吉。又云，有孚，威如，終吉。《象傳》云，家人嗃嗃，未失也。威如之吉，反身之謂也。《彖傳》云，家人有嚴君焉，父母之謂也。然則嗃嗃同憂勤，未失慈愛，有孚為悲，威如為子婦之嚴其父母，而反身為父母之所以嚴。嚴父母，以子言之也。何以明其然也。《孝經》云，孝莫大於嚴父，嚴父莫大於配天。又云，以養父母日嚴。又云，祭則致其嚴。皆謂子嚴其父母也。《表記》云，母親而不尊，父尊而不親。此漢儒失言，於母則違嚴君父母及養父母日嚴之訓，於父則違慈孝之誼，由誤以古言嚴父為父自嚴惡，不知古人言嚴皆謂敬之，《易》與《孝經》皆然。《學記》云，嚴師為難，師嚴而後道尊。亦言弟子敬之。《書》記舜言敬敷五教在寬，《史記・殷本紀》及《詩》商頌正義引《書》均作敬敷五教，五教在寬，《中庸》記孔子言寬柔以教為君子之強，豈有違聖悖經以嚴酷為師者。知嚴師之義，則嚴父母之義明，而孝慈之道益明矣。」

俞君此文素所佩服，如借用顧亭林的話，真可以說是有益於天下的文章。上邊談陸放翁的隨筆以詩句為資料，作具體的敘述，這篇乃以經義的形式作理論的說明，父師之道得明，不至再為漢儒以來之曲說所蔽矣。關於師教不尚嚴苛，近人亦多言者，雖淺深不一，言各有當，亦足以借參考。馮班《鈍吟雜錄》卷一家戒上云：

「為子弟擇師是第一要事，慎無取太嚴者。師太嚴，子弟多不令，柔弱者必愚，剛強者懟而為惡，鞭撲叱咄之下使人不生好念也。凡教子弟勿違其天資，若有所長處，當因而成之。教之者所以開其知識也，養之者所以達其性也。年十四五時知識初開，精神未全，筋骨柔脆，譬如草木正當二三月間，養之全在此際。噫，此先師魏叔子之遺言也，我今不肖，為負之矣。」又云：

「子弟小時志大言大是好處，庸師不知，一味抑他，只要他做個庸人，把子弟弄壞了。」王筠《教童子法》云：

「學生是人，不是豬狗。讀書而不講，是念藏經也，嚼木札也，鈍者或俯首受驅使，敏者必不甘心。人皆尋樂，誰肯尋苦，讀書雖不如嬉戲樂，然書中得有樂趣，亦相從矣。」又云：

「作詩文必須放，放之如野馬，踶跳咆嘷不受羈絆，久之必自厭而收束矣，此時加以銜轡，必俯首樂從。且弟子將脫換時，其文必變而不佳，此時必不可督責之，但涵養誘掖，待其自化，則文境必大進。」又云：

「桐城人傳其先輩語曰，學生二十歲不狂，沒出息，三十歲猶狂，沒出息。」史侃

# 關於教子法

《江州筆談》卷上云：

「讀書理會箋注，既已明其意義，得魚忘筌可也，責以誦習，豈今日明了明日復忘之耶。余不令兒輩誦章句集注，蓋欲其多讀他書，且恐頭巾語汨沒其性靈也，而見者皆以為怪事，是希夷所謂學《易》當於羲皇心地上馳騁毋於周孔註腳下盤旋者非也。」

又卷下云：

「教小兒，不欲通曉其言而唯責以背誦，雖能上口，其究何用。況開悟自能記憶，一言一事多年不忘，傳語於人莫不了了，是豈再三誦習而後能者耶。」

以上諸說均通達合理，即在今日猶不可多得，可以附傳。此文補綴而成，近於文抄，唯在我自己頗為喜歡，久想著筆，至今始能成就，世有達人當心知其意焉。

民國甲申，十月十日記於北京

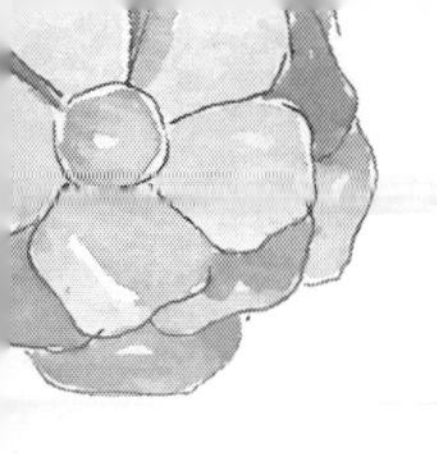

# 關於寬容

十七世紀的一個法國貴族寫了五百多條格言，其中有一則云，寬仁在世間當作一種美德，大抵蓋出於我慢，或是懶，或是怕，也或由於此三者。這話說的頗深刻，有點近於誅心之論，其實倒是事實亦未可知。有些故事記古人度量之大，多很有意思，今抄錄兩則於後：

「南齊沈麟士嘗出行，路人認其所著屐。麟士曰，是卿屐耶，即跣而反。其人得屐，送而還之。麟士曰，非卿屐耶，復笑而受。」

「宋富鄭公弼少時，人有罵者。或告之曰，罵汝。公曰，恐罵他人。又曰，呼君名姓，豈罵他人耶。公曰，恐同姓名者。罵者聞之大慚。」

這兩件事都很有風趣，所以特別抄了出來，作為例子。他們對於這種橫逆之來輕妙的應付過去，但是心裡真是一點都沒有覺得不愉快的麼，這未必然，大概只是不屑計較而已。不屑者就是覺得不值得，這裡有了彼我高下的衡量之見，便與虛舟之觸截然不同，不值得云者蓋即是尊己卑人，亦正是我慢也。我在北京市街上行走，嘗見紳士戴獺皮帽，穿獺皮領大衣，銜紙菸，坐包車上，在前門外熱鬧胡同裡岔車，後邊車伕誤以車把叉其領，紳士略一回顧，仍晏然吸菸如故。又見洋車疾馳過，吆喝行人靠邊，有賣菜傭擔兩空筐，不肯避道，車輪與一筐相碰，筐略旋轉，傭即歇擔大罵，似欲得而甘心者。豈真紳士之度量大於賣菜傭哉，其所與爭之對象不同故也。紳士固不喜有人從後叉其領，但如叉者為車伕，即不屑與之計較，或其人亦為紳士之戴皮帽攜手杖者，則亦將如傭之歇擔大罵，總之未必肯幹休矣。賣菜傭並非對於車伕特別強硬，以二者地位相等，甲被乙碰，空筐旋轉，如不能抗議，將名譽掃地，正如紳士之為其同輩所辱，欲保存其架子非力鬥不可也。大度弘量，均是以上對下而言，其原因大抵可歸於我慢，若以下對上，忍受橫逆，乃是無力反抗，其原因當然全由於怕，蓋不足道，唯由於懶者殊不多見，如能有此類例子，其事其人必大有意思，惜乎至今亦尚無從徵實耳。

對人寬大，此外還有一種原因，雖歸根亦是我慢，卻與上邊所說略有不同，便是有備無患之感，亦可云自恃。這裡最好的例是有武藝的人，他們不怕人家的攻擊，不必太斤斤較量，你們儘管來亂捶幾下，反正打不傷他，到了必要時總有一手可以制住你的，而且他又知道自己的力量，看一般乏人有如初出殼的小雞兒，用手來捏時生怕一不小心會得擠壞了，因此只好特別用心謹慎。這樣的人大家大概都曾遇見過，我所知道得最清楚的有一位姓姚的，是外祖母家的親戚，名為嘉福綱司。山陰縣西界錢塘江，會稽縣東界曹娥江，北為大海，海邊居民駕蜑船航海，通稱船主為綱司，綱或作江，無可考定。其時我年十三四，姚君年約四十許，樸實寡言，眼邊紅潤，云為海風所吹之故，能技擊，而性特謙和，唯為我們談海濱械鬥，挑起鸚哥燈點兵事，亦復虎虎有生氣，可惜那時候年少不解事，不曾詢問鸚哥燈如何挑法，至今以為恨。姚君的態度便是如我們上面所說的那樣，彷彿是視民如傷的樣子，毋我負人，寧人負我，不到最後是不還手的。不過這裡很奇怪的是，關於自己是這樣極端消極的取守勢，有時候為了不相干的別人的事，打起抱不平來，卻會得突然的取攻勢，現出俠客的本色。有一天，他照例穿著毛藍布大褂，很長的黑布背心，手提毛竹長煙管，在鎮塘殿楝樹下一帶的海塘上走著。這塘路是用以劃分內河外海的，相當的寬且高，路平泥細，走起來很是舒服。他走到一處，看見有兩個人在塘上廝打，某甲與某乙都是他認識的，不過他們打得正忙卻沒有看見他。不久某乙被摔倒了，某甲還彎下腰去打他，這是犯了規律了，姚君走過去，用手指在某甲的尾閭骨上一挑，他便一個跟斗翻到塘外去了。某乙忽然不見了打他的人，另外一個人拿著長煙管揚長的在塘上走，有點莫名其妙。只好茫然回去，至於掉到海裡去的人，淹死也是活該，恐怕也是不文的規律上所有的，沒有人覺得不對，可是恰巧他識水性，所以自己爬上岸來，也逃出了性命。過了幾天之後，姚君在鎮塘殿的茶店裡坐，聽見某甲也在那裡講他的故事，承認自己犯規打人，被不知那一個內行人挑下海裡去，逃得回來實是僥倖。姚君聽了一聲不響，喝茶完了，便又提了煙管走了回來。我聽姚君自己講這件事，大約就在那一年裡，以後時常記起，更覺得他很有意思，此不獨可以證明外表謙虛者正以其中充實故，又技擊雖小道，習此者大都未嘗學問，而規律井井，作止有度，反勝於士大夫，更令人有禮失而求諸野之感矣。

此外還有兩件事，都見於《史記》，因為太史公描寫得很妙，所以知道的人非常多。這是關於張良和韓信的：

「良嘗閒從容步遊下邳圯上，有一老父衣褐至良所，直墮其履圯下，顧謂良曰，孺子下取履。良愕然欲毆之，為其老強忍下取履。父曰，履我。良業為取履，因長跪履之。父以足受，笑而去。良殊大驚，隨目之。」

「淮陰屠中少年有侮信者曰，若雖長大好帶刀劍，中情怯耳，眾辱之曰，信能死，刺我，不能死，出我胯下。於是信熟視之，俯出胯下蒲伏，一市人皆笑信以為怯。」

這裡形容得活靈活現，原是說書人的本領，卻也很合情理的。張韓二君不是儒家人物，他們所遇見的至少又是平輩以上的人，卻也這麼忍受了，大概別有理由。張良狙擊始皇不中，避難下邳，報仇之志未遂，遇著老父開玩笑，照本常的例他是非打不可的了，這裡卻停住了手，為什麼呢，豈不是為的怕小不忍則亂大謀麼，書中說為其老，固然是太史公的掉筆頭，在文章上卻也更富於人情味。至於韓信，他被豬店夥計當眾侮辱，很有點像楊志碰著了潑皮牛二，這在他也是忍受不下去的事，可是據說他熟視一番也就爬出胯下，可見其間不無勉強。太史公云，淮陰人為余言韓信，雖為布衣時，其志與眾異，那麼他的忍辱也是有由來的了。在抱大志謀大事的人，往往能容忍較小的榮辱，這與一般所謂大度的人以自己的品格作衡量容忍小人物，雖然情形稍有不同，但是同樣的以我慢為基本，那是無可疑的。我看書上記載古人的盛德，讀下去常不禁微笑，心裡想道，這位先生真傲慢得可以，他把這許多人兒都不放在眼裡，或者是一口吞下去了。俗語有云，宰相肚裡好撐船，這豈不說明他就是吞舟之魚麼。

像法國格言家那麼推敲下去，這一班傲慢的仁兄們的確也並不見得可喜，而爭道互毆的挑夫倒反要天真得多多，不過假如真是滿街的毆罵，也使人不得安寧，所以一部分主張省事的人卻也不可少，不過稱之曰盛德，有點像是幽默，我想在本人聽了未免暗地裡要覺得好笑吧。印度古時學道的人有羼提這一門，具如《忍辱度無極經》中所說，那是別一路，可以說爐火純青，為吾輩凡夫所不能及，既是門檻外的事，現在只好不提了。

民國三十四年一月，小寒節中

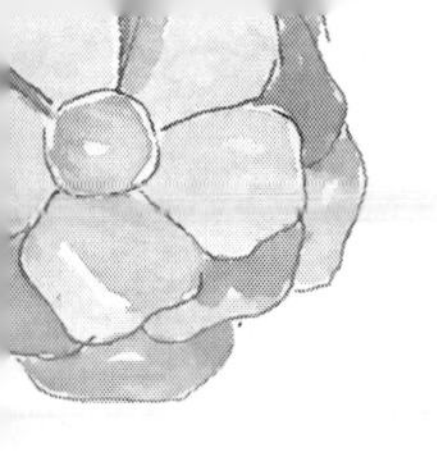

# 關於測字

周櫟園的著作，除詩文集外，我都有點喜歡，頗想收集來看。所著如《因樹屋書影》十卷，《閩小記》四卷，《讀畫錄》四卷，《印人傳》三卷，所輯如《字觸》六卷，《同書》四卷，《尺牘新鈔》三集各十二卷，均有可取，板刻亦多精好。《字觸》有咸豐間伍氏刻本，收入粵雅堂叢書中，流傳最多，其後有桑氏編《字觸補》六卷，光緒辛卯年刊行，所補凡七百餘事。據《字觸》方爾止序中云：

「櫟園周先生通才博學，無所不能，嘗取謝石之法為人斷疑，往往奇中，因攟摭古今字說之有據者，萃為一編曰『字觸』，觸者隨意所觸，引而伸之，不必其字本義也。」原書雖分廋、外、晰、幾、諧、說六部，重要的還是在於外之部，凡例中云：

「外之為義，與觸無殊，因一字而離合，連數字為引伸，全編大旨以此為歸。」櫟園本善測字，因有此興趣故編《字觸》一書，可為測字研究資料。趙甌北《陔餘叢考》

## 關於測字

卷三十四測字一則中云：

「案，此術不知起於何時，《後漢書》，公孫述夢有人告之曰，公孫十二為期，述以為公孫當貴之兆，遂稱帝。蔡茂傳，茂夢坐大殿上，有三禾，茂取之得其中穗，又失，郭賀曰，於字禾失為秩，雖曰失之，乃所以得祿也。此後世測字之權輿，然未有專以此為術者。近見王棠《知新錄》引宋謝石以拆字擅名，然此術實不自謝石始。」大抵論事物原始極不易，所引二事乃是占夢，不過以文字離合為之，與拈一字為占者不同，若文獻可征，也只是可以說最早見於何時史傳，不能即斷為其時始有。俞曲園《右臺仙館筆記》卷十有記范時行一則，中有云：

「拆字之術古謂之相字，在宋則有謝石，見何薳《春渚紀聞》，在明則有張乘槎，見鑑續《霏雪錄》，謝石事人多知之，至張乘槎則知其名者少矣。其法隨舉一字，就機之所觸而斷吉凶，今江湖間挾此技餬口者，先有一定之字，各就其字習成口訣，以應問者，此豈能有中哉。」查考測字的歷史，大約只能如此，與其往前鑽入牛角灣，還不如往後看他變遷之跡，假如能夠看得出一點點來，倒是很有意思的事情吧。我們第一便舉謝石為例，據《春渚紀聞》卷二所記，看他的字是怎麼測法的：

「謝石潤夫，成都人，宣和間至京師，以相字言人禍福，求相者但隨意書一字，即就其字離析而言，無不奇中者。有朝士其室懷妊過月，手書一也字令其夫持問石，是日座客甚眾，石詳視字謂朝士曰，此閤中所書否？曰，何以言之。曰，謂語助者，焉哉乎也，固知是公內助所書。尊閤盛年三十一否？曰，是也。以也字上為三十，下為一字也。然吾官人寄此當力謀遷動而不可得否？曰，正以此為撓耳。蓋也字著水則為池，有馬則為馳，今池運則無水，陸馳則無馬，是安可動也。又尊閤父母兄弟近身親人當皆無一存者，以也字著人則是他字，今獨見也字而不見人故也。又尊閤其家物產亦當蕩盡否。以也字著土則為地字，今又不見土也。二者俱是否？曰，誠如所言也。朝士即謂之曰，是皆非所問者，但賤室以懷妊過月，方切憂之，所以問耳。石曰，是必十三個月也，以也字中有十字，並兩傍二豎下一畫為十三也。」這裡記的很是活現，實際或未必如此，但大概情形總可以知道了。張乘槎釋來遠樓事太簡單，今且略去，改舉范時行為例，《右臺仙館筆記》云：

「乾隆間蘇人有范時行者頗善此術，所言不煩而悉有意義，每日以得錢六百為率，錢足則謝客寂坐，有君平賣卜之風。一營兵拈棊字問終生休咎，范曰，凡圍碁之子愈著愈多，象棊之子愈著愈少，今所拈是棊字非碁字，從木不從石，則是象棊子非圍碁子也，恐家中人口日益凋零矣。其人曰，是也，然此非所問，問日後何如耳。范曰，觀爾裝束是行伍中人，乃象棊中所謂卒也，卒在本界止行一步，若過河後則縱橫皆可行，以是言之，爾宜出外方可得志，然卒過河亦止行一步，縱爾外出亦不能大得志也。」餘二事不具錄，曲園結論之曰，「諸如此類甚多，余幼時聞故老傳說，今不能悉記，姑書此三事，庶范時行之名異時或與謝石張乘槎並傳也。」第三個例可以舉出吾鄉的陶二峰來，在孫彥清《寄龕丙志》卷四中有一則云：

「越陶二峰咸同間以拆字名，積資成小康，且享高年，蓋精其藝談言多奇中，人皆信之，因之隨事寓勸戒，多所感化，理宜獲福報也。偶與友人論宋謝石事，憶得所見數則書之，他日可備傳方伎者藍本。

有無賴欲搆陷人，就拈得翠字，陶曰，君從軍得翎頂乎？曰，何由知之。陶曰，卒頭著羽，易見也。無賴為瞿然，請究其說，則書卒字，畫其中成辛字曰，看似辛苦立業，又並書兩人字曰，畢竟滿腹小人計畫。又書羽字，加番字曰，自謂羽毛豐滿，若不翻然悔悟，又書兩卒字，一加石一加瓦曰，恐石也碎瓦也。無賴遂戢其謀。

有欲訟其兄者，拈得未字。曰，此事得勿有佘姓若朱姓者主之乎，因書兩未字，一加人一加撇曰，余看似人實非人，朱則不成人也。其人實有縣吏朱某役余某唆之，遂大服。乃拭未上畫加木下曰，明明一本之親，如何自斧其根，以下陵上。又書天字，引筆自下而上作直貫之曰，縱有一枝刀筆衝得天破，又先書人字，加兩畫成天字曰，須知天字蓋得人字周周正正，平放眼前，倘天理人心認不清楚，又書未字加口字曰，恐將來惡味有說不盡也。其人亦惕然而止。

有甲乙各擬與人合資營運。甲拈得摺字，如書右旁曰，君於此既所素習，又書左旁作兩字，一加巴一加屋曰，頗有把握。又書羽字，加兩筆曰，但能落筆停勻，是好朋友，又書拍字曰，必然合拍。又書白加巾曰，果然財帛分明，又書手加殳，又書白字手字各一曰，則投無不利，不難白手成家。乙拈得多字，書兩字，一加句一加果曰，自嫌不夠，勾引他人，強人合夥，必無結果。又並書兩夕字曰，硬拉攏來，看似朋友，畢竟心中一半不交付君。又書夕加口曰，恐有名無實，徒多口舌爾。後甲果得利，乙竟以折閱成訟。所以神驗者，由字旁原系卦象，雖就字立說，其吉凶則仍以日辰與易理消息而得之。

余素不信術數，甲子小試前偶為同學強邀，就拈得施字。陶曰，君前此殆久屈矣，因書草曰，芹字猶未全也，繼就加斤曰，然不日成事矣，且高占芹頭，名次當不居人下。又書兩也字，一加水曰，有池可養化龍魚，一加土曰，有地可栽棲鳳竹。又書一施字一芳字曰，勉之哉，倘能德施於民，可以流芳百世。是年僥倖果以第一入縣學，然末二語則因循至今，徒呼負負，轉以無能貽陶君失言之誚矣。」此一則有七百餘字，今全錄之，因為足以見近代測字的情形，同治甲子距今已八十年，其施術次第與口吻似無多變革，孫君此文頗有史料的價值。陶二峰測字店後來尚存在，光緒癸巳春間余曾從章運土一往看，主者仍稱陶二峰，年彷彿四十許，當是二峰之孫輩。是歲值大當年，新年供祖像有古銅大五事，即燭臺香爐插瓶，需人看守以防竊盜，運土來任此役，及十八日了後乃抽空往測字，因與偕往。所拈何字及如何拆法已不能記憶，唯聞主者語中有昏天黑地，陰陽搭戤云云，末則厲聲曰，勿可著鬼似的那麼著，著鬼者俗語謂鬼附體也。測字畢，視運土惶恐不堪，垂頭喪氣而出。當時不知這是怎麼一回事，頗以為怪，及後若干年聞運土出妻，納村中寡婦，家運日傾，乃悟其時蓋正在計劃此事，為術者所訶斥，唯未能遂戢其謀，為可惜耳。測字而加以訓責，似為陶二峰家傳之方式，其如何決定應罵與否頗為微妙，孫君雖歸之於易理，恐未必然，大抵是由於經驗，察言觀色，定其人為何如人，所謀為何如事，殆可得其七八矣。越中有看相為業者頗有名，嘗語其友人曰，吾輩看相根據相書者十之三，懸揣者亦十之三，其他則出於多年之經驗，有如老朝奉看當頭，看得多也就看得準，一眼看定，還出價去，也總十不離九了。讀書人捧牢書本，只知道說那一套正宗的空話，對於眼前的人情物理全不了解，誤了多少大事，連測字看相的江湖術士還不如，此種慚愧我輩不可不知也。

三十三年十一月十一日，東郭生記

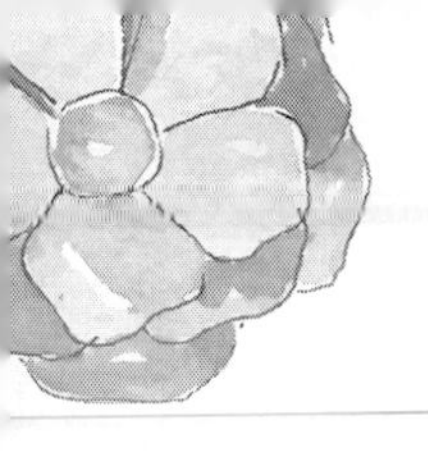

# 關於送灶

翻閱曆書，看出今天已是舊曆癸未十二月二十三日，便想起祭灶的事來。案明馮應京《月令廣義》云：

「燕俗，圖灶神锓於木，以紙印之，曰灶馬，士民競鬻，以臘月二十四日焚之，為送灶上天。別具小糖餅奉灶君，具黑豆寸草為秣馬具，合家少長羅拜，祝曰，辛甘臭辣，灶君莫言。至次年元旦，又具如前，為迎灶。」劉侗《帝京景物略》云：

「二十四日以糖劑餅黍糕棗栗胡桃炒豆祀灶君，以槽草秣灶君馬。謂灶君翌日朝天去，白家間一歲事，祝曰，好多說，不好少說。記稱灶老婦之祭，今男子祭，禁不令婦女見之。祀餘糖果，禁幼女不得令啖，曰，啖灶餘則食肥膩時口圈黑也。」《日下舊聞考》案語乃云：

「京師居民祀灶猶仍舊俗，禁婦女主祭，家無男子，或迎鄰里代焉。其祀期用

## 關於送灶

二十三日，唯南省客戶則用二十四日，如劉侗所稱焉。」敦崇《燕京歲時記》云：

「二十三日祭灶，古用黃羊，近聞內廷尚用之，民間不見用也。民間祭灶唯用南糖關東糖糖餅及清水草豆而已，糖者所以祀神也，清水草豆者所以祀神馬也。祭畢之後，將神像揭下，與千張元寶等一併焚之，至除夕接神時再行供奉。是日鞭炮極多，俗謂之小年下。」震鈞《天咫偶聞》，讓廉《京都風俗志》均云二十三日送灶，唯《志》又云，祭時男子先拜，婦女次之，則似女不祭灶之禁已不實行矣。

南省的送灶風俗，顧祿《清嘉錄》所記最為詳明，可作為代表，其文云：

「俗呼臘月二十四夜為念四夜，是夜送灶，謂之送灶界。比戶以膠牙餳祀之，俗稱糖元寶，又以米粉裹豆沙餡為餌，名曰謝灶團。祭時婦女不得預。先期僧尼分貽檀越灶經，至是填寫姓氏，焚化禳災，篝燈載灶馬，穿竹箸作槓，為灶神之轎，舁神上天，焚送門外，火光如晝，撥灰中篝盤未燼者還納灶中，謂之接元寶。稻草寸斷，和青豆為神秣馬具，撒屋頂，俗呼馬料豆，以其餘食之眼亮。」這裡最特別的有神轎，與北京不同，所謂篝燈即是善富，同書云：

「廚下燈檠，鄉人削竹成之，俗名燈掛。買必以雙，相傳燈盤底之凹者為雌，凸者為雄。居人既買新者，則以舊燈糊紅紙，供送灶之用，謂之善富。」《武林新年雜詠》中有善富燈一題，小序云：

「以竹為之，舊避燈盞盞字音，錫名燃釜，後又為吉號曰善富。買必取雙，俗以環柄微裂者為雌善富，否者為公善富。臘月送灶司，則取舊燈載印馬，穿細薪作槓，舉火望燎日，灶司乘轎上天矣。」越中亦用竹燈檠為轎，名曰各富，雖名義未詳，但可知燃釜之解釋殆不可憑。各富狀如小兒所坐高椅，高約六七寸，背半圓形即上文所云環柄，以便掛於壁間，故有燈掛之名。中間有燈盤，以竹連節如杯盞處劈取其半，橫穿斜置，以受燈盞之油滴，盞用瓦制者，置檠上，與錫瓦燈臺相同。小時候尚見菜油燈，唯已不用竹燈檠，故各富須於年末買新者用之，亦不聞有雌雄之說，但拾篝盤餘燼納灶中，此俗尚存，至日期乃為二十三日，又男女以次禮拜，均與吳中殊異。俗傳二十三日平民送灶，墮貧則用二十四日，墮貧者越中賤民，民國後雖無此禁，仍不與齊民伍，但亦不知究竟真是二十四日否也。厲秀芳《真州竹枝詞》引云：

「二十三四日送灶，衛籍與民籍分兩日，俗所謂軍三民四也。」無名氏《韻鶴軒雜著》卷下有《書荼膏阿五事》一篇，記阿五在元妙觀前所談，其一則云：

# 關於送灶

「一日者余偶至觀，見環而集者數十百人，寂寂如聽號令。膏忽大言曰，有人戲嘲其友曰，聞君家以臘月廿五祀灶，有之乎？友曰，有之，先祖本用廿七，先父用廿六，及僕始用廿五，兒輩已用廿四，孫輩將用廿三矣。聞者絕倒。余心驚之，蓋因俗有官三民四，烏龜廿五之說也。」《雜著》、《筆談》各二卷，總名「皆大歡喜」，道光元年刊行，蓋與顧鐵卿之《清嘉錄》差不多正是同時代也。

送灶所供食物，據紀錄似均系糖果素食，越中則用特雞，雖然八月初三灶司生日以蔬食作供，又每月朔望設祭亦多不用葷，不知於祖餞時何以如此盛設，豈亦是不好少說之意耶。祭畢，僕人摘取雞舌，並馬料豆同撒廚屋之上，謂來年可無口舌。顧張思《土風錄》卷一祀灶下引《白虎通》云，祭灶以雞，又東坡《縱筆》云，明日東家應祭灶，隻雞斗酒定燔吾。似古時用雞極為普通，又范石湖《祭灶》云，豬頭爛肉雙魚鮮，則更益豐盛矣。灶君像多用木刻墨印，五彩著色，大家則用紅紙銷金，如《新年雜詠》注所云者，灶君之外尚列多人，蓋其眷屬也。《通俗編》引《五經通義》謂灶神姓蘇，名吉利，或云姓張，名單，字子郭，其婦姓王，名搏頰，字卿忌。《酉陽雜俎》謂神名隗，一字壤子，有六女，皆名察洽。此種調查不知從何處得來，但姑妄聽之，亦尚有趣，若必信其姓張而不姓蘇，大有與之聯宗之意，則未免近於村學究，自可不必耳。

關於灶的形式，最早的自然只有明器可考，如羅氏《明器圖錄》，濱田氏《古明器圖說》所載，都是漢代的作品，大抵是長方形，上有二釜，一頭生火，對面出煙，看這情形似乎別無可以供奉灶君的地方。現今在北京所看見的灶雖多是一兩面靠牆，可是也無神座，至多牆上可以貼神馬，羅列祭具的地位卻還是沒有。越中的灶較為複雜，恰好在汪輝祖《善俗書》中有一節說的很得要領，可以借抄。這是汪氏任湖南寧遠知縣時所作，其第四十二則日用鼎鍋不如設灶，有小引云，寧俗家不設灶，一切飲食皆懸鼎鍋以炊，飯熟另鼎煮菜，兄弟多者娶婦則授以鼎鍋，聽其別炊。文中勸人廢鼎用灶，記造灶之法云：

「余家於越，炊爨以柴以草，寧遠亦然，是越灶之法寧邑可通也。越中居人皆有灶舍，其灶約高二尺五六寸，寬二尺餘，長六尺八尺不等。灶面著牆處，牆中留一小孔，以泄洗碗洗灶之水。設灶口三，安鍋三口，小鍋徑寬一尺四寸，中鍋徑寬一尺六寸或一尺八寸，大鍋徑寬二尺或二尺二寸。於兩鍋相隔處旁留一孔，安砂鍋一曰湯罐，三鍋灶可安兩湯罐，中人之家大概只用兩鍋灶。尺四之鍋容米三升，如止食十餘人，則尺六尺八一鍋已足。鍋用木蓋，約高二尺，上狹下廣。入米於鍋，米上餘水二三指，水乾則飯熟矣。以薄竹編架，橫置水面，肉湯菜飲之類，皆可蒸於架上，一架不足，則碗上再添一架，下架蒸生物，上架溫熟物，飯熟之後稍延片時，揭蓋則生者熟，熟者溫，飯與菜俱可吃，而湯罐之水可供洗滌之用，便莫甚焉。鍋之外置石板一條，上砌磚塊，曰灶梁，約高二尺餘，寬一尺餘，著牆處可奉灶神，餘置碗盤等物。梁下為灶門，灶門之外攔以石條，曰灰床，飯熟則出灰於床，將滿則遷之他處。灶神之後牆上盤磚為突，高於屋簷尺許，虛其中以出煙，曰煙熜，熜之半留一磚，可以啟閉，積煙成煤，則啟磚而掃去之，以防火患，法亦慎密。」這裡說奉灶神處似可稍為補充，云靠牆為煙突，就煙突與灶梁上邊平面成直角處作小舍，為灶王殿，高尺許，削磚為柱，半瓦作屋簷而已。舍前平面約高與人齊，即用作供幾，又一段稍低，則置燭臺香爐，右側向鍋處中虛，如汪君言可置盤碗，左則石板上懸，引煙入突，下即灰床，李光庭《鄉言解頤》卷四庖廚十事之一為煤爐，小引云：

「鄉用柴灶，京用煤灶。煤灶曰爐臺，柴灶曰鍋臺，距地不及二尺，烹飪者須屈身，故久於廚役有致駝背者，今亦為小高灶，然終不若煤爐之便捷也。」李氏寶坻縣人，所言足以代表北方情狀，主張鼎烹，與汪氏之大鍋飯菜異。大抵二者各有所宜，大灶唯大家庭合用，越中小戶單門亦只以風爐扛灶供烹飪，不悉用雙眼灶也。

民國三十三年一月十八日，在北京所寫

# 關於送灶

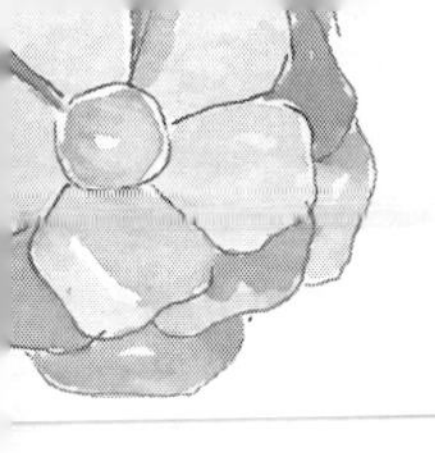

# 雨的感想

今年夏秋之間北京的雨下的不太多，雖然在田地裡並不旱乾，城市中也不怎麼苦雨，這是很好的事。北京一年間的雨量本來頗少，可是下得很有點特別，他把全年份的三分之二強在六七八月中間落了，而七月的雨又幾乎要占這三個月份總數的一半。照這個情形說來，夏秋的苦雨是很難免的。在民國十三年和二十七年，院子裡的雨水上了階沿，進到西書房裡去，證實了我的苦雨齋的名稱，這都是在七月中下旬，那種雨勢與雨聲想起來也還是很討嫌，因此對於北京的雨我沒有什麼好感，像今年的雨量不多，雖是小事，但在我看來自然是很可感謝的了。

不過講到雨，也不是可以一口抹殺，以為一定是可嫌惡的。這須得分別言之，與其說時令，還不如說要看地方而定。在有些地方，雨並不可嫌惡，即使不必說是可喜。囫圇的說一句南方，恐怕不能得要領，我想不如具體的說明，在到處有河流，滿街是石板路的地方，雨是不覺得討厭的，那裡即使會漲大水，成水災，也總不至於使人有苦雨之感。我的故鄉在浙東的紹興，便是這樣的一個好例。在城裡，每條路差不多有一條小河平行著，其結果是街道上橋很多，交通利用大小船隻，民間飲食洗濯依賴河水，大家才有自用井，蓄雨水為飲料。河岸大抵高四五尺，下雨雖多盡可容納，只有上游水發，而閘門淤塞，下流不通，成為水災，但也是田野鄉村多受其害，城裡河水是不至於上岸的。因此住在城裡的人遇見長雨，也總不必擔心水會灌進屋子裡來，因為雨水都流入河裡，河固然不會得滿，而水能一直流去，不至停住在院子或街上者，則又全是石板路的關係。我們不曾聽說有下水溝渠的名稱，但是石板路的構造彷彿是包含有下水計畫在內的，大概石板底下都用石條架著，無論多少雨水全由石縫流下，一總到河裡去。人家裡邊的通路以及院子即所謂明堂也無不是石板，室內才用大方磚砌地，俗名曰地平。在老家裡有一個長方的院子，承受南北兩面樓房的雨水，即使下到四十八小時以上，也不見他停留一寸半寸的水，現在想起來覺得很是特別。秋季長雨的時候，睡在一間小樓上或是書房內，整夜的聽雨聲不絕，固然是一種喧囂，卻也可以說是一種蕭寂，或者感覺好玩也無不可，總之不會得使人憂慮的。吾家濂溪先生有一首《夜雨書窗》的詩云：

秋風掃暑盡，半夜雨淋漓。
繞屋是芭蕉，一枕萬響圍。
恰似釣魚船，篷底睡覺時。

這詩裡所寫的不是浙東的事，但是情景大抵近似，總之說是南方的夜雨是可以的吧。在這裡便很有一種情趣，覺得在書室聽雨如睡釣魚船中，倒是很好玩似的。下雨無論久暫，道路不會泥濘，院落不會積水，用不著什麼憂慮，所有的唯一的憂慮只是怕漏。大雨急雨從瓦縫中倒灌而入，長雨則瓦都溼透了，可以浸潤緣入，若屋頂破損，更不必說，所以雨中搬動面盆水桶，羅列滿地，承接屋漏，是常見的事。民間故事說不怕老虎只怕漏，生出偷兒和老虎猴子的糾紛來，日本也有虎狼古屋漏的傳說，可見此怕漏的心理分布得很是廣遠也。

下雨與交通不便本是很相關的，但在上邊所說的地方也並不一定如此。一般交通既然多用船隻，下雨時照樣的可以行駛，不過篷窗不能推開，坐船的人看不到山水村莊的景色，或者未免氣悶，但是閉窗坐聽急雨打篷，如周濂溪所說，也未始不是有趣味的事。再說舟子，他無論遇見如何的雨和雪，總只是一蓑一笠，站在後艄搖他的櫓，這不要說什麼詩味畫趣，卻是看去總毫不難看，只覺得辛勞質樸，沒有車伕的那種拖泥帶水之感。還有一層，雨中水行同平常一樣的平穩，不會像陸行的多危險，因為河水固然一時不能驟增，即使增漲了，如俗語所云，水漲船高，別無什麼害處，其唯一可能的影響乃是橋門低了，大船難以通行，若是一人兩槳的小船，還是往來自如。水行的危險蓋在於遇風，春夏間往往於晴明的午後陡起風暴，中小船隻在河港闊大處，又值舟子缺少經驗，易於失事，若是雨則一點都不要緊也。坐船以外的交通方法還有步行。雨中步行，在一般人想來總是很困難的吧，至少也不大愉快。在鋪著石板路的地方，這情形略有不同。因為是石板路的緣故，既不積水，亦不泥濘，行路困難已經幾乎沒有，餘下的事只須防溼便好，這有雨具就可濟事了。從前的人出門必帶釘鞋雨傘，即是為此，只要有了雨具，又有腳力，在雨中要走多少里都可隨意，反正地面都是石板，城坊無須說了，就是鄉村間其通行大道至少有一塊石板寬的路可走，除非走入小路岔道，並沒有泥濘難行的地方。本來防溼的方法最好是不怕濕，赤腳穿草鞋，無往不便利平安，可是上策總難實行，常人還只好穿上釘鞋，撐了雨傘，然後安心的走到雨中去。我有過好多回這樣的在大雨中間行走，到大街裡去買吃食的東西，往返就要花兩小時的工夫，一點都不覺得有什麼困難。最討厭的還是夏天的陣雨，出去時大雨如注，石板上一片流水，很高的釘鞋齒踏在上邊，有如低板橋一般，倒也頗有意思，可是不久雲收雨散，石板上的水經太陽一晒，隨即乾涸，我們走回來時把釘鞋踹在石板路上嘎嘟嘎嘟的響，自己也覺得怪寒伧的，街頭的野孩子見了又要起鬨，說是旱地烏龜來了。這是夏日雨中出門的人常有的經驗，或者可以說是關於釘鞋雨傘的一件頂不愉快的事情吧。

以上是我對於雨的感想，因了今年北京夏天不大下雨而引起來的。但是我所說的地方的情形也還是民國初年的事，現今一定很有變更，至少路上石板未必保存得住，大抵已改成整腳的馬路了吧。那麼雨中步行的事便有點不行了，假如河中還可以行船，屋下水溝沒有閉塞，在篷底窗下可以平安的聽雨，那就已經是很可喜幸的了。

民國甲申，八月處暑節

# 雨的感想

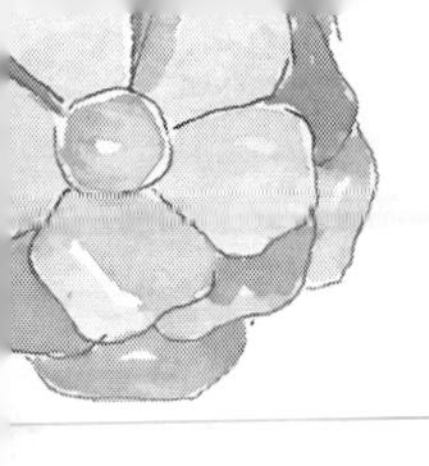

# 醫師禮讚

宋朝的范仲淹有一句話，表示他的志願，說不為良相則為良醫。這句話很是普通，知道的人很多，但是我覺得很喜歡，也極可佩服。《史記》曾云，國亂則思良相，這本來是極重要的，如今把他同良醫連在一起來說，我覺得有意思的就在這裡。政治與醫學，二者之間蓋有相通之處，據我想來，醫生未必須學政治家的做法，或者大政治家須得有醫師的精神這才真能偉大吧。我喜歡翻閱世界醫學史，裡邊多有使我們感激奮發的事。我常想醫療或是生物的本能，如犬貓之自舐其創是也，但其發展為活人之術，無論是用法術或方劑，總之是人類文化之一特色，雖然與梃刃同是發明，而意義迥殊，中國稱蚩尤作五兵，而神農嘗藥辨性，為人皇，可以見矣。醫學史上所記便多是這些仁人之用心，不過大小稍有不同，我想假如人類要找一點足以自誇的文明證據，大約只可求之於這方面吧。據史家伊略脫斯密士在《世界之初》中說，創始耕種灌溉的人成為最初的王，在他死後便被尊崇為最初的神，還附有五千多年前的埃及石刻畫，表示古聖王在開掘溝渠，這也說的很有意思。案神農氏在中國正是極好的例，他教民稼穡，又發明醫藥，農固應為神，良醫又與良相併重，可知醫之尊，良相云者即是諱言王耳。由此觀之，政治的原始的準則是仁政，政治家也須即是仁人，無論其為巫，為農或為醫，都是一樣，但是我們現在所談則只是關於醫的一方面，所以別的事情也就暫且不提了。

講到醫師的偉大精神，第一想起來的是古來所謂希坡克拉德斯之誓願。希氏生於希臘，稱醫藥之父，生當中國周代，與聶政同時，有集六十篇傳於世，基督前三世紀初所編成，距屈原懷沙之年蓋亦不遠也。《誓願》為集中之一篇，分為兩部分。其一是尊師。他當視教他的人有如父母，與之共生活，如有必要當供給之，當視其子如己子，如願學醫者當教誨之，沒有報酬或契約。其二是醫生的本分。他當盡心力為病家處方療養，不為損害之事，不予人以毒藥，即使有人請求，亦不參與商榷，不與婦女墮胎。凡所見聞關於人生的事，在行醫時或其他時所知，而不當在外張揚者，嚴守祕密。如《誓願》中說及，總之他當保守他的生活與技術之聖潔。這並不是宗教的宣誓，其意義只是世俗的，而其精神卻至偉大，此誓願與文句未必真是希氏所定，但顯然承受他的精神，傳至後世一直為醫師行業的教訓。官吏就職也有宣誓的儀式，我們聽得很多，與這個相比便顯得是遊戲，只是跳加官而已。其次，近代醫學上消毒的成功即是仁術之一證明。我曾讚嘆說，巴斯德從啤酒的研究知道了黴菌的傳染，這影響於人類福利者有多麼大，單就外科傷科產科來說，因了消毒的施行，一年中要救助多少人命，以功德論，恐怕十九世紀的帝王將相中沒有人可以及得他來。這應用在內科上，接種的療法大為發達，從前只有牛痘一法可防天花，現在則向來所恐懼的傳染病大抵可以預防，黴菌學者的功勞的確不小。還有生理學的研究與病理學一同進步，造出好些藥餌如維他命與訶耳蒙，與其說藥石無寧稱為補劑，去病亦轉為養生，這種新的方劑有益於身體，新的觀念也於人心上同樣的有益。《老學庵筆記》有一則記事云：

「青城山上官道人，北人也，巢居食松麨，年九十矣，人有謁之者，但粲然一笑耳，有所請問則託言病聵，一語不肯答。予嘗見之於丈人觀道院，忽自語養生曰，為國家致太平與長生不死，皆非常人所能然，且當守國使不亂以待奇才之出，衛生使不夭以須異人之至，不亂不夭皆不待異術，唯謹而已。予大喜，從而叩之，則已復言聵矣。」養生之道通於治國，殆是道家的學說，這裡明了的說出，而歸結於謹之一字，在中國尤為與政治的病根適合。這種思想不算新了，卻是合於學理的，補固是開源，謹亦是節流，原是殊途而同歸也。

醫師與政治家一樣，所要的資格與條件是學問與經驗，見識與道德，這末一件列在最後卻是最要。俗語云，醫生有割股之心，率直的說得好，股固可不必割，但根本上是利他的事，所以這種心也不可無，不過此未免稍近於佛教的，而不是儒道的說法耳。也有醫師其道德卻近於科學的。嘗見有西國醫生，遇老媼生瘤求割治，無力付給施療病室的每天一角五分的飯錢，方欲辭去，醫生苦留不得，乃為代付七天的飯錢一元另五分，住院治訖始縱之去。他何為必欲割此風馬牛之贅疣，豈將自記陰功乎，殆因看著可割之瘤而不令割去，殊覺得不好過，故必欲割之而後快，古人或稱為技癢，實則謂其本於技術的道德亦可也。診察疾病，以學問經驗合而斷之，至於如何處分，則須有見識為主，或須立即開刀，即不能以現今倦怠，延至後日，養痈貽患，又或須先加靜養，亦不能急功近利，妄下刀圭，揠苗助長，此既需有識力，而利他的宗旨為之權衡，乃尤為重要。其實一切人類文化悉當如是，今乃獨見之於醫術，其原因固亦由於醫師之用心，在他方面雖與宗旨違失，禍及生民，所在多有，卻沒有病人死在面前，證明藥石之誤下，故人多不覺，主者乃得漏網耳。單就這一點看來，醫師之可尊過於一般士大夫，蓋已顯然可知矣。

我這裡禮讚醫師，所讚的醫師當然以良醫為限，那是沒有問題的。所謂良醫有兩個意思，其一是能醫好病的醫生。醫生的本領原來是在於醫病，但未必全都能醫好，這也是無可如何，最怕的是反而醫出病來，那就總不能算是良醫了。這樣的醫生卻是古已有之，如《笑得好》有一則云：

「一醫家遷居，辭鄰舍曰，向忝鄰末，目今遷居，無物可為別敬，每位奉藥一服。鄰人辭以無病，醫人曰，你只吃了我的藥，自然有病了。」其次的良醫是良善的醫生。醫師能醫得好病，那是很好的了，假如他要大拷竹槓，也就不見得可以禮讚，這種醫生在《笑林》裡不見提及，所以現在無例可引。為什麼不見於笑話裡的呢。這個理由誰知道，大概是因為不覺得可笑，大家只是有點怕他罷了。還有一層，我所謂醫指的是現代受過科學訓練的醫生，別的不算在內，這也須得附帶的說明一句。

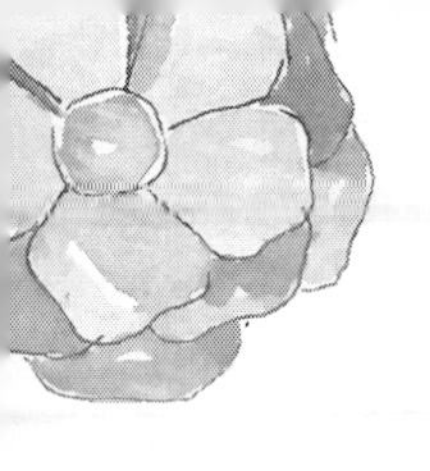

# 男人與女人

《男人與女人》是一部遊記的名稱。德國有名的性學者希耳失菲耳特博士於一九三一年旅行東方，作學術講演，回國後把考察所得記錄下來，結果就是這部遊記。我所有的是格林的英譯本，一九三五年出版，那時著者已經逃往美洲作難民去了，因為在兩年前柏林的研究所被一班如醉如痴的青年所毀，書籍資料焚燒淨盡。民國二十二年五月十四日《京報》上載有焚性書的紀事，說德國的學生將所有圖書盡搬到柏林大學，定於五月十日焚燒，並高歌歡呼，歌的起句是日耳曼之婦女兮今已予以保護兮。青年一時的迷妄本是可以原恕的，如《路加福音》上所記的耶穌的話，因為他們所作的他們不曉得。所可惜的是學術上的損失，我因此想到，希博士這次旅行的收穫自然也在內，如遊記中所說日本友人所贈的枕繪本，爪哇土王所贈的雕像，當亦已被焚毀了吧。——且說這部遊記共分為四部分，即遠東，南洋，印度，近東，是也。第一分中所記是關於日本與中國的事情，其中自第十二至二十九各節都說的是中國，今抄述幾段出來，我覺得都很有意義，不愧為他山之石，值得我們深切的注意。十七節記述在南京與當時的衛生部長劉博士的談話，有一段云：

「部長問，對於登記妓女，尊意如何，你或當知道，我們向無什麼統制的辦法。我答說，沒有多大用處。賣淫制度非政府的統制所可打倒，我從經驗上知道，你也只能制止它的一小部分，而且登記並不就能夠防止花柳病。從別方面說，你標示出一群人來，最不公平的侮辱她們，因為賣淫的女人大抵是不幸的境遇之犧牲者，也是使用她們的男子或是如中國人所常有的為了幾塊銀圓賣了她們的父母之犧牲者也。部長又問，還有什麼別的方法可以遏止賣淫呢，我答說，什麼事都不成功，若不是有更廣遠的，更深入於社會學的與性學的方面之若干改革。」二十五節說到多妻制度，有一個簡單的統計云：

「據計算說，現在中國人中，有百分之約三十只有一個妻子，百分之約五十，包括許多苦力在內，有兩個妻子，百分之十娶有三個以至六個女人，百分之五左右有六個以上，其中有的多至三十個妻子，或者更多。關於張宗昌將軍，據說他有八十個妻妾，在他戰敗移居日本之前，他只留下一個，其餘的都給錢遣散了。我在香港，有人指一個乞丐告訴我，他在正妻之外還養著兩房正妾云。」關於雅片也時常說及，二十八節云：

「雅片在中國每年的使用量，以人口攤派，每人有三十一公釐（案約合一錢弱）之多，每人每日用量自半公釐以至三十公釐。德國每年使用量以人口計為每人十分之一公釐，美國所用雅片頗多，其位置在中國之次，使用量亦只是二公釐又十分之三公釐。」第四分九十八節中敘述埃及人服用大麻菸的情形，說到第一次歐戰後麻醉品服用的增加，有一節云：

「凡雅片，嗎啡，科加因等麻醉藥品，供全世界人口作醫療之用，每年總數只需六千公斤即已充足，但是現今中國一處使用四千五百萬公斤，印度一千萬公斤，合眾國四百萬公斤，埃及小亞細亞以及歐洲共五百萬公斤，云云。」二十四節中說中國旅館的吵鬧，他的經驗很有意思，裡邊又與賭博有關係，可以抄譯在這裡：

「中國旅館在整夜裡像是一個蜜蜂排衙的蜂房。差不多從各個房間裡發出打麻將的人們的高聲的談話，咳嗽，狂笑。一百三十幾張的骨牌碰在一起，嘩喇嘩喇的響，反覆不已。索要茶水，怪聲報告房間號數。書寓的姑娘以及他種妓女，叫來，遣走，另換別人，一個客人時常叫上十幾回，隨後才留下一個住宿。女人們唱歌，彈琵琶。房門猛關，砰訇作響。按鈴呼喚，茶房奔走，就是廊下的那些僕役也那麼興高采烈，不懂中國情形的人見了，一定會得猜疑有什麼旅館革命將要勃發了吧。

我接二連三的派遣房間裡的一個僕役出去，到鄰近各房去求情，請略為安靜一點，說有一位老紳士身體欠安，想要睡一會兒。那些中國人那時很客氣的道歉，暫時不作聲，隨後低聲說話，再過三分鐘之後，談笑得比以前更是響亮了。我拿棉花塞了耳朵，只好降服了，醒到天明，那時候這一切非人間的聲響才暫時停止了。」著者對於中國是很有同情的，但是遇見這種情形也似乎看不下去，不免有許多不快之感。他結論說中國人的耳神經一定是與西洋人構造不同。老紳士的這種幽默的話聽了很是可悲，他在本書中屢次表明他的意見，關於性學考察的結果，個體的差異常比種族的差異更為有力，因此是不很願意來著重於人種與色的分別的，這一回大約很為麻將客所苦，不得已乃去耳朵上設法，這實在是大可同情的事。不過我們希望這吵鬧，以及嫖賭菸種種惡行，只是從習慣上來，不是出於何種構造的不同，庶幾我們還有將來可以救拔的希望耳。第十四節講到中國與他國殊異之點，其一云：

「其次不同是，在中國之以人力代馬力。一頭牛馬或者一架機器都要比一個人更為貴重，所以無論走到那裡都可以看見中國人在背著或拉著不可信的重荷。就是在上海那樣一個巨大的商業中心，載重汽車還是少見的東西。我曾見一座極大的壓馬路的汽輾，由兩打的中國男人和女人拉了走動著。

由此可見人在中國是多麼不值錢。所以這是不足為奇的，不知道有多少千數的人在三十至四十歲之間都死於肺結核症。一直並沒有什麼醫藥的處理，有一天正在熱鬧地方勞作的中間，忽然吐起狂血來，於是他們的生命就完結了。」著者絕不是有心要毀謗中國，如上邊說過他還是很同情於中國的，其原因一大半是由於同病相憐，因此見了這些不堪的情形，深有愛莫能助之感，發此憤慨，蓋不足怪，這與幸災樂禍的說法是大不相同的。還有一層，婦女問題複雜難解決，有些地方與社會問題有關連，在性學者看去這自然也很是關心的。但是這樣一來，使我們讀者更加惶悚，重大疑難的問題一個個來提出在面前，結果有點弄得無可如何，豈不是讀書自找苦吃，真是何苦來呢。幸而此一十八節文章中並非全是說的喪氣的話，有地方也頗有光明，如十四節中竭力非難外國的霸道，後邊批評中國云：

「在中國的現代青年拿去與別國的相比，有許多方面都比較的少受傳統的障礙。第一，他們沒有宗教上的成見。在歐洲方面似乎不大知道，中國的至少四百兆的人民向來沒有宗教，也一點的沒有什麼不好。他們堅守著從前孔夫子以及別的先哲所定下來的習慣法，但並不對了他們（案即孔夫子及別的一班人）禱告，只是專心於保存面子。他們看重在此地與此時的實在，並不在於幻想的時與地之外。」著者原是外國人，對於中國只憑了十星期的觀察，所下的判斷自然未必能全正確，這裡又是重譯出來的，差誤恐亦難免，但是總起來看，這所說的不能說是不對，也可以增加我們不少的勇氣。誠然如著者所說，中國沒有宗教上的種種成見，又沒有像印度的那種階級，的確有許多好處，有利於改革運動，可是具體的說，也還很不能樂觀。別的不談，只就上邊所有幾件事看去，便覺得如不肯說沒法子，也總要說這怎麼辦，——但是，怎麼辦總已經比沒法子進了一步了，我們姑且即以此為樂觀之根據可乎。

民國三十三年九月十二日，在北京風雨中記

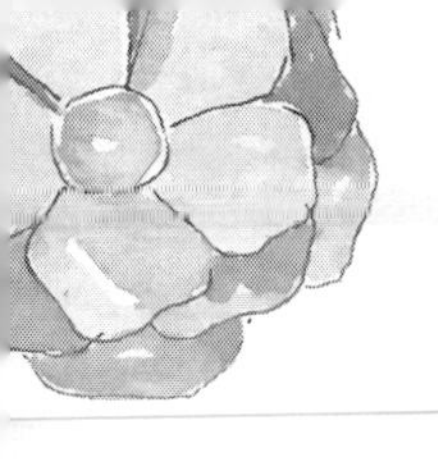

# 女人的文章

這裡說女人的文章，並不是拿來與男人對比，評論高下，只是對於女人的詩詞而言，因看閒書牽連想到，略說幾句話而已。向來閨秀多做詩詞，寫文章的很少，偶或有之，常甚見珍重。沈善寶《名媛詩話》卷五云：

「餘杭陳煒卿爾士，字靜友，給諫錢儀吉室，有《聽松樓遺稿》，內載〈授經偶筆〉，序述記贊跋論家書諸著作，議論恢宏，立言忠厚，詩猶餘事耳。余見歷來閨媛通經者甚鮮，矧能闡發經旨，洋洋灑灑數萬言，婉解曲喻，授古誡今，嘉惠後學不少，洵為一代女宗。」又王汝玉《梵麓山房筆記》卷五云：

「余嘗得西吳徐葉昭女史克莊職思齋古文一冊，有自序一首。其文言為女為婦為妻為母之道，持論平允，能見其大，非尋常閨閣翰墨，惜世鮮知者，他日遇湖人，當詳詢之。」案寒齋所藏，有《聽松樓遺稿》四卷，陳爾士著，《什一偶存》五種，徐葉昭編刊，第三為《職思齋學文稿》一卷，為所自著。此外又可以加上《月葉軒傳述略》一卷，袁鏡蓉著，《晒書堂閨中文存》一卷，王照圓著。這幾位女士都能寫文章，但是由我個人的偏見說來，卻是後面的兩家更為可取，雖然不曾有人怎麼的表揚。這話說起來有點長了。簡單的說，我的偏見是以前就有的，不過那是以古代為根據，正確一點是以明以前為限，現在卻來應用在清代，其實便是用於現今我想也是一樣可以的，尺度雖舊，分寸則不錯也。

周壽昌編《宮閨文選》二十六卷，前十卷為文，自漢迄明，所收頗廣，翻閱一過，不少佳篇，但鄙意以為可取者則亦不多見。說也奇怪，就文章來說，我覺得這幾個人最好，就是漢明帝馬後，唐武后，以及宋李清後。我們對於文章的要求，不問是女人或男人所寫，同樣的期待他有見識與性情，思想與風趣，至於藝術自然也是必要的條件。馬後是伏波將軍的小女兒，其《卻封外戚詔》及《報章帝詔》，質樸剛勁，真有將家風範，在漢詔中亦是上等作品。武后《請父在為母終三年服表》，為古今女性爭取地位，因有倫理關係，後世秀才們亦不敢非難，但其桀驁之氣固自顯在，至云禽獸之情猶知其母，輒令人想孔文舉之言，亦正與相稱。此他詔敕，除有些官樣文章之外，亦有可觀者，茲不具舉。李易安的文章最好的大家知道是〈金石錄後序〉及〈自序〉，可以不必再多說明。總結起來說，我對於文章只取其有見識，有思想，表示出真性情來，寫的有風趣，那就是好的，反過來說，無論談經說史如何堂皇，而意思都已有過，說理敘事非不合法，而文字只是一套，凡此均是陳言，亦即等於贋鼎，雖或工巧，所不取也。照這個標準看去，上邊所說四家文章也就可以分別論列，不過這只是個人私見，未必一定全對，若吠聲之嫌則庶幾或免耳。

《聽松樓遺稿》卷三家書二十七通，質樸真摯，最可以見著者之為人，而論者乃多恭維〈授經偶筆〉，《晒書堂閨中文存》中有〈遺稿跋〉一篇，自述有弗如者六，其第五云：

「顏黃門云，父母威嚴而有慈，則子女畏慎而生孝。余於子女有慈無威，不能勤加誘導，俾以有成。今讀〈授經偶筆〉遺稿跋及尺素各篇，思想勤綿，時時以課讀溫經形於楮墨，雖古伏生女之授書，宋文宣之傳禮，不是過焉。余所弗如者五矣。」其實家書中說課讀，亦只是理書作論等事而已，《偶筆》一卷，作筆記觀本無不可，若當作說經，便多勉強處，反為不佳。《名媛詩話》中抄錄四則，實甚平平，如收在普通文集中，當必無人注目，今乃特被重視，雖是尊重女子，實卻近於不敬矣。《職思齋學文稿》文三十五篇，文筆簡潔老到，不易多得，唯以思想論卻不能佩服，因為不論好壞總之都是人家的，再苛刻的說一句，文章亦是八家派，不能算是自己的也。自序中云：

「頗好二氏之書，間有所作，莊列之唾餘，乾竺之機鋒，時時闌入。年過二十，始知其非，非程朱不觀，以為文以載道，文字徒工無益也。」可見著者本來也是很有才情的女子，乃為世俗習氣所拘，轉入衛道陣營，自言曾為文辨駁金谿餘姚，進到牛角灣去，殊為可惜。卷首文十篇，論女道婦道以至妾道婢道，甚為奇特，不獨王汝玉見之稱讚，即鄙人亦反覆誦讀，嘆為難得可貴。何也，王汝玉所云持論平允，即因其絕對遵循男性中心的傳統，為男子代言，進而至於指示婢妾之大道，此在鄙人則以為不近情理，所以為難也。《瑤仙閒話記》中述客瑤仙之言曰，閨門之樂，唯納妾為最，子知之乎。論其源委，顯然出於周南諸詩，本亦不足為奇，唯如此徹底主張，極是希有，昔俞理初著《妒非女人惡德論》，李越縵笑為周姥之言，同時乃有徐克莊女士立說，閨門之樂納妾為最，此正是周公之教也，著者殆可謂女中俞理初矣。據德國性學者計算，在民國二十年頃中國人中有百分之三十只有一個妻子，百分之約五十有兩個妻子，百分之十娶有三個以至六個女人，百分之五左右有六個以上，有的多至三十個妻子或者更多。照這個情形看來，中國男子有三分之二以上是多妻的，那麼此種意見正占勢力，視為平允，蓋是當然，唯鄙人平日是佩服俞理初的，自然未能同意，又覺得論到文章，思想頗為重要，既與情理相違，便無足取，若其不愧為好的史料，則是別一回事，固毫無疑問者也。

末後簡單的一談袁王二家的文集。袁鏡蓉號月蕖，吳梅梁杰室，著有《傳述略》及《詩草》各一卷。王照圓字婉佺，郝蘭皋懿行室，所著《閨中文存》外，《和鳴集》中有詩若干首，〈列女傳補註〉，〈列仙傳校注〉等，《葩經小記》不存，其說多采入《詩問》中，今悉編在《郝氏遺書》之內。月蕖軒詩似亦不弱，但是我只取其散文，共計二十二首，其中十五為傳，皆質實可取，此外〈自述〉，〈風水論〉，〈重修祠堂記〉，〈老當年祭祀簿序〉以及〈收租薄序〉，率就家庭，墳墓，祭祀各題目，率直真切的寫去，不曉得這目的是應用或載道，這文字是俗還是雅，而自成一篇文章，亦真亦善，卻亦未嘗無美，平常作文，其態度與結果不正當如是耶。我的稱讚或者亦難免有稍偏處，大體卻是不謬，總之為了自己所要說的事情與意思而寫，把人家的義理與聲調暫擱在一旁，這樣寫下來的東西我想一定總有可取的。雖然比擬或者稍有不倫，上邊說過的馬後武后可以說也是這一路，若是將王照圓與李清照相比，那恐怕就沒有什麼不妥的地方了吧。《閨中文存》中所收文只有十一篇，篇幅均不長，其自作序跋五首為佳，亦不足以見其才，此殆當於他書中求之，似以《詩問》為最宜。茲舉其與婦女生活有相關者，如《詩問》國風卷下，七月流火首章下云：

「余問，微行，傳云牆下徑。瑞玉曰，野中亦有小徑。余問，遵小徑，以女步遲取近耶。曰，女子避人爾。」又《詩說》卷上云：

「瑞玉問，女心傷悲應作何解。余曰，恐是懷春之意，管子亦云春女悲。瑞玉曰，非也，所以傷悲乃為女子有行，遠父母故耳。蓋瑞玉性孝，故所言如此。余曰，此匡鼎說詩也。」這裡他們也是在談《詩經》，可是這是說詩而不是講經，與別人有一個絕大的不同，而《詩經》的真意也只是這樣才可逐漸明了。陸氏木犀香館刻本《爾雅義疏》卷末有陳碩甫跋，敘道光中館汪孟慈家時事云：

「先生挾所著《爾雅疏》稿徑來館中，以自道其治學之難，漏下四鼓者四十年，常與老妻焚香對坐，參征異同得失，論不合，輒反目不止。」案李易安《金石錄後序》中云：

「每飯罷坐歸來堂，烹茶，指堆積書史，言某事在某書某卷第幾葉第幾行，以中否勝負為飲茶先後，中則舉，否則大笑，或至茶覆懷中，不得而起。」此二者情景均近似，風趣正復相同，前面曾以李王相比較，得此可以加一證據矣。無論男婦，無論做學問寫文章，唯情與理二者總不可缺少，這是唯一的根柢，也即是我這裡所陳述的私見的依據。老生常談，亦自覺其陳舊，但此外亦無甚新話可說，老實鋪敘，較為省力，既不打誑話，也就可以供補白，然則目的豈不已達矣乎。

民國甲申九月秋分節

# 女人的文章

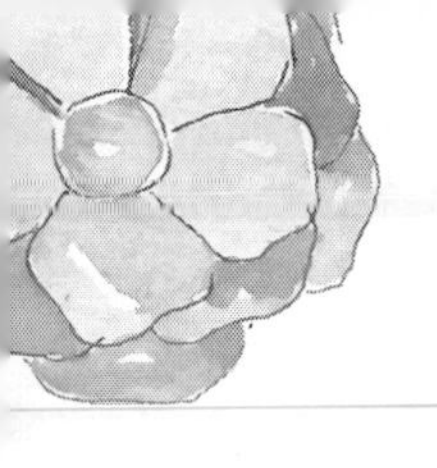

# 女人的禁忌

小時候在家裡常見牆壁上貼有紅紙條，上面恭楷寫著一行字云，姜太公神位在此，百無禁忌。還有曆本，那時稱為時憲書的，在書面上也總有題字云，夜觀無忌，或者有人再加上一句日看有喜，那不過是去湊成一個對子，別無什麼用意的。由此看來，可以知道中國的禁忌是多得很，雖然為什麼夜間看不得曆本，這個理由我至今還不明白。禁忌中間最重要的是關於死，人間最大的凶事，這意思極容易理解。對於死的畏怖避忌，大抵是人同此心，心同此理，種種風俗儀式雖盡多奇形怪狀，根本並無多少不同，若要列舉，固是更僕難盡，亦屬無此必要。我覺得比較有點特別的，是信奉神佛的老太婆們所奉行的暗房制度。凡是最近有人死亡的房間名為暗房，在滿一個月的期間內，吃素唸佛的老太太都是不肯進去的，進暗房有什麼不好，我未曾領教，推想起來大抵是觸了穢，不能走近神前去的緣故吧。期間定為一個月，唯理的說法是長短適中，但是宗教上的意義或者還是在於月之圓缺一周，除舊復新，也是自然的一個段落。又其區域完全以房間計算，最重要的是那條門檻，往往有老太太往喪家弔唁，站在房門口，把頭伸進去對人家說話，只要腳不跨進門檻裡就行了。這是就普通人家而言，可以如此劃分界限，若在公共地方，有如城隍廟，說不定會有乞丐倒斃於廊下，那時候是怎麼算法，可是不曾知道。平常通稱暗房，為得要說的清楚，這就該正名為白暗房，因為此外還有紅暗房在也。

紅暗房是什麼呢。這就是最近有過生產的產房，以及新婚的新房。因為性質是屬於喜事方面的，故稱之曰紅，但其為暗房則與白的全是一樣，或者在老太婆們要看得更為嚴重亦未可知。這是儀式方面的事，在神話的亦即是神學的方面是怎麼說，有如何的根據呢。老太婆沒有什麼學問，雖是在唸經，念的都是些《高王經》、《心經》之類，裡邊不曾講到這種問題，可是所聽的寶卷很多，寶卷即是傳，所以這根據乃是出於傳而非出於經的。最好的例是《劉香寶卷》，是那黯淡的中國女人佛教人生觀的教本，卷上記劉香女的老師真空尼的說法，具說女人在禮教以及宗教下所受一切痛苦，有云：

「男女之別，竟差五百劫之分，男為七寶金身，女為五漏之體。嫁了丈夫，一世被他拘管，百般苦樂由他做主。既成夫婦，必有生育之苦，難免血水觸犯三光之罪。」其韻語部分中有這樣的幾行，說的頗為具體，如云：

生男育女穢天地，血裙穢洗犯河神。

又云：

生產時，血穢汙，河邊洗淨，
水煎茶，供佛神，罪孽非輕。
對日光，晒血裙，罪見天神。
三個月，血孩兒，穢觸神明。

老太婆們是沒有學問的，她們所依據的賢傳自然也就不大高明，所說的話未免淺薄，有點近於形而下的，未必真能說得出這些禁忌的本意。原來總是有形而上的意義的，簡單的說一句，可以稱為對於生殖機能之敬畏吧。我們借王右軍〈蘭亭序〉的話來感嘆一下，死生亦大矣。不但是死的問題，關於生的一切現象，想起來都有點兒神祕，至於生殖，雖然現代的學問給予我們許多說明，自單細胞生物起頭，由蚯蚓蛙雞狗以至人類，性知識可以明白了，不過說到底即以為自然如此，亦就仍不免含有神祕的意味。古代的人，生於現代而知識同於古代人的，即所謂野蠻各民族，各地的老太婆們及其徒眾，驚異自不必說，凡神祕的東西總是可尊而又可怕，上邊說敬畏便是這個意思。我們中國大概是宗教情緒比較的薄，所感覺的只是近理的對於神明的觸犯，這有如《舊約．創世紀》中所記，耶和華上帝對女人夏娃說，我必多多加增你懷胎的苦楚，你生產兒女必受苦楚，因為她聽了蛇的話偷吃蘋果，違犯了上帝的命令。這裡耶和華是人形化的神明，因了不高興而行罰，是人情所能懂的，並無什麼神祕的意思，如《利未記》所說便不相同了。第十二章記耶和華叫摩西曉諭以色列人云：

「若有婦人懷孕生男孩，她就不潔淨七天，像在月經汙穢的日子不潔淨一樣。婦人在產血不潔之中要家居三十三天，她潔淨的日子未滿，不可摸聖物，也不可進入聖所。她若生女孩，就不潔淨兩個七天，像汙穢的時候一樣，要在產血不潔之中家居六十六天。」又第十五章云：

「女人行經必汙穢七天，凡摸她的必不潔淨到晚上。女人在汙穢之中，凡她所躺的物件都為不潔淨，所坐的物件也都不潔淨。凡摸她床的必不潔淨到晚上，並要洗衣服，用水洗澡。凡摸她所坐甚麼物件的必不潔淨到晚上，並要洗衣服，用水洗澡。在女人的床上或在她坐的物上，若有別的物件，人一摸了，必不潔淨到晚上。」這裡可以注意的有兩點，其一是汙穢的傳染性，其二是汙穢的毒害之能動性。第一點大家都知道，無須解釋，第二點卻頗特別，如本章下文所云：

「你們要這樣使以色列人與他們的汙穢隔絕，免得他們玷汙我的帳幕，就因自己的汙穢死亡。」這裡明說他們汙穢的人並不因為玷汙耶和華的帳幕而被罰，乃將因了自己的汙穢而滅亡，這汙穢自具有其破壞力，但因什麼機緣而自然爆發起來。在現代人看來，這彷彿與電氣最相像，大家知道電力是偉大的一件東西，卻有極大危險性，須用種種方法和他隔絕才保得安全。生命力與電，這個比較來得恰好，此外要另找一個例子倒還不大容易。汙穢自然有許多是由嫌惡而來的，但是關於生命力特別是關係女人的問題，都是屬於敬畏的一面，所謂不淨實是指一種威力，一不小心就會得被壓倒，俗語云晦氣是也，這總是物理的，後來物質的意義增加上去，據我看來毫不重要。福慶居士所著《燕郊集》中有一篇小文，題曰「性與不淨」，記一故事云：

「就有人講笑話。我家有一個親戚，是一大官，他偶如廁，忽見有女先在，愕然是不必說，卻因此傳以為笑。笑笑也不要緊，他卻別有所恨。恨到有點出奇，其實並不。這是一種晦氣。蘇州人所謂勿識頭，要妨他將來福命的。」文章寫得很乾淨，可以當作好例，其他古今中外的資料雖尚不乏，只可且暫割愛矣。

# 女人的禁忌

寒齋有一冊西文書，是芬特萊醫生所著，名曰「分娩閒話」，這閒話二字是用南方通行的意思，未必有閒，只是講話而已。第二章題云禁制，內分行經，結婚，懷孕，分娩四項，繪圖列說的講得很有意義，想介紹一點出來，所以起手來寫這篇文章，不料說到這裡想要摘抄，又不知道怎麼選擇才好。各民族的奇異風俗原是不少，大概也是大同小異，上邊有希伯來人的幾條可以為例，也不必再來贅述，反正就是對於生殖之神祕表示敬畏之意而已。倒是在茀來若博士的《金枝》節本中，第六十章說及隔離不潔淨的婦女的用意，可供我們參考，節譯其大意於下。使她不至於於人有害，如用電學的術語，其方法即是絕緣。這種辦法其實也為她自己，同時也為別人的安全。因為假如她違背了規定的辦法，她就得受害，例如蘇嚕女子在月經初來時給日光照著，她將乾枯成為一副骷髏。總之那時女人似被看作具有一種強大的力，這力若不是限制在一定範圍之內，他會得毀滅她自己以及一切和她接觸的東西。為了一切有關的人物之安全，把這力拘束起來，這即是此類禁忌的目的。這個說法也可用以解釋對於神王與巫師的同類禁例。女人的所謂不潔淨與聖人的神聖，由原始民族想來，實質上並沒有什麼分別。這都不過是同一神祕的力之不同的表現，正如凡力一樣，在本身非善非惡，但只看如何應用，乃成為有益或有害耳。這樣看來，最初的意思是並無惡意的，雖然在受者不免感到困難，後來文化漸進，那些聖人們設法擺脫拘束，充分的保留舊有的神聖，去掉了不便不利的禁忌，但是婦女則無此幸運，一直被禁忌著下來，而時移世變，神祕既視為不潔淨，敬畏也遂轉成嫌惡了。這是世界女性共同的不幸，初不限於一地，中國只是其一分子而已。中國的情形本來比較別的民族都要好一點，因為宗教勢力比較薄弱，其對於女人的輕視大概從禮教出來，只以理論或經驗為本，和出於宗教信念者自有不同。例如《禮緯》云，夫為妻綱，此是理論而以男性主權為本，若在現代社會非夫婦共同勞作不能維持家庭生活，則理論漸難以實行。又《論語》云，唯女子小人為難養也，近之則不遜，遠之則怨，此以經驗為本者也，如不遜與怨的情形不存在，此語自然作為無效，即或不然，此亦只是一種抱怨之詞，被說為難養於女子小人亦實無什麼大損害也。宗教上的汙穢觀大抵受佛教影響為多，卻不甚徹底，又落下成為民間迷信，如無婦女自己為之支持，本來勢力自可漸衰，此則在於民間教育普及，知識提高，而一般青年男女之努力尤為重要。鄙人昔日曾為戲言，在清朝中國男子皆剃頭成為半邊和尚，女人裹兩腳為粽子形，他們固亦有戀愛，但如以此形象演出《西廂》、《牡丹亭》，則觀者當忍俊不禁，其不轉化為喜劇的幾希。現在大家看美國式電影，走狐舞步，形式一新矣，或已適宜於戀愛劇上出現，若是請來到我們所說的陣地上來幫忙，恐預備未充足，尚未能勝任愉快耳。

民國甲申年末，於北京東郭書塾

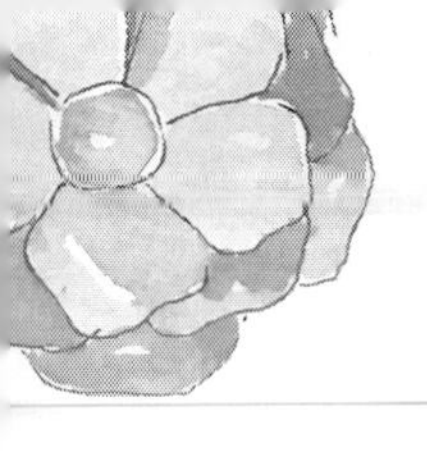

# 蚯蚓

忽然想到，草木蟲魚的題目很有意思，拋棄了有點可惜，想來續寫，這時候第一想起的就是蚯蚓，或者如俗語所云是曲蟮。小時候每到秋天，在空曠的院落中，常聽見一種單調的鳴聲，彷彿似促織，而更為低微平緩，含有寂寞悲哀之意，民間稱之曰曲蟮嘆窠，倒也似乎定得頗為確當。案崔豹《古今注》云：

「蚯蚓一名蜿蟺，一名曲蟺，善長吟於地中，江東謂為歌女，或謂鳴砌。」由此可見蚯蚓歌吟之說古時已有，雖然事實上並不如此，鄉間有俗諺其原語不盡記憶，大意云，螻蛄叫了一世，卻被曲蟮得了名聲，正謂此也。

蚯蚓只是下等的蟲豸，但很有光榮，見於經書。在書房裡念四書，唸到《孟子·滕文公下》，論陳仲子處有云：「充仲子之操，則蚓而後可者也，夫蚓上食槁壤，下飲黃泉。」這樣他至少可以有被出題目做八股的機會，那時代聖賢立言的人們便要用了很好的聲調與字面，大加以讚嘆，這與螬同是難得的名譽。後來《大戴禮．勸學篇》中云：

「蚓無爪牙之利，筋脈之強，上食埃土，下飲黃泉，用心一也。」又楊泉《物理論》云：

「檢身止欲，莫過於蚓，此志士所不及也。」此二者均即根據孟子所說，而後者又把邵武士人在《孟子正義》中所云但上食其槁壤之土，下飲其黃泉之水的事，看作理想的極廉的生活，可謂極端的佩服矣。但是現在由我們看來，蚯蚓固然仍是而且或者更是可以佩服的東西，他卻並非陳仲子一流，實在乃是禹稷的一隊夥裡的，因為他是人類——農業社會的人類的恩人，不單是獨善其身的廉士志士已也。這種事實在中國書上不曾寫著，雖然上食槁壤，這一句話也已說到，但是一直沒有看出其重要的意義，所以只好往外國的書裡去找。英國的懷德在《色耳彭的自然史》中，於一七七七年寫給巴林頓第三十五信中曾說及蚯蚓的重大的工作，牠掘地鑽孔，把泥土弄鬆，使得雨水能沁入，樹根能伸長，又將稻草樹葉拖入土中，其最重要者則是從地下拋上無數的土塊來，此即所謂曲蟮糞，是植物的好肥料。他總結說：

「土地假如沒有蚯蚓，則即將成為冷，硬，缺少發酵，因此也將不毛了。」達爾文從學生時代就研究蚯蚓，他收集在一年中一方碼的地面內拋上來的蚯蚓糞，計算在各田地的一定面積內的蚯蚓穴數，又估計牠們拖下多少樹葉到洞裡去。這樣辛勤的研究了大半生，於一八八一年乃發表他的大著《由蚯蚓而起的植物性壤土之造成》，證明了地球上大部分的肥土都是由這小蟲的努力而做成的。他說：

「我們看見一大片滿生草皮的平地，那時應當記住，這地面平滑所以覺得很美，此乃大半由於蚯蚓把原有的不平處所都慢慢的弄平了。想起來也覺得奇怪，這平地的表面的全部都從蚯蚓的身子裡通過，而且每隔不多幾年，也將再被通過。耕犁是人類發明中最為古老也最有價值之一，但是在人類尚未存在的很早以前，這地乃實在已被蚯蚓都定期的耕過了。世上尚有何種動物，像這低級的小蟲似的在地球的歷史上，擔任著如此重要的職務者，這恐怕是個疑問吧。」

蚯蚓的工作大概有三部分，即是打洞，碎土，掩埋。關於打洞，我們根據湯木孫的一篇《自然之耕地》，抄譯一部分於下：

「蚯蚓打洞到地底下深淺不一，大抵二英呎之譜。洞中多很光滑，鋪著草葉。末了大都是一間稍大的房子，用葉子鋪得更為舒服一點。在白天裡洞門口常有一堆細石子，一塊土或樹葉，用以阻止蜈蚣等的侵入者，防禦鳥類的啄毀，保存穴內的潤溼，又可抵當大雨點。

在松的泥土打洞的時候，蚯蚓用牠身子尖的部分去鑽。但泥土如是堅實，牠就改用吞泥法打洞了。牠的腸胃充滿了泥土，回到地面上把它遺棄，成為蚯蚓糞，如在草原與打球場上所常見似的。

蚯蚓吞嚥泥土，不單是為打洞，牠們也吞土為的是土裡所有的腐爛的植物成分，這可以供牠們做食物。在洞穴已經做好之後，拋出在地上的蚯蚓糞那便是為了植物食料而吞的土了，假如糞出得很多，就可推知這裡樹葉比較的少用為食物，如糞的數目很少，大抵可以說蚯蚓得到了好許多葉子。在洞穴裡可以找到好些吃過一半的葉子，有一回我們得到九十一片之多。

在平時白天裡蚯蚓總是在洞裡休息，把門關上了。在夜間牠才活動起來了，在地上尋找樹葉和滋養物，又或尋找配偶。打算出門去的時候，蚯蚓便頭朝上的出來，在拋出蚯蚓糞的時候，自然是尾巴在上邊，他能夠在路上較寬的地方或是洞底里打一個轉身的。」

碎土的事情很是簡單，吞下的土連細石子都在胃裡磨碎，成為細膩的粉，這是在蚯蚓糞可以看得出來的。掩埋可以分作兩點。其一是把草葉樹子拖到土裡去，吃了一部分以外多腐爛了，成為植物性壤土，使得土地肥厚起來，大有益於五穀和草木。其二是從底下拋出糞土來把地面逐漸掩埋了。地平並未改變，可是底下的東西搬到了上邊來。這是很好的耕田。據說在非洲西海岸的一處地方，每一方裡面積每一年裡有六萬二千二百三十三噸的土搬到地面上來，又在二十七年中，二英呎深地面的泥土將顆粒不遺的全翻轉至地上云。達爾文計算在英國平常耕地每一畝中平均有蚯蚓五萬三千條，但如古舊休閒的地段其數目當增至五十萬。此一畝五萬三千的蚯蚓在一年中將把十噸的泥土悉自腸胃通過，再搬至地面上。在十五年中此土將遮蓋地面厚至三寸，如六十年即積一英呎矣。這樣說起來，蚯蚓之為物雖微小，其工作實不可不謂偉大。古人云，民以食為天，蚯蚓之功在稼穡，謂其可以與大禹或后稷相比，不亦宜歟。

末後還想說幾句話，不算什麼闢謠，亦只是聊替蚯蚓表明真相而已。《太平御覽》九四七引郭景純《蚯蚓贊》云：

## 蚯蚓

「蚯蚓土精，無心之蟲，交不以分，淫於阜螽，觸而感物，乃無常雄。」又引劉敬叔《異苑》，云宋元嘉初有王雙者，遇一女與為偶，後乃見是一青色白領蚯蚓，於時咸謂雙暫同阜螽矣。案由此可知晉宋時民間相信蚯蚓無雄，與阜螽交配，這種傳說後來似乎不大流行了，可是他總有一種特性，也容易被人誤解，這便是雌雄同體這件事。懷德的觀察錄中昆蟲部分有一節關於蚯蚓的，可以抄引過來當資料，其文云：

「蚯蚓夜間出來躺在草地上，雖然把身子伸得很遠，卻並不離開洞穴，仍將尾巴末端留在洞內，所以略有警報就能急速的退回地下去。這樣伸著身子的時候，凡是夠得著的什麼食物也就滿足了，如草葉，稻草，樹葉，這些碎片牠們常拖到洞穴裡去。就是在交配時，牠的下半身也絕不離開洞穴，所以除了住得相近互相夠得著的以外，沒有兩個可以得有這種交際，不過因為牠們都是雌雄同體的，所以不難遇見一個配偶，若是雌雄異體則此事便很是困難了。」案雌雄同體與自為雌雄本非一事，而古人多混而同之。《山海經》一《南山經》中云：

「有獸焉，其狀如貍而有髦，其名曰類，自為牡牝，食者不妒。」郝蘭皋《疏》轉引《異物誌》云：靈貓一體，自為陰陽。又三《北山經》云，帶山有鳥名曰鵸鵌，是自為牝牡，亦是一例。而王崇慶在《釋義》中乃評云：

「鳥獸自為牝牡，皆自然之性，豈特鵸鵌也哉。」此處唯理派的解釋固然很有意思，卻是誤解了經文，蓋所謂自者非謂同類而是同體也。郭景純《類贊》云：

「類之為獸，一體兼二，近取諸身，用不假器，窈窕是佩，不知妒忌。」說的很是明白。但是郭君雖博識，這裡未免小有謬誤，因為自為牝牡在事實上是不可能的，只有笑話中說說罷了，粗鄙的話現在也無須傳述。《山海經》裡的鳥獸我們不知道，單只就蚯蚓來說，牠的性生活已由動物學者調查清楚，知道牠還是二蟲相交，異體受精的，瑞德女醫師所著《性是什麼》，書中第二章論動物間性，舉水螅，蚯蚓，蛙，雞，狗五者為例，我們可以借用講蚯蚓的一小部分來做說明。據說蚯蚓全身約共有百五十節，在十三節有卵巢一對，在十及十一節有睾丸各兩對，均在十四節分別開口，最奇特的是在九至十一節的下面左右各有二口，下為小囊，又其三二至三七節背上顏色特殊，在產卵時分泌液質作為繭殼。凡二蟲相遇，首尾相反，各以其九至十三節一部分下面相就，輸出精子入於對方的四小囊中，乃各分散，及卵子成熟時，背上特殊部分即分泌物質成筒形，蚯蚓乃縮身後退，筒身擦過十三四節，卵子與囊中精子均黏著其上，遂以併合成胎，蚓首縮入筒之前端，此端即封閉，及首退出後端，亦隨以封固而成繭矣。以上所述因力求簡要，說的很有欠明白的地方，但大抵可以明了蚯蚓生殖的情形，可知雌雄同體與自為牝牡原來並不是一件事。蚯蚓的名譽和我們本是風馬牛不相及，也不必替牠爭辨，不過為求真實起見，不得不說明一番，目的不是寫什麼科學小品，而結果搬了些這一類的材料過來，雖不得已，亦是很抱歉的事也。

民國甲申九月二十四日所寫，續草木蟲魚之一

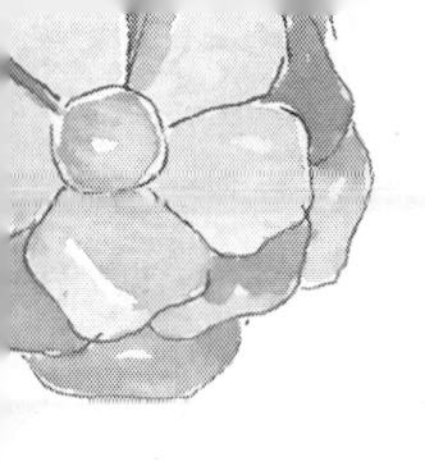

# 螢火

近年多看中國舊書，因為外國書買不到，線裝書雖也很貴，卻還能入手，又卷帙輕便，躺著看時拿了不吃力，字大悅目，也較為容易懂。可是看得久了多了，不免會發生厭倦，第一是覺得單調，千年前後的人所說的話沒有多大不同，有時候或者後人比前人還要胡塗點也不一定，因此第二便覺得氣悶。從前看過的書，後來還想拿出來看，反覆讀了不厭的實在很少，大概只有《詩經》，其中也以國風為主，《陶淵明集》和《顏氏家訓》而已。在這些時候，從書架上去找出塵土滿面的外國書來消遣，也是常有的事。

前幾天忽然想到關於螢火說幾句閒話，可是最先記起來總是腐草化為螢以及丹鳥羞白鳥的典故，這雖然出在正經書裡，也頗是新奇，卻是靠不住，至少是不能通行的了。案《禮記．月令》云：

「季夏之月，腐草為螢。」《逸周書．時訓解》云：

「大暑之日，腐草化為螢。腐草不化為螢，谷實鮮落。」這裡說得更是嚴重，彷彿是事關化育，倘若至期腐草不變成螢火，便要五穀不登，大鬧飢荒了。《爾雅》，螢火即炤。郭璞注，夜飛，腹下有火。這裡並沒有說到化生，但是後來的人總不能忘記《月令》的話，邢昺《爾雅疏》，陸佃《新義》及《埤雅》，羅願《爾雅翼》，都是如此。邵晉涵《正義》不必說了，就是王引之《廣雅疏證》也難免這樣。《本草綱目》引陶弘景曰：

「此是腐草及爛竹根所化，初時如蛹，腹下已有光，數日變而能飛。」李時珍則詳說之曰：

「螢有三種。一種小而宵飛，腹下光明，乃茅根所化也。呂氏《月令》所謂腐草化為螢者也。一種長如蛆蠋，尾後有光，無翼不飛，乃竹根所化也。一名蠲，俗名螢蛆。《明堂月令》所謂腐草化為蠲者是也，其名宵行。茅竹之根夜視有光，復感溼熱之氣，遂變化成形爾。一種水螢，居水中。唐李子卿《水螢賦》所謂彼何為而化草，此何為而居泉，是也。」錢步曾《百廿蟲吟》中螢項下自注云：

「螢有金銀二種。銀色者早生，其體纖小，其飛遲滯，恆集於庭際花草間，乃宵行所化。金色者入夏季方有，其體豐腴，其飛迅疾，其光閃爍不定，恆集於水際茭蒲及田塍豐草間，相傳為牛糞所化。蓋牛食草出糞，草有融化未淨者，受雨露之沾濡，變而為螢，即《月令》腐草為螢之意也。余嘗見牛溲坌積處飛螢叢集，此其驗矣。」又汪曰楨《湖雅》卷六螢下云：

「按，有化生，初似蛹，名蠲，亦名螢，俗呼火百腳，後乃生翼能飛為螢。有卵生，今年放螢於屋內，明年夏必出細螢。」案以上諸說均主化生，唯郝懿行《爾雅義疏》反對《本草》陶李二家之說，云：

「今驗螢火有二種，一種飛者，形小頭赤，一種無翼，形似大蛆，灰黑色，而腹下火光大於飛者，乃《詩》所謂宵行，《爾雅》之即炤亦當兼此二種，但說者止見飛螢耳。又說茅竹之根夜皆有光，復感溼熱之氣，遂化成形，亦不必然。蓋螢本卵生，今年放螢火於屋內，明年夏細螢點點生光矣。」寥寥百十字，卻說得確實明白，所云螢之二種實即是雌雄兩性，至斷定卵生尤為有識，汪謝城引用其說，乃又模棱兩可，以為卵生之外別有化生，未免可笑。唯郝君亦有格致未精之處，如下文云：

# 螢火

「《夏小正》，丹鳥羞白鳥。丹鳥謂丹良，白鳥謂蚊蚋。《月令疏》引皇侃說，丹良是螢火也。」羅端良在宋時卻早有異議提出，《爾雅翼》卷二十七螢下云：

「《夏小正》曰，丹鳥羞白鳥。此言螢食蚊蚋。又今人言，赴燈之蛾以螢為雌，故誤赴火而死。然螢小物耳，乃以蛾為雄，以蚊為糧，皆未可輕信。」

從中國舊書裡得來的關於螢火的知識就是這些，雖然也還不錯，可是披沙揀金，殊不容易，而且到底也不怎麼精確，要想知道得更多一點，只好到外國書中去找尋了。專門書本是沒有，就是引用了來也總是不適合，所以這裡所說也無非只是普通的，談生物而有文學的趣味的幾冊小書而已。英國懷德以《色耳彭的自然史》著名於世，在這裡邊卻未嘗講到螢火，但是《蟲豸觀察雜記》中有一則云：

「觀察兩個從野間捉來放在後園的螢火，看出這些小生物在十一二點鐘之間熄滅牠們的燈光，以後通夜間不再發亮。雄的螢火為蠟燭光所引，飛進房間裡來。」這雖是短短的一兩句話，卻很有意思，都是出於實驗，沒有一點兒虛假。懷德生於千七百二十年，即清康熙五十九年，我查考《疑年錄》，發見他比戴東原大三歲，比袁子才卻還要小四歲，論時代不算怎麼早，可是這樣有趣味的記錄在中國的乾嘉諸老輩的著作中卻是很不容易找到，所以這不能不說是很可珍重的了。其次法國的法勃耳，在他的大著《昆蟲記》中有一篇談螢火的文章，告訴我們好些新奇的事情。最奇怪的是關於螢火的吃食，據他說，螢火雖然不吃蚊子，所吃的東西卻比蚊子還要奇特，因為這乃是櫻桃大小的帶殼的蝸牛。若是蝸牛走著路，那是最好了，即使停留著，將身子縮到殼裡去，腳部總有一點兒露出，螢火便上前去用牠嘴邊的小鉗子輕輕的掐上幾下。這鉗子其細如髮，上邊有一道槽，用顯微鏡才看得出，從這裡流出毒藥來，注射進蝸牛身裡去，其效力與麻醉藥相等。法勃耳曾試驗過，他把被螢火掐過四五下的蝸牛拿來檢查，顯已人事不知，用針灸牠也無知覺，可是並未死亡，經過昏睡兩日夜之後，蝸牛便即恢復健康，行動如常了。由此可知螢火所用的乃是全身麻醉的藥，正如果蠃之類用毒針麻倒桑蟲蚱蜢，存起來供幼蟲食用，現在不過是現麻現吃，似乎與《水滸》裡的下迷子比較倒更相近。螢火的身體很小，要想吃蚊子便已不大可能，如羅端良所懷疑的，現在卻來吃蝸牛，可以說是大奇事。法勃耳在螢火一文中云：

「螢火並不吃，如嚴密的解釋這字的意義。牠只是飲，牠喝那薄粥，這是牠用了一種方法，令人想起那蛆蟲來，將那蝸牛製造成功的。正如麻蒼蠅的幼蟲一樣，牠也能夠先消化而後享用，牠在將吃之前把那食物化成液體。」《昆蟲記》中有幾篇講金蒼蠅麻蒼蠅的文章，從實驗上說明蛆蟲食肉的情形，牠們吐出一種消化藥，大概與高級動物的胃液相同，塗在肉上，不久肉即銷融成為流質。螢火所用的也就是這種方法，牠不能咬了來吃，卻可以當作粥喝，據說在好幾個螢火暢飲一頓之後，蝸牛隻是一個空殼，什麼都沒有餘剩了。丹鳥羞白鳥，我們知道它不合理，事實上卻是螢火吃蝸牛，這自然界的怪異又是誰所料得到的呢。法勃耳生於一八二三年，即清道光三年，與李少荃是同年的，所以還是近時人，其所發見的事知道的不很多，但即使人家都知道了螢火吃蝸牛，也不見得會使牠怎麼有名，本來螢火之所以為螢火的乃別有在，即是牠在尾巴上點著燈火。中國名稱除螢火之外還有即炤，輝夜，景天，放光，宵燭等，都與火光有關。希臘語曰蘭普利斯，意云亮尾巴，拉丁文學名沿稱為闌辟利思，英法則名之為發光蟲。據《昆蟲記》所說，在螢火腹中的卵也已有光，從皮外看得出來，及至孵化為幼蟲，不問雌雄尾上都點著小燈，這在郝蘭皋也已經知道了。雄螢火蛻化生翼，即是形小頭赤者，燈光並不加多，雌者卻不蛻化，還是那大蛆的狀態，可是亮光加上兩節，所以腹下火光大於飛者了。這是一種什麼物質，法勃耳說也並不是磷，與空氣接觸而發光，腹部有孔可開閉以為調節。法勃耳敘述夜中往捕幼螢，長僅五公釐，即中國尺一分半，當初看見在草葉上有亮光，但如誤觸樹枝少有聲響，光即熄滅，遂不可復見。迨及長成，便不如此，他曾在螢火籠旁放槍，了無聞知，繼以噴水或噴煙，亦無甚影響，間有一二熄燈者，不久立即復燃，光明如舊。夜半以前是否熄燈，文中未曾說及，但懷德前既實驗過，想亦當是確實的事。螢火的光據法勃耳說：

「其光色白，安靜，柔軟，覺得彷彿是從滿月落下來的一點火花。可是這雖然鮮明，照明力卻頗微弱。假如拿了一個螢火在一行文字上面移動，黑暗中可以看得出一個個的字母，或者整個的字，假如這並不太長，可是這狹小的地面以外，什麼也都看不見了。這樣的燈光會得使讀者失掉耐性的。」看到這裡，我們又想起中國書裡的一件故事來。《太平御覽》卷九百四十五引《續晉陽秋》云：

「車胤，字武子，好學不倦，家貧不常得油，夏月則練囊盛數十螢火，以夜繼日焉。」這囊螢照讀成為讀書人的美談，流傳很遠，大抵從唐朝以後一直傳誦下來，不過與上邊《昆蟲記》的話比較來看，很有點可笑。說是數十螢火，燭光能有幾何，即使可用，白天花了工夫去捉，卻來晚上用功，豈非徒勞，而且風雨時有，也是無法。《格致鏡原》卷九十六引成應元《事統》云：

「車胤好學，常聚螢光讀書，時值風雨，胤嘆曰，天不遣我成其志業耶。言訖，有大螢傍書窗，比常螢數倍，讀書訖即去，其來如風雨至。」這裡總算替車君彌縫了一點過來，可是已經近於誌異，不能以常情實事論了。這些故事都未嘗不妙，卻只是宜於消閒，若是真想知道一點事情的時候，便濟不得事。近若干年來多讀線裝舊書，有時自己疑心是否已經有點中了毒，像吸大煙的一樣，但是畢竟還是常感覺到不滿意，可見真想做個國粹主義者實在是不大容易也。

三十三年十一月二日所寫，續草木蟲魚之二

# 記杜逢辰君的事

此文題目很是平凡，文章也不會寫得怎麼有趣味，一定將使讀者感覺失望，但是我自己卻覺得頗有意義，近十年中時時想到要寫，總未成功，直至現在才勉強寫出，這在我是很滿足的事了。杜逢辰君，字輝庭，山東人，前國立北京大學學生，民國十四年入學，二十一年以肺病卒於故里。杜君在大學預科是日文班，所以那兩年中是我直接的學生，及預科畢業，正是張大元帥登臺，改組京師大學，沒有東方文學系了，所以他改入了法科。十七年冬北大恢復，我們回去再開始辦預科日文班，我又為他系學生教日文，講夏目氏的小說《我是貓》，杜君一直參加，而且繼續了有兩年之久，雖然他的學籍仍是在經濟系。我記得那時他常來借書看，有森鷗外的《高瀨舟》，志賀直哉的《壽壽》等，我又有一部高畠素之譯的《資本論》，共五冊，買來了看不懂，也就送給了他，大約於他亦無甚用處，因為他的興趣還是在於文學方面。杜君的氣色本來不大好，其發病則大概在十九年秋後，《駱駝草》第二十四期上有一篇小文曰「無題」，署名偶影，即是杜君所作，末署一九三〇年十月八日病中，於北大，可以為證。又查舊日記民國二十年分，三月十九日項下記云，下午至北大上課，以《徒然草》贈予杜君，又借予《源氏物語》一部，托李廣田君轉交。其時蓋已因病不上課堂，故托其同鄉李君來借書也。至十一月則有下記數項：

十七日，下午北大梁君等三人來訪，云杜逢辰君自殺未遂，雇汽車至紅十字療養院，勸說良久無效，六時回家。

十八日，下午往看杜君病，值睡眠，其侄云略安定，即回。

十九日，上午往看杜君。

二十一日，上午李廣田君電話，云杜君已遷往平大附屬醫院。

二十二日，上午孟雲嶠君來訪。

杜君不知道是什麼時候進療養院的。在《無題》中他曾說，「我是常在病中，自然不能多走路，連書也不能隨意地讀。」前後相隔不過一年，這時卻已是臥床不起了。在那篇文章又有一節云：

「這尤其是在夜裡失眠時，心和腦往往是交互影響的。心越跳動，腦裡宇宙的次序就越紊亂，甚至暴動起來似的騷擾。因此，心也跳動得更加厲害，必至心腦交瘁，黎明時這才昏昏沉沉地墮入不自然的睡眠裡去。這真是痛苦不過的事。我是為了自己的痛苦才了解旁人的痛苦的呀。每當受苦時，不免要詛咒了：天地不仁，以萬物為芻狗！」我們從這裡可以看出病中苦痛之一斑，在一年後這情形自然更壞了，其計劃自殺的原因據梁君說即全在於此。當時所用的不知系何種刀類，只因久病無力，所以負傷不重，即可治癒，但是他拒絕飲食藥物，同鄉友人無法可施，末了乃趕來找我去勸。他們說，杜君平日佩服周先生，所以只有請你去，可以勸得過來。我其實也覺得毫無把握，不過不能不去一走，即使明知無效，望病也是要去的。勸阻人家不要自殺，這題目十分難，簡直無從著筆，不曉得怎麼說才好。到了北海養蜂夾道的醫院裡，見到躺在床上，脖子包著繃帶的病人，我說了些話，自己也都忘記了，總之說著時就覺得是空虛無用的，心裡一面批評著說，不行，不行。果然這都是無用，如日記上所云勸說無效。我說幾句之後，他便說，你說的很是，不過這些我都已經想過了的。末了他說，周先生平常怎麼說，我都願意聽從，這回不能從命，並且他又說，我實在不能再受痛苦，請你可憐見放我去了罷。我見他態度很堅決，情形與平時不一樣，杜君說話聲音本來很低，又是近視，眼鏡後面的目光總向著下，這回聲音轉高，除去了眼鏡，眼睛張大，炯炯有光，彷彿是換了一個人的樣子。假如這回不是受了委託來勸解來的，我看這情形恐怕會得默然，如世尊默然表示同意似的，一握手而引退了吧。現在不能這樣，只得枝梧了好久，不再說理由，勸他好好將息，退了出來。第二天去看，聽那看病的侄兒說稍為安定，又據孟君說後來也吃點東西了，大家漸漸放心。日記上不曾記著，後來聽說杜君家屬從山東來了，接他回家去，用雅片劑暫以減少苦痛，但是不久也就去世，這大約是二十一年的事了。

杜君的事情本來已是完結了，但是在那以後不知是從那一位，大概是李廣田君罷，聽到了一段話。據說在我去勸說無效之後，杜君就改變了態度，肯吃藥喝粥了，所以我以為是無效，其實卻是發生了效力。杜君對友人說，周先生勸我的話，我自己都已經想過了的。所以沒有用處，但是後來周先生說的一節話，卻是我所沒有想到的，所以給他說服了。這一節是什麼話，我自己不記得了，經李君轉述大意如此：周先生說，你個人痛苦，欲求脫離，這是可以諒解的，但是現在你身子不是個人的了，假如父母妻子他們不願你離去，你還須體諒他們的意思，雖然這於你個人是一個痛苦，暫為他們而留住。老實說，這一番話本極尋常，在當時智窮力竭無可奈何時，姑且應用一試，不意打動杜君自己的不忍之心，乃轉過念來，願以個人的苦痛去抵銷家屬的悲哀，在我實在是不及料的。我想起幾句成語，日常的悲劇，平凡的偉大，杜君的事正當得起這名稱。杜君的友人很感謝我能夠勸他回心轉意，不再求死，但我實是很惶恐，覺得很有點對不起杜君，因為聽信我的幾句話使他多受了許多的苦痛。我平常最怕說不負責的話，假如自己估量不能做的事，即使聽去十分漂亮，也不敢輕易主張叫人家去做。這回因受託勸解，搜尋枯腸湊上這一節去，卻意外的發生效力，得到嚴重的結果，對於杜君我感覺負著一種責任。但是考索思慮，過了十年之後，我卻得到了慰解，因為覺得我不曾欺騙杜君，因為我勸他那麼做，在他的場合固是難能可貴，在別人也並不是沒有。一個人過了中年，人生苦甜大略嘗過，這以後如不是老成轉為少年，重複想納妾再做人家，他的生活大概漸傾於為人的，為兒孫作馬牛的是最下的一等，事實上卻不能不認他也是這一部類，其上者則為學問為藝文為政治，他們隨時能把生命放得下，本來也樂得安息，但是一直忍受著孜孜矻矻的做下去，犧牲一己以利他人，這該當稱為聖賢事業了。杜君以青年而能有此精神，很可令人佩服，而我則因有勸說的關係，很感到一種鞭策，太史公所謂雖不能至，心嚮往之，或得如傳說所云寫且夫二字，有做起講之意，不至全然打誑語欺人，則自己覺得幸甚矣。民國

## 記杜逢辰君的事

三十三年十月四日，記於北京。

**附記**

近日整理故紙堆，偶然找出一張紙來，長一尺八寸，寬約六寸，寫字四行，其文曰：

「民國二十年一月三十日晨，夢中得一詩曰，偃息禪堂中，沐浴禪堂外，動止雖有殊，心閒故無礙。族人或云余前身為一老僧，其信然耶。三月七日下午書此，時杜逢辰君養病北海之濱，便持贈之，聊以慰其寂寞。作人於北平苦茶庵。」下未鈐印，不知何以未曾送去，至今亦已不復記憶，但因此可以知道杜君在當時已進療養院矣。老僧之說本出遊戲，亦有傳訛，兒時聞祖母說，余誕生之夕，有同高祖之叔父夜歸，見一白鬚老人先入門，跡之不見，遂有此說，後乃衍為比丘耳。轉生之說在鄙人小信豈遂領受，但覺得此語亦復有致，蓋可免於頭世人之譏也。十一月三十日。

# 明治文學之追憶

今年秋天我寫過一篇《我的雜學》，約有二萬五千言，略述我涉獵中外圖書所受到的幾方面的影響。其中有四節是關於日本的，文中曾云：

「我的雜覽從日本方面得來的也並不少。這大抵是關於日本的事情，至少也以日本為背景，這就是說很有點地方的色彩，與西洋的只是學問關係的稍有不同。」概括的說，大概從西洋來的屬於知的方面，從日本來的屬於情的方面為多，對於我卻是一樣的有益處。這四節中所說及的有鄉土研究，民藝，江戶風物與浮世繪，川柳，落語與滑稽本，俗曲，玩具等這幾項，各項都說的很簡略，而明治文學這一項卻未列入，只在第十八節中附帶說及云：

「明治大正時代的日本文學，曾讀過些小說與隨筆，至今還有好些作品仍是喜歡，有時也拿出來看，如以雜誌名代表派別，大抵有《保登登岐須》，《昴》，《三田文學》，《新思潮》，《白樺》諸種，其中作家多可佩服，今亦不複列舉，因生存者尚多，暫且謹慎。」這裡所說的理由只是一小部分，重要的乃是在於現今的自覺，對於文學覺得不大懂得。翻閱舊文章，看見民國十四年的《元旦試筆》中曾經說過，「以前我還以為我有著自己的園地，去年便覺得有點可疑，現在則明明白白的知道並沒有這麼一片園地了。」在整整的二十年前，已經明了的說了，把文學家的招牌收藏起來，關於文學的話以後便不敢多說，這回的故意省略也就是為此。但是仔細一想，文壇脫退固是好事，把過去的事抹煞不提，缺了一部分也不是辦法，所以如今且來補說一點，作為《我的雜學》的一節吧。

我與日本文學的最初的接觸，說起來還與東京《朝日新聞》有關。我於前清光緒丙午即明治三十九年到東京，那時夏目漱石已經發表了《哥兒》，繼續寫著《我是貓》，不久辭去大學教授，入朝日新聞社，開始揭載小說《虞美人草》。我與先兄住在本鄉湯島的下宿內，看他陸續買了單行本《我是貓》的上冊，《漾虛集》及《鶉籠》等書來，平常所看的是所謂學生報的《讀賣新聞》，這時也改定了《朝日》，天天讀《虞美人草》，還切拔了捲起留著。後來《虞美人草》印成單行本，我才一讀，可是我所喜歡的還是《我是貓》與《哥兒》，《三四郎》，《門》，以及《草枕》四篇中的小品。《保登登歧須》的寫生文我所喜歡的有坂本文泉子，其寫兒時生活的《夢一般》我愛讀多年，今年才把他譯成了漢文，此外有鈴木三重吉與長塚節，鈴木的《千鳥》與長塚的《太十和他的狗》等都在《保登登岐須》發表，而其長篇《小鳥的窠與土》又都登載在《朝日》上面，我只譯過鈴木的幾篇《金魚》等小篇，長塚的可惜未及著手。這些人都與夏目有關的，這裡便連帶的說及。

夏目以外我所佩服的文人還有森鷗外。與他有關係的雜誌是《昴》，後來有《三田文學》。森氏著作甚多，我所喜的也只是他的短篇，收在《分身與走馬燈》，《涓滴》，《高瀨舟》，以及《山房札記》各集中。《昴》的同人中有石川啄木與謝野夫妻，詩與歌都有名，不過那是韻文，於我的影響很少，木下杢太郎我也很佩服，但是他寫戲曲與美術評論，為我所不大懂的，唯《食後之歌》一冊卻寶藏至今。《三田文學》中的森氏作品似以長篇為多，不很記得了，其中有永井荷風，他的隨筆論文我很是喜歡，雖然其大部分多是後來所作。戶川秋骨也是慶應大學的教師，大概也在其內，但是初期《三田文學》中彷彿少見他的文章，我所讀的都是單行本，所以這裡的關係也有點說不清楚了。

戶川是英文學者，我所喜歡的卻是他的隨筆，雖然他的英文學的論文也是同樣的有意思。他的文章的特色我曾說是詼諧與諷刺，一部分自然無妨說是出於英文學中的幽默，一部分又似日本文學裡的俳味，自有一種特殊的氣韻，與全受西洋風的論文不同。在這幽默中間實在多是文化批評，比一般文人論客所說往往要更為公正而且深刻。這是我對於戶川最為佩服的地方，我在以前佩服內田魯庵的論文也是同一理由，因為他們的思想都是唯理的，而博識與妙文則居其次焉。唯理思想有時候不為世間所珍重，唯在漸近老年的人自引起共感，若少年血氣方盛，不見贊同，固亦無妨也。其次還有這樣的兩位，他們本來或者並不是一路，但在我覺得同樣的愛重，所以唐突的拉在一起來說，這便是永井荷風與谷崎潤一郎。永井的小說如《祝杯》等大都登在《中央公論》上，谷崎的如《刺青》等是在《新思潮》上發表的，當時也讀過，不過這裡要說的乃是他們的隨筆散文，並不是小說。老實說，我是不大愛小說的，或者因為是不懂所以不愛，也未可知。我讀小說大抵是當作文章去看，所以有些不大像小說的，隨筆風的小說，我倒頗覺得有意思，其有結構有波瀾的，彷彿是依照著美國板的小說作法而做出來的東西，反有點不耐煩看，似乎是安排下好的西洋景來等我們去做呆鳥，看了歡喜得出神。廢名在私信中有過這樣的幾句話，我想也有點道理：

「我從前寫小說，現在則不喜歡寫小說，因為小說一方面也要真實，——真實乃親切，一方面又要結構，結構便近於一個騙局，在這些上面費了心思，文章乃更難得親切了。」我對於一般小說不怎麼喜歡，但如永井晚近所作的《濹東綺譚》，谷崎的《武州公祕話》，所寫的方面不同，我讀過都感覺有興趣，不過他們又還寫有散文隨筆，那麼我所喜歡的自然還是在這一邊了。永井的《日和下馱》——這書名翻譯不好，只好且用原文，大概還是最初登在《三田文學》上，後來單行，是我的愛讀書之一，文章與意思固然都極好，我的對於明治的東京的留戀或者也是一種原因，使我特別愛好這一冊小書。此外的《荷風隨筆》，《冬之蠅》，《面影》，以及從前的《雜稿》都曾收集，惜已有散失，《下谷叢話》是鷗外式的新體傳記，至今還在繙看。谷崎的隨筆大概多是近幾年中所寫，我所喜的是《青春物語》以後的，如《攝陽隨筆》，《倚松庵隨筆》，《鶉鷸隴雜纂》等均是，《文章讀本》雖然似乎是通俗的書，我讀了也很佩服。這兩位作家的輩分與事業不是一樣，我卻是一樣的看重，關於文章我們外國人不好多嘴，在思想上總是有一種超俗的地方，這是我覺得最為可喜的。講到末了還有一位島崎藤村先生。他在日本新文學上的位置是極其重要的，拿別人來和他作比較，例如夏目與森這兩位，一是大學教授，一是軍醫總監，文學活動時期只以明治大正為限，藤村則一生只是弄文學，從二十六歲時發表新詩集起，後來做小說，至七十二歲逝世，還在寫《東方之門》未曾完了，前後將五十年，自明治以至昭和，一直為文壇的重鎮。

他的詩與小說以前也曾讀過好些，但是近來卻愛看雜文，所記得的還是以感想隨筆為多，在這裡我也最覺得能看出老哲人的面影，是很愉快的事。我不能正當的稱揚其詩與小說的功績，只在講到隨筆的地方說及他，便是為了這個緣故。藤村隨筆裡的思想並不能看出有什麼超俗的地方，卻是那麼和平敦厚，而又清澈明淨，脫離庸俗而不顯出新異，正如古人所說，讀了令人忘倦。大抵超俗的文章容易有時間性，因為有刺激性，難得很持久，有如飲酒及茶，若是上邊所說的那種作品則如飲泉水，又或是糖與鹽，乃是滋養性的也。這類文章我平常最所欽慕，勉強稱之曰沖淡，自己不能寫，只想多找來讀，卻是也不易多得，淺陋所見，唯在兼好法師與芭蕉，現代則藤村集中，乃能得之耳。

關於白樺派的諸君，今且從略，其理由則是已在明治以後，不在此文所說範圍之內，其次亦因我與諸君多曾相識，故暫且謹慎也。鄙人本非文人，豈敢對於外國文學妄有論列，唯因雜覽日本著作，頗受裨益，乃憑主觀稍加記錄，以志不忘，見識謬誤自不能免，但如陶淵明言，願識者見而恕之而已。

民國三十三年十二月二十日

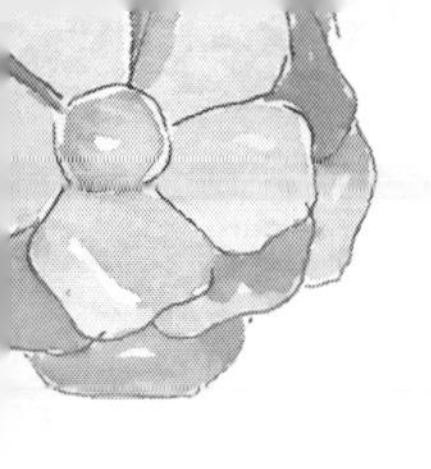

# 廣陽雜記

十多年前聽亡友餅齋說劉繼莊，極致傾倒之意，云昔曾自號掇獻，以志景仰，因求得其所著《廣陽雜記》讀之，果極有意思。書凡五卷，功順堂叢書本，卷首有王昆繩撰墓表甚佳，勝於全謝山所作傳，蓋了解較深也。墓表稱繼莊穎悟絕人，博覽，負大志，不仕，不肯為詞章之學，又云，生平志在利濟天下後世，造就人才，而身家非所計。其氣魄頗與顧亭林相似，但據我看來，思想明通，氣象闊大處還非顧君所能企及。還有一點特別的，繼莊以北人而終老吳中，與亭林正相反，古詩云，胡馬嘶北風，越鳥巢南枝，二君所為均有志士苦心存於其中，至今令後人思之亦不禁感奮。傳中亦云，又其棲棲於吳頭楚尾間，茫不為枌榆之念，將無近於避人亡命者之所為，所以也不能說是不了解，但既稱繼莊之才極矣，又謂其恢張過於彭躬庵，而對於繼莊之許可金聖嘆一事乃大嘆詫，豈非還是與顧亭林罵李卓吾一樣，對於恢張之才仍是十分隔膜也。劉繼莊的感憤是很明了的，如卷一二中記洪承疇為其母及師所不齒之事，至再至三，又記金陵遺老逃而之禪別成心疾的仙人李拗機，卷二三中屢記賜姓遺事，及倒戈而終施行遷海策的黃澄施琅輩，及與楊於兩談賜姓成就人材，楊謂閩向以文勝，今多武勇之士，舉林興珠為例，繼莊乃慨然曰，黃金用儘教歌舞，留與他人樂少年，遂投筆而起。此言甚可思，但此並不是繼莊的唯一的長處，我覺得可佩服的此外還是其氣度之大，見識之深，至少一樣的值得稱揚，這裡文抄公的工作也不是可以太看輕的。首先我們看他自述為學的方法，卷二云：

「余於甲子初夏在包山沈茂仁家，偶有所見，奮筆書曰，眼光要放在極大處，身體要安在極小處。迄今十年，乃不克踐斯言也，甚矣知之易而行之難也。」又卷四云：

「陳青來執贄於予，問為學之方，予言為學先須開拓其心胸，務令識見廣闊，為第一義，次則於古今興廢沿革禮樂兵農之故一一淹貫，心知其事，庶不愧於讀書，若夫尋章摘句，一技一能，所謂雕蟲之技，壯夫恥為者也。」卷二談岣嶁禹碑文字不可考釋，結語云：

「大都古今人非自欺則欺人與為人所欺耳，六經諸史暨三藏十二部諸家之書皆然。

不止一岣嶁碑已也。」卷三云：

「圖麟述其前日見裡巷鄰家有喪，往來雜遝，而己獨立門前，蕭然無事，援筆書云，世俗之禮不行，世俗之人不交，世俗之論不畏，然後其勢孤，勢孤然後能中立。予聞其語，亟令圖老書於便面，以贈伯筠。」這幾節的話都說得極好，但只是理論而已，到底他自己如何運用，我們可以很簡要的抄出幾則來。卷二有兩則云：

「余觀世之小人，未有不好唱歌看戲者，此性天中之《詩》與《樂》也。未有不看小說聽說書者，此性天中之《書》與《春秋》也。未有不信占卜祀鬼神者，此性天中之《易》與《禮》也。聖人六經之教原本人情，而後之儒者乃不能因其勢而利導之，百計禁止遏抑，務以成周之芻狗茅塞人心，是何異壅川使之不流，無怪其決裂潰敗也。夫今之儒者之心為芻狗之所塞也久矣，而以天下大器使之為之，爰以圖治，不亦難乎。

余嘗與韓圖麟論今世之戲文小說，圖老以為敗壞人心，莫此為甚，最宜嚴禁者。余曰，先生莫作此說，戲文小說乃明王轉移世界之大樞機，聖人復起，不能捨此而為治也。圖麟大駭，余為之痛言其故，反覆數千言，圖麟拊掌掀髯嘆未曾有。彼時只及戲文小說耳，今更悟得卜筮祠祀為《易》、《禮》之原，則六經之作果非徒爾已也。」卷四云：

「舊春上元在衡山縣曾臥聽採茶歌，賞其音調，而於辭句懵如也。今又衡山，於其土音雖不盡解，然十可三四領其意義，因之而嘆古今相去不甚遠，村婦稚子口中之歌而有十五國之章法，顧左右無與言者，浩嘆而止。」大抵明季自李卓吾發難以來，思想漸見解放，大家肯根據物理人情加以考索，在文學方面公安袁氏兄弟說過類似的話，至金聖嘆而大放厥詞，繼莊所說本來也沿著這一條道路，卻因為是學者或經世家的立場，所以更為精深，即在現今也是很有意義的，蓋恐同意的人也還不能很多也。此外有談瑣事者，如卷二云：

「涵齋言，嘉靖以前世無白糖，閩人所熬皆黑糖也。嘉靖中一糖局偶值屋瓦墮泥於漏斗中，視之糖之在上者色白如霜雪，味甘美異於平日，中則黃糖，下則黑糖也，異之，遂取泥壓糖上，百試不爽，白糖自此始見於世。繼莊曰，宇宙之中萬美畢具，人靈渺小，不能發其蘊，如地圓之說直到利氏西來而始知之，硝硫木炭和合而為火藥，方濟伯偶試而得之。以此知造化之妙伏而未見者非算數譬喻所能盡，而世人之所知者特其一二端倪耳，吾知千世而後，必有大聖人者出而發其覆也。」記白糖原始亦是常事，我彷彿曾經見過不止一次，說的與看的人都是這樣的過去完事，這裡卻引起那一段感想，而其見識和態度又是那麼的遠大厚重，顯示出對於知識之期待與信賴，此即在並世亦是不易得的事。又卷一云：

「大兄云，滿洲擄去漢人子女，年幼者習滿語純熟，與真女真無別，至老年鄉音漸出矣，雖操滿語其音則土，百不遺一云。予謂人至晚年漸歸根本，此中有至理，非粗心者所能會也。予十九歲去鄉井，寓吳下三十年，飲食起居與吳習，亦自忘其為北產矣。丙辰之秋大病幾死，少愈，所思者皆北味，夢寐中所見境界無非北方幼時熟遊之地，以此知漢高之思豐沛，太公之樂新豐，乃人情之至，非誣也。」我以前查考朱舜水遺事，曾見日本原公道著《先哲叢談》卷三中有一則云：

「舜水歸化歷年所，能和語，然及其病革也，遂復鄉語，則侍人不能了解。」當時讀之愴然有感，今見此文，可用作箋疏，而稱其有至理，劉君之情乃尤可感矣。《雜記》原本或是隨時札記，亦有從日記錄出者，如記敘各地風物小文似均是其中之一部分，寥寥數十字或百許字，文情俱勝，在古文遊記中亦絕不多見。卷四中談《水經注》，有云：

「酈道元博極群書，識周天壤，其注《水經》也，於四瀆百川之原委支派，出入分合，莫不定其方向，紀其道裡，數千年之往跡故瀆，如觀掌紋而數家寶，更有餘力，鋪寫景物，片語隻字，妙絕古今，誠宇宙未有之奇書也。」這裡稱讚《水經注》鋪寫景物話，正好借了來稱讚他，雖然這也只是如文中所說的一點餘力而已。如卷二云：

「長沙小西門外，望兩岸居人，雖竹籬茅屋，皆清雅淡遠，絕無煙火氣。遠近舟楫上者下者，飽張帆者，泊者，理楫者，大者小者，無不入畫，天下絕佳處也。」卷三云：

「七里瀧山水幽折，非尋常蹊徑，稱嚴先生之人，但所謂釣臺者遠在山半，去江約二里餘，非數千丈之竿不能釣也。二臺東西峙，覆以茅亭，其西臺即宋謝皋羽痛哭之處也，下有嚴先生祠，今為營兵牧馬地矣，悲哉。」卷四云：

「蘄州道士洑在江之西南，山極奇峭，有蘭若臨江，樹木叢茂，大石數十丈踞江邊。舟過其下，仰望之，復自看身在舟中，舟在江中，恍如畫裡，佳絕。」又云：

「漢口三元庵後有亭曰快軒。軒後高柳數百株，平野空闊，渺然無際。西望漢陽諸山，蒼翠欲滴。江南風景秀麗，然輸此平遠矣。

漢水之西南，距大別之麓，皆湖渚，茭蘆菱芡，瀰漫蒼莽。江口築堤，走龜山之首，約裡許，自西達東，石甃平整，循堤而東，南望湖渚，有江南風景。」

「漢陽渡船最小，俗名雙飛燕，一人而蕩兩槳，左右相交，力均勢等，最捷而穩。且其值甚寡，一人不過小錢二文，值銀不及一釐，即獨買一舟亦不過數文。故諺云，行遍天下路，唯有武昌好過渡，信哉。」末了我輩再來引一段做結束，卷三云：

「偶與紫庭論詩，誦魏武《觀滄海》詩，水何澹澹，山島竦峙，草木叢生，洪波湧起。紫庭曰，只平平寫景，而橫絕宇宙之胸襟眼界，百世之下猶將見之，漢魏詩皆然也，唐以後人極力作大聲壯語以自鋪張，不能及其萬一也。余深嘆服其語，以為發前人未發。紫庭慨然誦十九首曰，不惜歌者苦，但傷知音稀，非但能言人難，聽者正自不易也。」這一節話我們剛好拿來作《雜記》的總評，紫庭所說橫絕宇宙之胸襟眼界正是劉繼莊所自有的，只可惜在《雜記》中零星的透露出來，沒有整個的著作留下，可以使我們更多知道一點。王昆繩在墓表中說，蓋其心廓然大公，以天下為己任，使得志行乎時，建立當不在三代下，這意見我是極為贊同的，雖然在滿清時根本便不會得志，大概他的用心只在於養成後起的人而已吧。這裡就是那十九首的悲哀，乾隆以來大家已是死心塌地的頌聖，若全謝山能知繼莊行蹤之異，也算是不易得的了。清季風氣一轉，俞理初蔣子瀟龔定庵戴子高輩出，繼莊的學問始再見重於世，友人間稱揚此書者亦不少。餅齋治文字音韻之學，對繼莊這一方面的絕詣固極心折，但其所最為傾倒者當亦在於思想明通氣象闊大這一點上，則與鄙人蓋相同也。我得《廣陽雜記》，閱讀數過，蓄意抄錄介紹，數年來終不果，至今始能草草寫成此文，距餅齋謝世則已五閱春秋矣。

三十三年，除夕

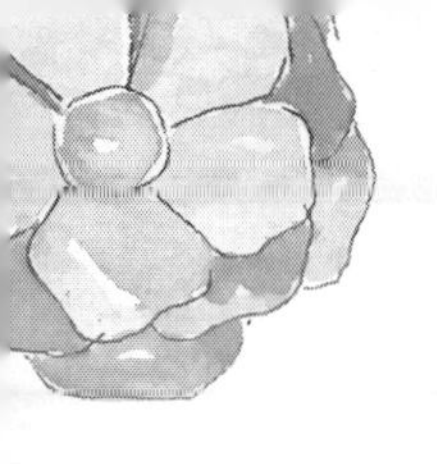

# 楊大瓢日記

楊大瓢日記一冊，凡七十八葉，每半葉八行，行二十字，是大瓢手筆，從楊氏後人借得，因倩人錄得副本。書面題「楊子日記」，有印二，朱文曰赤泉後裔，白文曰鐵函齋，卷末白文印曰漢太尉伯起公五十二世孫。所記為康熙四十六年丁亥一年間事，大瓢時年五十八歲，事多瑣屑，但亦有可資考證者，略舉數事於後。

一二兩月大瓢在福州，居福建巡撫李質君幕中，及李病歿，乃護喪回江蘇，於四月初抵蘇州。在此期間，記有下列各項，其一是關於《柳邊紀略》者：

正月初九日，校《柳邊紀略》。

初十日，校《柳邊紀略》竟。

十二日，屬朱誠哉抄出塞詩，附《柳邊紀略》後。

其次是與林同人的往還，卻亦與《柳邊紀略》有關。

二月二十二日，過荔水莊尋林同人，同人已聵，扶杖出見，時年已七十有一矣。

二十三日，赴藍公漪之招，與林同人痛談甚樂。

二十四日，跋〈玉板十三行帖〉，同〈定武蘭亭敘〉《定武蘭亭敘》贈林同人。過裝潢家梁允靜觀故家殘帖，擇其數種，中有《三雅齋蘭亭》，並贈同人。許伯調招同人藍公漪林洙雲陳廷漢飲紫藤花庵，出敗帖觀之，又與同人縱談邊塞，以《柳邊紀略》示之。

三月初二日，林同人歸我《柳邊紀略》。

案《柳邊紀略》著作年月不詳，但根據上文，可知其五卷本的形式至此時方確定，五篇序文中寫明丁亥夏五月的林序更是明顯，在這年的夏天補作了寄去的。葉調生《吹網錄》卷四說，楊書成於丁亥年，見林侗序，這卻未免有點誤會，那《紀略》本文恐怕早已寫成，因為第一篇序是費密，查費此度卒於康熙三十八年己卯，所以成書總當在這年之前，林同人喜金石文字，和大瓢很談得來，但是說已聵，怎麼看得見〈〉《蘭亭敘》，我想或者只是眼光昏暗罷了，未必真是瞎吧，不然叫盲人評法帖，殆近於笑話矣。

大瓢回到蘇州後訪問親友，有一兩項頗有意思，因為這些人我們多少有點知道的：

四月初十日，視亡友顧小謝汪淡洋之孤，各饋銀物有差。

二十一日，亡友顧小謝婦趙以其遺腹子全來，拜楊子為父，而趙則認太君為母，為全製衣冠而遣之。

五月二十三日，（在揚州，）過費紫蘅，同訪石濤道士。石濤者，宗室靖江王之後也，一字清湘，有書畫名。

顧小謝的名氏一般或未必知道，寒齋恰好有他評選的《唐律銷夏錄》，所以見了面善。書凡五卷，乾隆壬午何文煥重刊本很是精妙，但是原本也不弱，據序說成於丙子，當是康熙三十五年，距丁亥亦才十一二年前耳。原本署名顧以安，何刻本乃云顧安，不知何據。至於石濤上人，大家都知道，可以不必多贅了。

大瓢於六月初二日到南京，至二十日午後乃乘肩輿，率子侄跨驢行，宿於秣陵關。在南京與方望溪往來頗密，《日記》上記得很多：

六月初三日，拜方靈皋，不值。

初六日，方靈皋來。

初七日，赴方靈皋飯。

初八日，作方靈皋〈十七帖〉〈廟堂碑〉〈蘭亭敘〉跋。

初十日，書方靈皋三帖跋，又批閱其近文三篇。

十一日，札方靈皋，歸其文稿法帖。

十二日，張安谷方靈皋來，靈皋贈我秋石二餅。

十五日，方靈皋蔡鉉升張安谷來，久之不去，不得已飯之。

十八日，夜方靈皋來。

案是年方望溪年四十歲，已成進士，對於大瓢卻似頗有敬意，豈因學書故耶，唯以近稿屬批閱，則其虛心亦可佩服矣。大瓢為方望溪所作題跋三首今悉收在《鐵函齋書跋》中，唯《望溪文集》中不曾少留有痕跡，蓋以與義理文章都無關係，故無可留，此亦不足怪也。秋石之贈，則又足以證明交情之不淺，案秋石系取童男女溺煉成之物，《本草綱目》卷五十二人部，李時珍曰：

「方士以人中白設法鍛煉，治為秋石。服者多是淫慾之人，藉此放肆，虛陽妄作，真水愈涸，安得不渴耶，唯丹田虛冷者服之可耳。」楊子長者，享壽七十一，方君又是大賢，投贈之意不知何在，後人蠡測殊莫能明，我所覺得有意思者，日記尺牘，寥寥數語，往往無意中留下絕好的資材，令讀者欣賞不盡也。

七月二十八日，戴田有來。

八月初三日，戴田有札至。

初七日，札戴田有，致《潛書》。

二十二日，潘稼堂來。

二十三日，示稼堂《柳邊紀略》。

九月初五日，潘稼堂札致安城府君補臂圖詩，及楊子《柳邊紀略》序。

十五日，札潘次耕，致《柳邊紀略》。

此外潘次耕的來訪通訊的紀事還有五六次，不具舉，《柳邊紀略》的潘序作於此時，可以知道。戴南山於康熙五十年為趙申喬所告發下獄，為清代大文字獄之一，五十二年被殺，年六十一，在丁亥當是五十五歲。此一年間所記交遊中尚有好些名人，如查聲山，周燕客，方扶南，王伏草，汪武曹，何屺瞻，繆武子，蔣湘帆，林吉人等，因多只簡單的往來，今悉從略。

《日記》中記有家庭裡的幾件大事，也很重要。道光間筠石山房刊《大瓢偶筆》例言中云，大瓢所著別有《家庭紀述》一卷，具載家庭瑣事，無關書學，故未編入。據所云具載瑣事，其書當大有價值，惜今不傳，即葉調生傳節子留心大瓢著作者亦均未見，此《日記》中所存一二資料因此亦可珍矣。其一是關於大瓢弟楚萍之卒者：

六月二十八日，楚萍病革，未時歿。

二十九日，未時殮楚萍。戌時其後妻馬亦死。

七月初一日，遣使至故鄉報喪。未時殮馬氏。是日收養珩，瑱，瑜。

案楚萍名實，據費此度《紀略》序如此寫，葉傳各家作寶似誤，《力耕堂詩稿》卷二有《送二弟出山海關省覲詩》，計其時楚萍二十四歲，為康熙二十年辛酉。費序中記其事云：

「楚萍在襁褓中離親側二十年，顏面皆不得知，既至跪父母前，自道其乳時小名曰，兒某也，伏地不能起。母驚而下土炕，執其手，上下其面目曰，汝即某兒，乃今成人耶。於是母子抱持，絕復甦，自起作炊，以刀割肉，淚下脔㦸，徐問浙中消息，內外親屬，歡極而痛，痛極而歡，語中夜不止，骨肉之情蓋若真若夢者累日。」至丁亥楚萍年五十，乃卒，遺子三人，唯據《日記》云：

八月初九日，楚萍幼子瑜殤。

十月初一日，楚萍第二子瑱殤。

楚萍三子蓋唯存長子珩而已。其二是關於大瓢母范孺人之卒，亦在是年之冬，記云：

十一月二十七日，太君藥不下，守至夜半亥時歿。

十二月初四日，作《范孺人家傳》。

初八日，作《范孺人墓記》。

十二日，屬瑩木書《范孺人墓記》於磚。

十八日，卯時祭，發引，更余至團山。

十九日，雨中登山，開壽壙，頗溫暖，巳時葬。

案《鷗陂漁話》卷二楊大瓢之父遺成事一文，末有雙行小注云：「大瓢父墓在我郡團山，見稿中《范孺人傳》，其地近白馬澗，距城十餘里，近年有人得其墓誌拓本，文為姜西溟撰，字已漫泐過半，疑其墓久不保矣。」今據《日記》可考知其作傳年月，又《范孺人墓記》只書於磚上，不曾刻石，自然更不可考了。末了還有幾項記事，可以舉出來看：

正月十八日，夜閱《左傳事緯》，夢鰪耕。

七月初八日，是日鰪耕疾。

十五日，祀先，夜祭無主孤魂於朱家園，鰪耕意也，凡七年於茲矣。

十月十二日，第三孫滿月，屬鰪耕為之薙發。

十九日，夜遣鰪耕侍太君。

二十二日，夜太君遣鰪耕歸。

二十四日，是日顧夫人娶繼子婦，召鰪耕挑方巾，夜二鼓冒雨還。

十一月十六日，召祝希饒為太君及饁耕寫照。

案上文所記乃是關於大瓢夫人的事，筠石山房本《大瓢偶筆》中有不著撰人姓名的《楊大瓢傳》，末有一節云：

「娶朱氏，小字饁耕，賓故自號耕夫。求昏前夕朱夢虎躍入庭負之而去，詰旦告親，媒妁適至，詢知屬虎，遂許字。後賓旅遊將歸，朱必夢虎，期皆先知，因自號夢虎道者。亦善書，嘗剪《廟堂碑》臨之。」今《鐵函齋書跋》中有夢虎道者廟堂碑題跋一則，雲夢虎道者見而愛之，手剪為條，黏之書本，臨摹且三年矣，此跋大概作於丙戌年冬，然則剪碑事亦當在康熙四十一二年之際也。

民國甲申十月十五日，記於十藥草堂

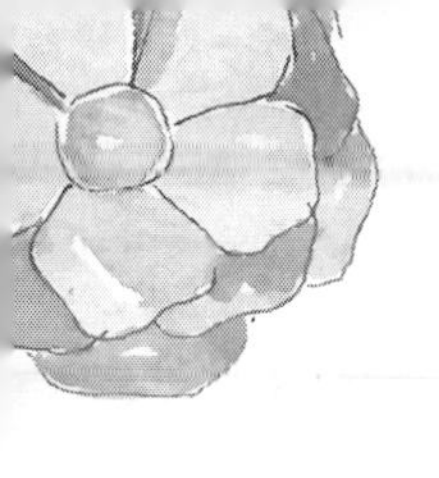

# 寄龕四志

數年前寫過一篇小文談《右臺仙館筆記》，引《藝風堂文續集》卷二中《俞曲園先生行狀》云，「古來小說，《燕丹子》傳奇體也，《西京雜記》小說體也，至《太平廣記》，以博采為宗旨，合兩體為一帙，後人遂不能分。先生《右臺筆記》，以晉人之清談，寫宋人之名理，勸善懲惡，使人觀感於不自知，前之者閱微草堂五種，後之者寄龕四志，皆有功世道之文，非私逞才華者所可比也。」後邊加以案語云，「繆君不愧為目錄學專家，又是《書目答問》的著者，故所說甚得要領，以紀曉嵐孫彥清二家筆記與曲園相比，亦有識見，但其實銖兩不能悉稱，蓋紀孫二君皆不免用心太過，即是希望有功於世道，坐此落入惡趣，成為宣傳之書，唯以文筆尚簡潔，聊可一讀，差不至令人噦棄耳。」寄龕全集見於《叢書目錄拾遺》卷十，甲乙丙丁四志各四卷，即在其中，光緒年間所刻，市上多有，不為世人所重，藝風老人獨注意及之，覺得可佩服，鄙人則以鄉曲之見，收集山會兩邑人著作，於無意中得來者也。據薛炳所撰家傳，孫德祖字彥清，會稽縣人，同治丁卯舉人，光緒庚辰任長興縣學教諭，戊申卒於家，年六十九，蓋生於道光二十年庚子，即西曆千八百四十年。洪楊亂後居於小皋部，薛傳云，與皋中諸子聯詩社相唱和，一時文宴之盛，為泊鷗言社所未有，世所稱皋社是也。皋社設在秦氏娛園，社中同人除主人秦樹銛秋伊外，有孫垓子久，李慈銘愛伯，王詒壽眉叔，馬賡良幼眉，陶方琦子珍，曹壽銘文孺，沈寶森曉湖，以及孫德祖彥清，諸人詩文集恰巧都多少收羅到了，不過這裡不想研究皋社詩人，所以不必細表，所要說的只是孫君的著作而已。寄龕全集的內容，據寒齋所有者是《寄龕文存》四卷，《詩質》十二卷，《詞問》六卷，甲乙丙丁志十六卷，《長興縣學文牘》二卷，《學齋庸訓》一卷，《若溪課藝》一卷。詩是不大懂得，文則並不想談，剩下來的所以只有那寄龕四志了。昔者陸放翁作《老學庵筆記》，至今甚見珍重，後來越人卻不善著書，未曾留下什麼好的筆記，寒齋所有清朝著作十五種中可取才及二三，平步青的《霞外攟屑》乃是容齋之流，其《蜆鬥薖樂府本事》一卷六十則，可以算是傳奇體之佳者，小說體則只得以此四志充數矣。孫君文筆頗佳，系清道橋許伸卿刻板，未必精好，而字體多擬古，亦不盡從《說文》，卻亦復可喜，其缺點在於好言報應輪迴，記落雷或橋壞傷人，必歸諸冥罰或前生事以至劫數，嫌其有道士氣，此為讀書人之大病，紀曉嵐之短處亦正相同。但是四志有一特色，即附帶說及的民俗資料頗不少。普通文人著作一心在於載道翼教，對於社會間瑣屑事情都覺得不值紀錄，孫君卻時時談及紹興民間的風俗名物，雖多極簡略，亦是難得而可貴也。今抄出數則，大抵可以分為兩類，一是關係鬼事的，二是關於俗語的。《丙志》卷二云：

「俗傳婦女以不良死者，其鬼所至常有脂粉氣。」《甲志》卷四云：

「《續新齊諧》云，溺鬼必帶羊臊氣，信然，然以為帶羊臊者不能祟人，必五年後無此氣乃能為祟，則非也。余故居半塘橋，宅後園有大池，與鄰茹氏共之，茹氏凡溺三人，一婢之死先餘生數年，其後一米舖學徒，一傭媼，則余皆目擊，唯時皆聞水有羊膻，不出三日果溺人，平時未嘗有也。」《丁志》卷一云：

「余鄰村大皋部有王氏子二人死於溺，是同堂兄弟，兄已浴矣，弟強之再浴，拍浮間兄見中流有物，如豕涉波，泅而趁之，為所持，不勝，呼弟為助，遂並沒。其時別有幼弟與偕，懼而逸得免，述所睹如此。」《甲志》卷一云：

「鳳姑者以鬻鴉片煙為業，居昌安門外之芝鳳橋，與余故居樂安堂隔一水，迤南不及半里，一夕火作，一家七人同盡，餘年已十餘，望見之。業此者越人謂之開煙盤，大率置聯榻，多設煙具，以便游手無籍之徒，燈火青熒，往往達旦。焚後比鄰連夕聞叩關乞油聲，或開戶灑之，次旦審視地上亦絕無油漬。相傳死於火者鬼常苦灼，得油則解。」又云：

「越人信鬼，病則以為祟於鬼，宜送客。送客以人，定一人捧米篩盛酒食，一人捻紙燃火導之大門外，焚楮錢已，送者即其處餕焉，謂之摸螺螄，則不解其所由來，又何所取義也。皋坪村人孫忠嘗傭於小皋部秦氏，為之送客，與其侶摸螺螄，各盡一杯酒，再斟即不復得，以食飯，已而視壺中固未罄也，復飲則化為漿，稠黏而酸，不可沾唇矣。舒丈芙嶠亦言，少時讀書山寺，司爨老人能視鬼，性好酒，每酤得酒，輒有鬼來竊飲，與之爭不勝，為所嗅，酒故在而味淡於水。」案，送客又通稱送夜頭，摸螺螄之名或起於詼諧，鄉間有爬螺螄船，以竹器沿河沿兜之，可抄得螺螄甚多，送客者兩手端米篩，狀頗相似。《乙志》卷四云：

「越中病者將死，則必市佛經焚之，以黃紙包其灰，置逝者掌中，謂之三十六包，以為入冥打點官司之用。或倉卒未及購致，有忍死以待者，設不及待而死，指伸不得握，得而焚與之乃握，所聞如是者比比，俗益神其事。」又卷二云：

「歸煞見《顏氏家訓》，越人謂之轉煞，讀去聲，尤篤信之。余家嘉德質庫友張某歿後，有所司帳目未得明白，於其轉煞夕姑置紙筆坐隅，居然啟櫝磨墨濡筆，作數行字，然縈繞如蛇蚓，卒無一字可辨識。段柯古《文諾皋》云，鬼書不久即漫滅，及曉紙上若煤汙，無復字也。雖其跡不同，鬼之能書則較然可見，不知鬼無形質，何以能運用器物如此。」《丁志》卷一云：

「魯哀公祖載其父。孔子曰，設五穀囊乎。公曰，五穀囊者起伯夷叔齊，不食周粟，餓死首陽，恐魂之飢，故作五穀囊，吾父食味含哺而死，何用此為。見《藝文類聚》，引《喪服要記》。此殆《顏氏家訓》所謂糧罂，今越俗送葬猶用之。取陶器有蓋者，子婦率孫曾男女凡有服者各於祖筵夾品物實其中，嚴蓋訖，各以綿線繞其外，或積之數十百層，既窆而納諸壙。」案，此種陶器出自特製，約可容一升，俗名盎打頭瓶，不知字當如何寫，范寅《越諺》中亦未收。《丙志》卷三記慈溪事，云鄰人有作夜牌頭者，注云，此稱越亦有之，蓋生人之役於冥者。寧波紹興語多相通，夜牌頭正是其一，唯《越諺》亦失載。又卷二云：

「越俗有所謂關肚仙者，能攝逝者魂靈入腹中，與生人對語，小說家多有記其事者，或冤魂所附，或靈鬼憑之以求食，但與今異其名爾。余曾於親串見女巫為之，語含胡不甚可辨，間從問者口中消息鉤距之，蓋鼓氣偽為者居多。慈溪謂之講肚仙。」

以上各節涉及鬼事，雖語焉不詳，但向來少見紀錄，而學老師著書志本在資勸懲，文字又務雅正，卻記述及此，雖是零星資料，亦足珍矣。其次關於俗語者亦復不少，今略抄數則，《甲志》卷四云：

「道光中蕭山有王阿二者以妒姦殺女尼十一人，讞定磔之省城，至今蕭山人賭牌九者，得丁八一，輒目以王阿二起解。蓋此戲數牌之點數，以多寡為勝負，又分文武。三點為丁，八點有二六三五兩牌，皆武也，以丁侶八，除十成數只餘一點，莫少於是。他牌雖同為一點，有文牌者，如重四之八為人牌，重二為長二，重麼為地牌，重三為長三，麼三為和牌，麼五為短六，麼六為短七，皆屬文，可侶他牌成一點，皆足以勝之，極言其無倖免也。」案，骨牌名稱除計點者外，民間尚有俗名，如重二為板凳，麼五為拳頭，或曰銅錘，麼六為劃楫，重五為梅花，皆取象形，唯五六稱為鬍子，則義不可曉。麼二稱釘子，二四轉訛或稱臭女婿，蓋因其為武牌，唯與麼二配成至尊，若侶他牌則遇同點數之文牌無不敗者，世輕之為臭，平常亦稱為二四。《乙志》卷二云：

「《宋書．樂志》載晉咸康中散騎侍郎顧臻表云，末世之伎，設禮外之觀，足以蹈天，頭以行地，云云。今越中亦有此戲，謂之豎蜻蜓。龍舟競渡，或於小艇子上為之，艇狹而長，畫鱗為龍形，兩舷各施畫楫十餘，激水如飛，一人倒植鷁首，屹然如建鐵柱，謂之豎老龍頭，可以經數時之久。」又卷四云：

「貸郎擔越中謂之袋絡擔，是貨雜碎布帛及絲線之屬，其初蓋以絡索擔囊橐銜且鬻，故云。小皋部鄰沈媼有二子，曰袋絡阿八袋絡阿九，並以其業名。」《丙志》卷四云：

「越俗患頑童之好狎畜狗若貍奴或為所爪嚙也，曰騎貓狗者娶婦日必雨，患其好張蓋而敝之也，曰非暑若雨及屋下張蓋者軀體不復長，皆投其所忌，繆為之說以懼之，然尋常鞭撻所不能止者，無勿帖然不敢犯。」上邊所記未見於他書，均頗有意思，揀擇出來，也是民俗研究的好材料。中國古來是那麼一派學風，文人學者力守正宗，唯於不經意中稍或出軌，有所記述，及今視之甚可珍異，前人之績業只止於此，我們應知欣慼，豈得再有所責求耶。自己反省雖途徑能知，而缺少努力，且離鄉村已久，留滯都會中，見聞日隘，不能有所成就，偶讀茹三樵《越言釋》，范嘯風《越諺》，平景孫《玉雨淙釋諺》諸書，但有感嘆，今抄四志亦復如是也。

三十三年十一月十日，東郭生記

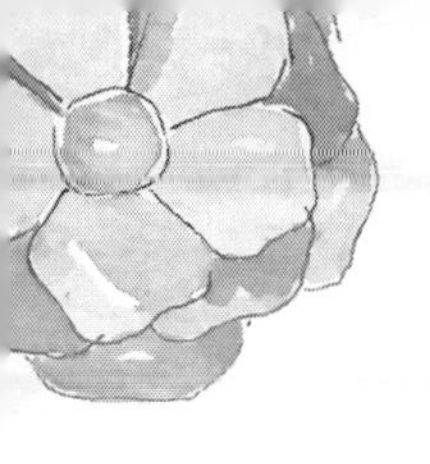

# 笑贊

十幾年前我編過一冊《笑話選》，專就近代有撰人姓氏的笑話書中選取，計有三種，一為《笑府》，馮夢龍撰，二為《笑倒》，小引署咄咄夫題於半庵，案《半庵笑政》一卷收在檀幾叢書餘集中，署陳皋謨字獻可，當是其真姓名，三為《笑得好》，石天基撰。此外還有《笑贊》一卷，題清都散客述，清都散客又著有《芳茹園樂府》，即明趙南星，故此書亦特別有意思，惜傳本木板漫漶，不能據錄。星雲堂書店曾有刊本，張壽林校錄，字句多缺，讀之悶損，其後中華書局將《樂府》、《笑贊》合刊，名曰「清都散客二種」，有盧前吳梅序跋，而文中殘缺如故。似此書至今尚多流傳，而皆是板壞後所印，故缺文無法校補，每一翻閱，常感覺可惜。近時偶爾見到一部，印似較早，雖亦漫漶而尚多可辨識，因借校一過，《樂府》中只有兩個字缺其半邊，《笑贊》則推官條中缺一字，南風詩贊中缺一行十三字而已。盧跋稱原書為明活字本，世罕流傳，其實乃不然。寒齋所有一本，字甚多殘缺，而紙墨均新，其第四十四葉且是近時補刊，看來至早是光宣年物，如此外五十來板系明活字，恐不能排著保存下來。還有可笑的是，補刊的一葉中縫有四字曰笑贊題詞，書面貼簽亦如是寫，可知主其事者並非內行，但見第一葉有題詞，以為即是書名，疑是祠堂管事人之類所為，唯印刷所用尚非是有光紙，故推定定系民國前之物，原板或系明末所刊，至於字跡可辨的一本大概亦是百年內所印，未必能很早也。

《清都散客二種》的序跋中，盧冀野的小引寫得算最好，其文云：

「清都散客者，高邑趙南星之別署。南星字夢白，號儕鶴，萬曆二年舉進士，除汝寧判官，尋遷戶部主事，調吏部考功，歷文選員外郎，以疏陳四大害觸時忌乞歸。萬曆中再起為考功郎中，主京察，要路私人貶斥殆盡，遂被嚴旨落職。光宗立，起為太常少卿，繼遷左都御史。天啟初任吏部尚書，終以進賢嫉惡，忤魏忠賢，削籍戍代州，天啟七年卒。南星籍東林，與鄒元標顧憲成世稱三君。所作有《笑贊》，《芳茹園樂府》。尤侗雲，高邑趙儕鶴塚宰一代正人也，予於梁宗伯處見其所作填歌曲，乃雜取村謠俚諺，耍弄打諢，以泄其骯髒不平之氣。所謂雜取村謠里諺者，《樂府》如是，《笑贊》亦如是，此其所以不重於士夫而轉流播於里巷歟。爰合二種，刊以行世。甲戌正月，盧前引。」《笑贊》跋中又云：

「《笑贊》之作，非所以供諧謔之資，而贊者故刺之謂也。所錄共七十二則，原書為明活字本，都五十二葉，葉十六行，行十四字，世罕流傳。見者往往亦以短書少之，不知其言外之義，抑可惜已。」案著者作《笑贊》的原意，在題詞中本已說明白，其文云：

「書傳之所紀，目前之所見，不乏可笑者，世所傳笑談乃其影子耳，時或憶及，為之解頤，此孤居無悶之一助也。然亦可以談名理，可以通世故，染翰舒文者能知其解，其為機鋒之助良非淺鮮。漫錄七十二則，各為之贊，名『笑贊』云。」嬉笑怒罵本是相連，所不同者怒罵大有欲打之意，嬉笑則情跡少輕又或陋劣，鄙夷不屑耳，其或有情的嘲弄，由於機智迸出，有如操刀之必割，《詩》所云善戲謔兮，不為虐兮者，當然可以不算在內。若是把笑話只看作諧謔之資，不知其有諷刺之意，那是道地的道學家看法，壓根兒就沒法同他說得通了。我在《苦茶庵笑話選》中曾經簡單的說明笑話的用處，略云：

「其一，說理論事，空言無補，舉例以明，和以調笑，則自然解頤，心悅意服，古人多有取之者，比於寓言。其二，群居會飲，說鬼談天，詼諧小話亦其一種，可以破悶，可以解憂，至今能說笑話者猶得與彈琵琶唱小曲者同例，免於罰酒焉。其三，當作文學看，這是故事之一類，是滑稽小說的萌芽，也或是其枝葉，研究與賞鑑者均可於此取資，唯中國滑稽小說不知為何不發達，笑話遂有孤苦伶仃之感耳。其四，與歌謠故事諺語相同，笑話是人民所感的表示，凡生活情形，風土習慣，性情好惡，皆自然流露，而尤為直截瀓透，此正是民俗學中第三類的好資料也。」又在別的一篇小文裡說過：

「秋風漸涼，王母暴已過，我年例常患枯草熱，也就復發，不能做什麼事，只好拿幾種小話選本消遣。日本的小話譯成中國語當云笑話，笑話當然是消閒的最好材料，實際也不盡然，特別是外國的，因為風俗人情的差異，想要領解往往須用相當的氣力。可是笑話的好處就在這裡，這點勞力我們豈能可惜。我想笑話的作用固然在於使人笑，但一笑之後還該有什麼餘留，那麼這對於風俗人情之理解或反省大約就是吧。笑話，寓言與俗諺，是同樣的好資料，不問本國或外國，其意味原無不同。」這裡所謂對於風俗人情之理解即是上文的其四，而其反省則是其一，也就是盧君所說的言外之意。這一類的笑話古人著書有利用的，其例頗多。幼時讀聖賢書，見《孟子》述宋人揠苗助長芒芒然歸情狀，不禁失笑，孔夫子說月攘一雞，至今傳誦，若《韓非子》所記種種宋人故事，簡直是後來呆女婿的流亞了。古來賢哲常用這種手法，見於聖經賢傳中，趙夢白東林賢者，繼作《笑贊》，正是當然，而且即此更可以見得他明朗通達，與平常道學家不同。他說明古今不少可笑可氣的事，世間所傳笑談乃其影子，他指影給我們看，正要我們自己去找那形出來，這或者是別人，或者就是讀者自己也說不定。《笑贊》第四十三即云：

「唐朝山人殷安嘗謂人曰，自古聖人數不過五，伏羲，神農，周公，孔子，（乃屈四指，）自此之後無屈得指者。其人曰，老先生是一個。乃屈五指曰，不敢。

贊曰，殷安自負是大聖人，而唐朝至今無知之者，想是不會裝聖人，若會裝時，即非聖人，亦成個名儒。」又第五十一則云：

「郡人趙世杰半夜睡醒，語其妻曰，我夢中與他家婦女交接，不知婦女亦有此夢否。其妻曰，男子婦人有甚差別。世杰遂將其妻打了一頓。至今留下俗語云，趙世杰半夜起來打差別。

贊曰，道學家守不妄語為良知，此人夫妻半夜論心，似非妄語，然在夫則可，在妻則不可，何也。此事若問李卓吾，定有奇解。」這裡面的人有名有姓，已是真形了，但此類事甚多，所以又可以轉借過來作影子，至於贊語甚為透澈，此等本領已非馮子猶所及，唯有金聖嘆李卓吾才能如此，趙君也已說及，此是他的大不可及處。一般小心小膽的人，守住既得的道德上的權利，一點不敢動，聽見金李諸人的話便大感不安，起來嚷嚷，此正是趙世杰之打差別，其不為清都散客之所笑者幾希矣。

《芳茹園樂府》中所收的是散套與小令，我們本來可以不談了，但是其中也有與《笑贊》相關的地方。《笑贊》第十二則云：

「遼東一武職素不識字，被論，使人念劾本，至所當革任回衛者也，痛哭曰，革任回衛也罷了，這者也兩個字怎麼當的起。

贊曰，至公至明，乃可以劾人，不然，者也二字斷送了多少好人，真是難當也。」樂府中有〈慰張鞏昌罷官〉一首，有二語云，容易的所當者也，斷送的歸去來兮，就用這個典故。本來這是散曲，不好拿了什麼義法去範圍，可是正經朋友往往不能了解，覺得剛正與詼諧難以並存，便有種種的議論。吳瞿安題記云：

「夢白正人，遊戲聲歌，本無妨礙，而集中多市井謔浪之言，如銀紐絲，一口氣，山坡羊，喜連聲，劈破玉諸曲，再讀一過，疑是偽托。」又盧冀野跋尾云：

「世傳劉煇以詞誣六一，堂上簸錢，遂成罪語，日月之明故無傷也。儕鶴填詞，見於辭表，絕惡佯狂，唯疑可案，既歸林泉，偶有吟詠，好事傳之，豈容盡信，披沙揀金，是在讀者。顧繼散詞，厥維小曲，茲集所傳，小曲為多，風氣使然，雖賢者未能免耳。」二跋對於作者備致愛護，其意固可感，而語則甚為紕繆，必如海瑞霍韜乃為正人，此非不佞之所能領教也。以文字罪人，最是中國史上汙點之一，劉煇之誣六一，舒亶之劾東坡，世所共棄，豈可陽違陰奉，斤斤以此裁量人。昔梁簡文帝《誡子當陽公書》有云，「立身之道與文章異，立身先須謹重，文章且須放蕩。」吾深嘆服此言，以為文人的理想應當如此，今見趙夢白，乃知此處有一人在，大可喜也。吳君所說劈破玉乃是卷末一章，今錄於後：

「俏冤家，我咬你個牙廝對。平空裡撞著你，引的我魂飛，無顛無倒，如痴如醉。往常時心似鐵，到而今著了迷，捨死忘生只為你。」這是很好的情歌，無論他是在什麼時代所作，都覺得是有意思的事。又有一首題為「折桂令後帶急三槍」，小注云與諸弟同馮生酒集，其詞云：

「一丟丟些小亭中，花似唇香，竹愛人情。喜煞潘安，吟窮杜甫，醉壞劉伶。謠詞兒氣氣聲聲，新酒兒淡淡濃濃。怪友狂丁，瓦鉢磁鍾。見放著平地神仙，又何須白日飛昇。

咱們咱們胡海混，就地兒圓著圈。咱們流杯，咱們吃個流杯會，咱們撒會村。笑特特喜壞了咱們，咱們咱們打個滾。」這真是近於天籟的好文章，想見作者的性情與氣象，海闊天空，天真爛漫，自有其偉大處。《閱微草堂筆記》卷二記高邑趙忠毅東方未明之硯，背有銘曰，殘月熒熒，太白睒睒，雞三號，更五點，此時拜疏擊大奄，事成策汝功，不成同汝貶。忠義之氣如見，亦可佩服，但實只是一種類型，不及讀此兩冊短書，從富有人情處更能看見其所特有的平凡之偉大也。

民國三十四年，一月二十日

# 大乘的啟蒙書

錢振鍠著《名山小言》卷七中有一則云：

「文章有為我兼愛之不同。為我者只取我自家明白，雖無第二人解，亦何傷哉，老子古簡，莊生詭誕，皆是也。兼愛者必使我一人之心共喻於天下，語不盡不止，孟子詳明，墨子重複，是也。《論語》多弟子所記，故語意亦簡，孔子誨人不倦，其語必不止此。或怪孔明文采不豔而過於丁寧周至，陳壽以為亮所言盡眾人凡士云云，要之皆文之近於兼愛者也。詩亦有之，王孟閒適，意取含蓄，樂天諷諭，不妨盡言。」這一節話說得很好，也可以應用於學問方面，據我的意見還可改稱為小乘的與大乘的，意思比較更為顯明。大家知道佛教裡有這一種區分，小乘的人志在自度，證得阿羅漢果，就算完事，大乘的乃是覺有情的菩薩，眾生無邊誓願度，必須度盡眾生自己才入涅槃。弄學問的人精進不懈，自修勝業，到得鐵杵磨針，功行已滿，豁然貫通，便是證了聲聞緣覺地位，可以站得住了，假如就此躲在書齋裡，那就是小乘的自了漢，有如富翁在家安坐納福，即使未嘗為富不仁，總之也是無益於世的東西。理想的學者乃是在他自己修成勝業之後，再來幫助別人，古人所云，以先知覺後知，以先覺覺後覺就是這個意思，以法施人，在布施度中正是很重要的一種方法。近代中國學者之中也曾有過這樣的人，他們不但竭盡心力著成專書，預備藏之名山，傳之其人，還要分出好些工夫來，寫啟蒙用的入門書，例如《說文釋例》等書的著者王筠著有《文字蒙求》、《正字略》與《教童子法》，《說文通訓定聲》的著者朱駿聲著有《六書假借經征》與《尚書古注便讀》，此皆是大乘菩薩之用心，至可佩服者也。前清以八股文取士，士子在家讀經書習文字，只當作敲門之磚，考取後則專令做官，以多碰頭少說話為原則，在此時代似乎學問是難望發達的了，可是事實上倒也還並不盡然。極少數的人高尚其志，不求聞達，以治學為事的也不是沒有，此其一。秀才舉人不能再上進，或以教職知縣用，不很得意，拂袖歸去，重理舊業，遂成專門之學，此其二。又或官高望重，無可再升，轉而讀書，炳燭之明，亦可得一二十年，賓客眾多，資料易集，其成績往往有可觀者，此其三。在八股猖獗之世，整理國故的事業居然有相當成就，此在言近三百年來文化者無不予以承認，雖然別的方面成績就都沒有這樣的好。民國成立以後，已經經過了三十多年，科舉制度代以學校，學問藝文應該大有進步了吧，然而不然。不，也不能說不發達，大概是學風改變了，據我看來似乎並不一定向著好的方面轉。從前是先弄幾年的經書文字，拿來弋官，做了官自然就與學問遠離了，但如上文所說，也有一部分人從八股與官那邊退回來的，即使是從中年或老年再弄起頭，他卻是切實的做下去，至於年壽盡為止。後來則是把弄學問放在前頭，先進十五六年的學校，再在研究院提出論文，隨後放到社會裡去，大半還是做官，與民國以前沒有什麼兩樣，可是這樣一去之後大抵不再回來的了。以經書文字做敲門磚，本來很是可笑，現在也還是敲門磚，不過是用各科學問與博士論文，這其間大概也說不出有什麼高下，所不同的是以前以時文作磚，後來還或有機會回來做學問，現今則以學問作磚，放下之後便難得再拾起來了吧。本來只要學問能夠發達，就是暫作敲門磚也無甚妨礙，可是比較起來不大上算，因為昔人後半生弄學問時間頗長，今人移在青年時代這幾年裡，不大充分，還有一層很重要的事，中年晚年所做的是自己的事業，少有名利的關係，完成勝業固是好事，能夠於人有益也是很好的，若是青年寫博士研究論文，自然不能這麼超然，其態度便難免是小乘的，實在也是莫怪的事。民國以來整理國故的成績不能說不好，但其大部分恐怕多是博士論文的性質，要新奇可喜的主張或發見大抵不難，若是大部著作如《說文釋例》的既不易得，至於《文字蒙求》似的啟蒙小書，那是更難得有人肯做了。為什麼呢，寫這種小冊可以說完全是利人的事，如寫專門論著，只要所有知識的十分七八安排得好，便可成功，顯得富麗堂皇，寫啟蒙書只有二分就夠了，可是你還得準備十足的知識在那裡，選擇布置，更須多費氣力，人家見了卻並不看重，既是事倍功半，而且無名少利，不是對於後輩真心關切的人，誰肯來幹這些呆事呢。據鄙人的私見說來，這些新的研究自然也都是很好的，但在現今國故整理尚未成功，古典不曾疏解明白，國學常識還未普及，只靠幾位博士先生互相傳觀他們的新主張與發見，那還是不大夠的，此外對於一般後輩的啟蒙工作也實不可少，原典的校訂註解，入門與工具書的編纂，都是極緊要的事，從前的事也就不算了吧，以後總不能再是這樣懈怠下去了。但是，這事期待誰來做呢？我想這也並不太難。大乘的佛教豈不即是從小乘出來的麼，這只在態度的一轉變間罷了，正如主張為我的人假如想到「己亦在人中」，或者感到「吾與爾猶彼也」，那麼就會得把為我兼愛一以貫之，證了阿羅漢果，再去修菩薩行，不但不是難事，且亦恰是正道也。

說到這裡，差不多我所想說的話已經完了，我的希望只是有人在學問方面做點兼愛的工作，於編排自己的大著作之外，再費點工夫替後輩寫些適用的小書，雖未免稍為損己，卻是大大的利人，功德無量也。這些是什麼書呢，我也一時回答不來，還要請各部門的學者自己去斟酌，我所想到的覺得國學常識總是必要的一種吧。這個名稱恐怕定得有點不大恰當，難免有人誤會以為與國粹有關，其實並不如此，我的意思只是說本國文化學術的大要，青年學生所應當知道的，簡要的說一遍，算作常識的一部分，將來必要時會得有用，即使不然，本國的事情多知道一點也總是好的。其次國史常識我也覺得很重要，這有如自己以及家裡的過去的事情，好歹都須得知道個概要。各種古典與各項學問能夠多方面介紹給青年知道都是好的，要緊的事是設法引他入門，於他有益同時也要覺得有興味。世間常有讀經的呼聲，鄙人未曾注意，亦思避免說話，現在談到這些問題，似乎不無牽連，因此也不得不有所說明。鄙人的意思是大概以知為主，希望青年增進知識，修養情意，對於民族與人生多得理解，於持身涉世可以有用而已，若是宗教式的行事則非小信的鄙人所知矣。竊觀昔人論六經最好者莫過於清初的劉繼莊，在所著《廣陽雜記》卷二中有一則云：

「余觀世之小人未有不好唱歌看戲者，此性天中之《詩》與《樂》也，未有不看小說聽說書者，此性天中之《書》與《春秋》也，未有不信占卜祀鬼神者，此性天中之《易》與《禮》也。聖人六經之教原本人情，而後之儒者乃不能因其勢而利導之，百計禁止遏抑，務以成周之芻狗茅塞人心，是何異壅川使之不流，無怪其決裂潰敗也。夫今之儒者之心為芻狗之所塞也久矣，而以天下大器使之為之，爰以圖治，不亦難乎。」劉君此論極為明通，可謂能深知聖人之用心，此事原難能可貴，但說出卻亦平常，無非是本於人情耳。如依據此意，欲使聖人六經之教宣明於世，辦法亦殊簡單，即照所說的那樣，從唱歌看戲小說說書占卜祭祀各端下手，溯流尋源，切實的做去，即是民生問題得了端緒，更不必再抱住芻狗不放了。劉繼莊又說，戲文小說乃明王轉移世界之大樞機，聖人復起，不能捨此而為治也。他能這樣的了解，無怪其深許可金聖嘆，聖嘆還只是文人，以經書當文學看，與《水滸》、《西廂》相併，繼莊則更是經世家，以戲文小說當經書看，此深與鄙見相合，覺得須有此見識乃能與之談經也。若如世俗之說，唯讀經乃可以正人心，鄙人既不好辯，且尤畏禍，不想多說，但擬一問題甲曰，中國的老百姓大都心是好的，又問題乙曰，中國的老百姓十九不大識字。這兩個問題的答案我想總是一個「是」字，可是這裡有一個矛盾。如乙說，老百姓既不識字，即稍識字也總不曾讀過經，那麼他們的心照例應該不正的，至少要比讀書識字的士大夫壞得多，然而又如甲說，老百姓的行為也總未必不及士大夫，或者有人說還要勝過士大夫亦未可知。那麼可見必讀經而後人心乃正之說不見得是正確，無寧說是中國的人心本來就正，這從老百姓上邊可以證明，因其性天中本有經或與經相合的道理，故能與聖人心心相印，不待外力而自然發動，無不中節。如此說法雖似未免稍近理想，卻能使我們對於自己民族增加自信，奮發前進，比自認是一群豬玀須俟呼喝鞭策始能挨擠前行者要好得多，且無人以呼喝鞭策者自居，此於世道人心乃更有裨益也。中國現今切要的事，還是如孔子遺訓所說，乃是庶，富，教這三段，教與養算來是一與二之比，後之儒者舍養而言教，是猶褓母對於嬰孩絕乳靡去襁褓，專以夏楚從事，如俞理初言，非酷則愚矣。鄙人亦知讀經如唸佛，簡單易行，世所尊敬，為自身計，提倡此道，最為得策，但無論如何，即使並無欺世愚民種種心計，亦總之是小乘法，不足聽從。我們所期望者乃是捨己為人的法施，此事固未可性急，急亦無用，但是語有之，十室之內必有忠信，百步之內必有芳草，吾安知不旦暮遇之也。

民國三十四年，一月十七日

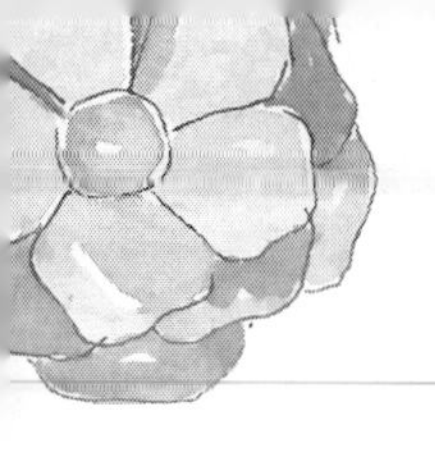

# 雜文的路

我不是文學者，但是文章我卻是時常寫的。這二者之間本來沒有必然的關係，寫不寫都是各人的自由，所以我在閒空時胡亂的寫幾篇，大約也無甚妨礙。我寫文章為的是什麼呢。以前我曾說過，看舊書以代替吸紙菸，歷有年所，那時書價還平，尚可敷衍，現在便有點看不起了，於是以寫文章代之，一篇小文大抵只費四五張稿紙，加上筆墨消耗，花錢不多，卻可以作一二日的消遣，倒是頗合適的。所寫的文章裡邊並無什麼重要的意思，只是隨時想到的話，寫了出來，也不知道是什麼體制，依照《古文辭類纂》來分，應當歸到那一類裡才好，把剪好的幾篇文章拿來審查，只覺得性質夾雜得很，所以姑且稱之曰雜文。世間或者別有所謂雜文，定有一種特別的界說，我所說的乃是另外一類，蓋實在是說文體思想很夾雜的，如字的一種雜文章而已。

雜文在中國起於何時？這是喜歡考究事物原始的人要提出來的一個問題，卻很難回答，雖然還沒有像研究男女私通始於何時那麼的難，至少在我也是說不上來，只能回答這總是古已有之的吧。自從讀書人把架上的書分定為經史子集之後，文章顯然有了等級，我們對於經部未敢仰攀，史部則門逕自別，只好在丙丁兩等去尋找，大概那雜家的一批人總該與雜文有點淵源，如雜說類中之《論衡》，雜學類中之《顏氏家訓》，我便看了很喜歡，覺得不妨我田引水的把他拉了過來，給雜文做門面。古今文集浩如煙海，從何處找得雜文，真有望洋興嘆之感，依照桐城義法的分類，雖是井井有條，卻也沒有這樣的項目，可知儒林文苑兩傳中人是不寫這種文字的了。前幾年繙閱春在堂集，不意發見了雜文前後共有七編，合計四十三卷，裡邊固然有不少的好文章，我讀了至今佩服，但各樣體制均有，大體與一般文集無異，而獨自稱曰「春在堂雜文」，這是什麼緣故呢。我想曲園先生本是經師，不屑以文人自命，而又自具文藝的趣味，不甘為義法理學所束縛，於是只有我自寫我文，不與古文爭地位，自序云，體格卑下，殆不可以入集，雖半是謙詞，亦具有自信，蓋知雜文自有其站得住的地方也。照這樣說來，雜文者非正式之古文，其特色在於文章不必正宗，意思不必正統，總以合於情理為準，我在上文說過，文體思想很夾雜的是雜文，現在看來這解說大概也還是對的。

尤西堂《艮齋續說》卷八云，「西京一僧院後有竹園甚盛，士大夫多游集其間，文潞公亦訪焉，大愛之。僧因具榜乞命名，公欣然許之，數月無耗，僧屢往請，則曰，吾為爾思一佳名未得，姑少待。逾半載，方送榜還，題曰竹軒。妙哉題名，只合如此，使他人為之，則緣筠瀟碧為此君上尊號者多矣。」我們現在也正是這樣，上下古今的談了一回之後，還是回過來說，雜文者，雜文也，雖然有點可笑，道理卻是不錯的。此刻大概不大有人想寫收得到《古文釋義》裡去的文章，結果所能寫的也無非是些雜文，各人寫得固然自有巧妙不同，然而雜文的方向總是有的，或稱之曰道亦無不可，這裡所用的路字也就是這個意思。普通所謂道都是唯一的，但在這裡卻很有不同，重要的是方向，而路則如希臘哲人所說並無御道，只是殊途而同歸，因為雜文的特性是雜，所以發揮這雜乃是他的正當的路。現在且分作兩點來說，即是文章與思想。中國過去思想上的毛病是定於一尊，一尊以外的固是倒楣，而這定為正宗的思想也自就萎縮，失去其固有的生命，成為泥塑木雕的偶像。現在的挽救方法便在於對症下藥，解除定於一尊的辦法，讓能夠思索研究寫作的人自己去思想，思想雖雜而不亂，結果反能互相調和，使得更為豐富而且穩定。我想思想怕亂不怕雜，因為中國國民思想自有其軌道，在這範圍內的雜正是豐富，由雜多的分子組成起來，變化很不少，而其方向根本無二，比單調的統一更是有意思。唯有脫了軌的，譬如横的或斜的路道，那麼這顯得要發生衝突，就是所謂亂，當然是不應當獎勵的。但是假如思想本是健全的話，遇見這種事情也並不怕，他會得調整成為雜的分子，適宜的予以容納，只在思想定於一尊而早已萎縮了的國民中間，有如結核菌進了營養不良的身體裡邊，便將引起紛亂，以至有重大的結果來了。中國向來被稱為異端，為正宗的人士所排斥者，有兩類思想，一是楊墨，一是二氏。古時候有過孟韓二公竭力嚷嚷過，所以大家都知道這事，其實異端之是否真是那麼要不得，誰也說不清，至少有些學者便都不大相信。焦理堂在《論語通釋》中說得很好，如云：

「記曰，夫言豈一端而已，各有所當也。各有所當，何可以一端概之。史記禮書，人道經緯萬端，規矩無所不貫。」又云：

「唐宋以後，斥二氏為異端，辟之不遺餘力，然於《論語》攻乎異端之文未之能解也。唯聖人之道至大，其言曰，一以貫之。又曰，焉不學，無常師。又曰，無可無不可。聖人一貫，故其道大，異端執一，故其道小。子夏曰，雖小道必有可觀者焉，致遠恐泥，是以君子不為也。致遠恐泥，即恐其執一害道也。唯其異，至於執一，執一由於不忠恕。楊子唯知為我而不知兼愛，墨子唯知兼愛而不知為我，使楊子思兼愛之說不可廢，墨子思為我之說不可廢，則恕矣，則不執矣。聖人之道，貫乎為我兼愛者也，善與人同，同則不異。執一則人之所知所行與己不合者皆屏而斥之，入主出奴，不恕不仁，道日小而害日大矣。」焦君的意思以為異端只是一端之說，其毛病在於執一害道，聖人能夠取其各有所當之各端而貫通之，便頭頭是道，猶如為我兼愛之合成為仁也。若是對於異端一一加以攻擊，即是學了他們的執一害道，變為不恕不仁，反而有害。這個說法我想是很對的，我說思想宜雜，雜則不至於執一，有大同小異的，有相反相成的，只須有力量貫通，便是整個的了。楊墨之事固其一例，若二氏中之老子本是孔子之師，佛教來自外國，而大乘菩薩之誓願與禹稷精神極相近，法相與禪又為宋儒用作興奮劑，去構成性理的體系，其實也已消化了，所有攻擊不但全是意氣，而且顯示出不老實。假如我們現今的思想裡有一點楊墨分子，加上老莊申韓的分子，貫串起來就是儒家人生觀的基本，再加些佛教的大乘精神，這也是很好的，此外又有現代科學的知識，因了新教育而注入，本是當然的事，而且借他來攪拌一下，使全盤滋味停勻，更有很好的影響。講人文科學的人如有興趣來收入些希臘，亞剌伯，日本的成分，尤其有意思，此外別的自然也都很多。我自己是喜雜學的，所以這樣的想，思想雜可以對治執一的病，雜裡邊卻自有其統一，與思想的亂全是兩回事。歸結起來說，寫雜文的要點第一思想宜雜，即不可執一，所說或極細小，而所見須大，反過來說時，假如思想不夠雜，則還不如寫正宗文章，庶幾事半而功倍也。

預備五張稿紙寫文章，只寫了第一點時紙已用去十分之九，於是這第二點只好簡單的說幾句而已。雜文的文章的要點，正如在思想方面一樣，也宜於雜，這理由是很顯明的，本來無須多說。現在寫文章既不用八大家的古文，純粹方言不但寫不出，記錄下來也只好通用於一地方，結果自然只好用白話文來寫。所謂白話即是藍青官話，原是南腔北調的，以聽得懂寫得出為標準，並無一定形式，結果變成一種夾雜的語文，亦文亦白，不文不白，算是貶詞固可，說是褒詞亦無不可，他的真相本來就是如此。現今寫文章的人好歹只能利用這種文體，至少不可嫌他雜，最好還希望能夠發揮他的雜，其自然的限度是以能用漢字寫成為度。同樣的翻回去說一句，思想之雜亦自有其限度，此即是中國人的立場，過此則為亂。

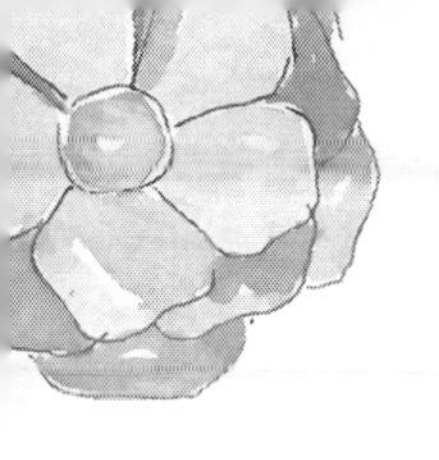

# 國語文的三類

書架上有一部《宗月鋤遺著八種》，寒夜無事，拿下來繙看。末了一種是《歷代名人選例匯鈔》二卷，分錄文詩選本例言，卷上有姚鼐《古文辭類纂類例》和曾國藩《求闕齋經史百家雜鈔例》，臥讀一過，覺得很有意思。《古文辭類纂》是桐城派的聖書，四十多年前在南京學堂裡的時候，儀征劉老師為漢文總教習，叫學生製備這部書，用作圭臬，我們官費生買不起的也只好不買，從同學處卻也借了來看過一下。不知怎的對於他的印象還不及《古文觀止》的好，文章反正差不多，未必辨得出什麼好壞，大抵這還是人的印象的反映，方望溪的刻薄的事後來才知道，當時對我們講義法的人總覺得是一派假道學，不能引起好感，假道學當然只是那時的猜疑，其實客氣總是真的。宗君在類例後面加上小注，也說明云：

「陸繼輅《合肥學舍札記》云，《類纂》不錄唐順之《廣右戰功序》，而歸震川壽序錄至四首，未免可疑，《出師表》仍俗本加前字亦非。吳敏樹與人論文書云，今之稱桐城派者，始自乾隆間姚郎中姬傳，自以古文法脈傳之瀏海峰，而海峰固受業方望溪者，故其撰《類纂》一書，遂以方劉續震川而以震川續八家，明以古今文統系之己也，云云。是其用心所在，人早有以窺之矣。」這種辨法本來也並不是姚姬傳發明的，推究上去當然是韓退之，而韓退之則又是學孟子的，讀過四書的人大概都能記得。明趙夢白著《笑贊》中有一則云：

「唐朝山人殷安嘗謂人曰，自古聖人數不過五，伏羲神農周公孔子，乃屈四指。自此之後，無屈得指者。其人曰，老先生是一個。乃屈五指曰，不敢。贊曰，殷安自負是大聖人，而唐朝至今無知之者，想是不會裝聖人，若會裝時，即非聖人，亦成個名儒。」趙君是道地的賢人，而對於裝聖人名儒者如此說法，豈不痛哉。姚君也並不是沒有他自己的本領的人，而無端背上去抗了一個方望溪，又加上歸震川與韓退之，倒反弄得自己也爬走不動。比較起來，曾君的《經史百家雜鈔》要高明得多了。第一，他不裝聖人，要和別人爭什麼文統。第二，他不像別人那樣不敢選經文，書名既列有經史，所抄每類以六經冠其端，尊經與否可不必論，總之他是懂得經史都是文章的。第三，分類也較合理。《類纂》分十三類，派裡的人遵奉不敢違，那是當然的，但是我們隔教固然莫名其妙，就是同行的文人也不一定贊同。曾君便把他增減為十一類，用在古文上覺得適當，因為分得頗有條理，如刪去贈序類，歸併頌讚箴銘於詞賦之下，附碑誌於傳志內，都很不錯，所增有敘記典志，意思在於看重史書，但又說明後世古文中不多見，此或出於經世家的意見，與一般論文者自稍有不同耳。

上邊說了些閒話，彷彿是想來議論古文選本的好歹，其實並不是如此，我所覺得有意思的乃是因了古文的分類而想到我們的國語文的體制。我看《雜鈔》的十一類中，只有其一論著，其三序跋，其六書牘，其十一雜記，這四類的文章現在我們能夠寫，其餘的便有點困難，實在也是不大有此需要。例如其二詞賦，這就為才力所限，用國語文又難用韻，只好敬謝不敏，其四五詔令奏議，現已不用，其七八哀祭傳志，雖尚有用處，也總不是人人來得，其九十敘記典志，屬於史事典章，更是專門之事了。總結起來，我們用現代國語文寫文章，所能做的便只有上面所說的這幾類，比較都是不重要的，難怪看慣正宗的古文的先生們要看不起，說這不過是些小品罷了。這實在也是難怪的。即如論著一類，我雖說是現在可以寫，其實還很有疑問，據《雜鈔例》說明云：

「經如《洪範》，《大學》，《中庸》，《樂記》，《孟子》皆是。後世諸子曰篇，曰訓，曰覽，古文家曰原，曰論，曰辨，曰議，曰說，曰解皆是。」這樣說來，現在應當稱作學術論文，或建立理論，或考證發明，非思想家學者不能勝任，我們不是弄哲學政治的人，既然不願學做《原道》這一路的東西，又寫不出周秦諸子那種作品來，俗語云，比上不足，比下有餘，那麼仔細考索之後大約也就只好斷念，把這一類文章題目暫且擱起。這樣一來，餘下的只有三類了，篇幅不長，內容也不甚嚴正，普通正統文人的集子裡都是不大收的，無論怎麼看法總不免似乎是小品，所以我說是難怪。不過難怪云者乃是寬恕之詞，若是依照道理說來，其錯誤或不通之處還仍是顯然存在也。

所謂小品不知是如何定義。最平常的說法是照佛經原義，詳者為大品經，略者為小品。我們不去拉扯唐三藏所取來的《大般若經》，就只拿《維摩詰經》過來，與中國的經書相比，便覺得不但孔孟的文章都成了小小品，就是口若懸河的莊生也要愕然失色，絕不敢自稱為大品了。假如不是說量而是說質，以為凡文不載所謂道，不遵命作時文者，都不合式，那是古已有之的辦法，對於正統正宗的文章乃是異端，不只在其品之大小而已。所以小品的名稱實在很不妥當，以小品罵人者固非，以小品自稱者也是不對，這裡我不能不怪林語堂君在上海辦半月刊時標榜小品文之稍欠斟酌也。我曾說我們寫國語文，並無什麼別的大理由，只因寫文章必需求誠與達，所以用的必得是國語，而寫的也只是上邊的這幾類，蓋古文用起來不順手，不容易達出真意思，若是去寫新古各式的時文，又未免不能誠，這就根本上違反了寫文章的本意了。大家豈不願意做出洋洋灑灑的大文章來，不獨自己體面，也可使得人家愛看，可是作文小事，第一不可失信於自己，心口不一，即是妄語，所當切戒，故寫國語文者少寫大品的文章，有時固是實在不能，有時亦是不為也。說到這裡，我的意思已經講明白了。我們現在用了國語文做工具，想要寫出自己的感想和意見來，其方法是直接對讀者說話，或依據前言加以發揮，或記事物，結果不出上邊說過的幾類，但這樣便是好的，是正當的方向，我們應當一直的走下去。有才力和興趣的人不妨去試試小說戲曲，這是新興的部門，大有發展的餘地，但是在只能寫散文的人，則還只得走他的這一條道，路是寂寞，荒蕪，而且長，不過還是散文的去路，走下去我相信可走得通。至少要比過去的路程還更有意思，更有希望。

# 文學史的教訓

中國文學史不知道誰做的最好，朋友們所做的也有好幾冊，看過也都已忘記了，但是在電燈沒有的時候，仰臥在床上，偶然想起這裡邊的幾點，和別國的情形來比較看，覺得頗有意思。最顯著的一件是，世界各民族文學發生大抵詩先於文，中國則似乎是例外。《詩經》是最古的詩歌總集，其中只有商頌五篇，即使不說是周時宋人所作，也總是武丁以後，距今才三千年，可是《尚書》中有虞書夏書，至今各存有兩篇，《堯典》、《臯陶謨》云是虞史伯夷所作，《禹貢》亦作於虞時，至於《甘誓》更有年代可稽，當在四千一百五十年前也。《臯陶謨》之末有舜與臯陶的歌三章，只是簡單的話而長言之，是歌詠在史上的表現，但其成績不好總是實在的。外國的事情假如以古希臘為例，史詩一類發達最早，即以現存資料而論，成績也很好，訶美洛斯與赫西阿陀斯的四篇長詩，除印度以外可以稱為世界無比的大作，雖然以時代而論不過只是在中國殷周之際。反覆的想起來，中國的《尚書》彷彿即與史詩相當，不過因為沒有神話，所以不寫神與英雄的事跡，卻都是關於政治的事，便只是史而非詩，其所以用散文寫的理由或者亦即在此。國風小雅這一部分在希臘也是缺少，及抒情詩人興起，則與中國漢魏以來的情形可以相比，沒有多大的不同了。講到散文發達之跡，兩國又有很相像之點，這件事覺得很有意義，值得加以注意。希臘散文有兩個源流，即史與哲學，照中國的說法是史與子，再把六經分析來說，《書》與《春秋》是史，《易》、《禮》也就是子了。赫洛陀多斯與都屈迭臺斯正與馬班相當，梭格拉底與柏拉圖彷彿是孔孟的地位，此外諸子爭鳴，這情形也有點相似，可是奇怪的是中國總顯得老成，不要說太史公，便是《左傳》、《國語》也已寫得那一手熟練的文章，對於人生又是那麼精通世故，這是希臘的史家之父所未能及的。柏拉圖的文筆固然極好，《孟子》、《莊子》卻也不錯，只是小品居多，未免不及，若是下一輩的亞理士多德這類人，我們實在沒有，東西學術之分歧恐怕即起於此，不得不承認而且感到慚愧。希臘愛智者中間後來又分出來一派所謂智者，以講學授徒為業，這更促進散文的發達，因為那時雅典施行一種民主政治，凡是公民都可參與，在市朝須能說話，關於政治之主張，法律之申辯，皆是必要，這種學塾的勢力大見發展，直至後來羅馬時代也還如此，雖然政治的意義漸減，其在文章與思想上的影響卻是極大的。我所喜愛的古代文人之一，以希臘文寫作的敘利亞人路吉亞諾斯，便是這種的一位智者，他的好些名篇可以當作這派的代表作，雖然已是二千年前的東西，卻還是像新印出來的，簡直是現代通行的隨筆，或是稱他為雜文也好，因為文章不很簡短，所以不大好謚之曰小品。中國散文大概因為他起頭很早，在舜王爺的時候已經寫了不少，經驗多了的緣故吧，左丘明的文筆已是那麼漂亮，《戰國策》的那些簡直是智者的詭辯的那一路，想見蘇秦張儀之流也曾經很下過工夫，不過這裡只留下頭懸梁錐刺股的故事，其教本與窗課等均已不得而知罷了。大約還是如上邊所說，因為態度太老成，思想太一統，以後文章儘管發達，總是向宮廷一路走去，賈太傅上書著論，司馬長卿作賦，目的在於想得官家的一顧，使我們並輩凡人看了覺得喜歡的實在不大有，恐怕直至現今這傳統的作法也還未曾變更。漢魏六朝的文字中我所喜的也有若干，大都不是正宗的一派，文章不太是做作，雖然也可以綺麗優美，思想不太是一尊，要能了解釋老，雖然不必歸心那一宗，如陶淵明顏之推等都是好的。古希臘便還不差，除了藥死梭格拉底之外，在思想文字方面總是健全的，這很給予讀古典文學的人以愉快與慰安。但是到了東羅馬時代，尤思帖亞奴斯帝令封閉各學塾，於是希臘文化遂以斷絕，時為中國梁武帝時，而中國時至唐朝韓退之出，也同樣的發生一種變動，史稱其文起八代之衰，實則正統的思想與正宗的文章合而定於一尊，至少散文上受其束縛直至於今未能解脫，其為害於中國者實深且遠矣。儒家是中國的國民思想，其道德政治的主張均以實踐為主，不務空談，其所謂道實只是人之道，人人得而有之，別無什麼神祕的地方，乃韓退之特別作《原道》，鄭而重之而說明之曰：堯以是傳之舜，舜以是傳之禹，禹以是傳之湯，湯以是傳之文武周公，文武周公傳之孔子，孔子傳之孟軻，軻之死不得其傳焉。其意若曰，於今傳之區區耳。案，此蓋效孟子之嚬，而不知孟子之本為東施之嚬，並不美觀也。孟子的文章我已經覺得有點兒太鮮甜，有如生荔枝，多吃要發頭風，韓退之則尤其做作，搖頭頓足的作態，如云，嗚呼，其亦幸而出於三代之後，不見黜於禹湯文武周公孔子也，其亦不幸而不出於三代之前，不見正於禹湯文武周公孔子也，這完全是濫八股腔調，讀之欲嘔，八代的駢文裡何嘗有這樣的爛汙泥。平心說來，其實韓退之的詩，如山石犖確行徑微，黃昏到寺蝙蝠飛，我也未嘗不喜歡，其散文或有紕繆，何必吹求責備，但是不幸他成為偶像，將這樣的思想文章作為後人模範，這以後的十代裡盛行時文的古文，既無意思，亦缺情趣，只是琅琅的好念，如唱皮黃而已，追究起這個責任來，我們對於韓退之實在不能寬恕。羅馬皇帝封閉希臘學堂，以基督教為正宗，希臘文學從此消沉了，中國散文則自韓退之被定為道與文之正統以後，也就漸以墮落，這兩者情形很有點相像，所可幸的是中國文學尚有復興之望，只要能夠擺脫這個束縛，而希臘則長此中絕，即使近代有新文學興起，也是基督教文化的產物，與以前迥不相同了。

我們說過中國沒有史詩而散文的史發達獨早，與別國的情形不同，這裡似乎頗有意義。沒有神話，或者也是理由之一，此外則我想或者漢文不很適合，亦未可知。《詩經》裡雖然有賦比興三體，而賦卻只是直說，實在還是抒情，便是漢以後的賦也多說理敘景詠物，絕少有記事的。這些消極方面的怕不足做證據，我們可以從譯經中來找材料。印度的史詩是世界著名的，佛經中自然也富有這種分子，最明顯的如《佛所行贊經》五卷，《佛本行經》七卷，漢文譯本用的都是偈體。本來經中短行譯成偈體，原是譯經成法，所以這裡也就沿用，亦未可知，但是假如普通韻文可以適用，這班經師既富信心，復具文才，不會不想利用以增加效力的。再找下去，可以遇見彈詞以及寶卷。彈詞有撰人名氏，現存的大抵都是清朝人所作，寶卷則不署名，我想時代還當更早，其中或者有明朝的作品吧。我們現在且不管他的時代如何，所要說明的只是此乃是一種韻文的故事，雖然夾敘夾唱，有一小部分是說白。其韻文部分的形式有七字成一句，三五字成一句者，有三三四字以三節成一句者，俗名攢十字，均有韻，此與偈語殊異，而詞句俚俗，又與高雅的漢文不同。嘗讀英國古時民間敘事小歌，名曰拔辣特，其句多落套趁韻，卻又樸野有風趣，如敘閨中帳鉤云，東邊碰著丁冬響，西邊碰著響冬丁，彷彿相似。我們提起彈詞，第一聯想到的大抵是《天雨花》，文人學士一半將嗤笑之，以為文詞粗俗，一半又或加以許可，則因其或有裨於風化也。實在這兩樣看法都是不對的，我覺得《天雨花》寫左維明的道學氣最為可憎，而那種句調卻也不無可取，有如老夫人移步出堂前，語固甜俗，但是如欲以韻語敘此一節，風騷詩詞各式既無可用，又不擬作偈，自只有此一法可以對付，亦即謂之最好的寫法可也。史詩或敘事詩的寫法蓋至此而始成功，唯用此形式乃可以漢文葉韻作敘事長篇，此由經驗而得，確實不虛，但或古人不及知，或雅人不願聞，則亦無可奈何，又如或新人欲改作，此事不無可能，只是根本恐不能出此範圍，不然亦將走入新韻語之一路去耳。不佞非是喜言運命論者，但是因史詩一問題，覺得在語言文字上也有他的能力的限度，其次是國民興趣的厚薄問題，這裡不大好勉強，過度便難得成功。中國敘事詩五言有《孔雀東南飛》，那是不能有二之作，七言則《長恨歌》、《連昌宮詞》之類，只是拔辣特程度，這是讀古詩的公認之事實，要寫更長的長篇就只有彈詞寶卷體而已。寫新史詩的不知有無其人，是否將努力去找出新文體來，但過去的這些事情即使不說教訓也總是很好的參考也。

小說發達的情狀，中國希臘頗有點近似，但在戲曲方面則又截然不同，說來話長，今且不多談，但以關於詩文者為限。現在再就散文說幾句，以為結束。中國散文發達比希臘還早，這在世界文學史上是特殊的事，而且連綿四千年這傳統一直接連著，至少春秋以來的文脈還活著在國文裡，虞夏的文辭則還可以讀懂。希臘文化為基督教所壓倒了，可是他仍從羅馬間接的滲進西歐去，至文藝復興時又顯露出來，法國的蒙田與英國的培根都是這樣的把希臘的散文接種過去，至今成為這兩國文藝的特色之一。西洋文學的新潮流後來重複向著古國流過去，希臘想必也在從新寫獨幕劇與寫實小說，中國在這方面原來較差，自然更當努力，只有雜文在過去很有根柢，其發達特別容易點，雖然英法的隨筆文學至今還未有充分的介紹，可以知道現今散文之興盛其原因大半是內在的，有如草木的根在土裡，外邊只要有日光雨水的刺激，就自然生長起來了。這裡我們所要特別注意的是，我們說散文發達由於本來有根柢，這只是說明事實，並非以此自豪，以為是什麼國粹，實在倒是因此我們要十分警戒，不可使現代的新散文再陷入到舊的泥坑裡去，因為他的根長在過去裡邊，極是容易有這危險。我在上邊說過，左丘明那時候已經有那一手熟練的文章，這一面是很可佩服的事情，一面也就是毛病，我們即使不像韓退之那麼專講搖頭擺尾的義法，也總容易犯文勝之弊，便是雅達有餘而誠不足，現今寫國語文的略不小心就會這樣的做出新的古文來，此乃是正宗文章的遺傳病，我們所當謹慎者一。其次則是正統思想的遺傳病，韓退之的直系可以不必說了，文學即宣傳之主張在實際上並不比文以載道好，結果都是定於一尊，不過這一尊或有時地之殊異罷了。假如我們根據基督教的宗旨，寫一篇大文攻擊拜物教的迷信，無論在宗教的立場上怎麼有理，我既然以文藝為目的，那麼這篇文章也就只是新《原道》，沒有著筆之價值。過於熱心的朋友們容易如此空費氣力，心裡不贊成韓退之，卻無意的做了他的夥計，此為所當謹慎者之二。中國散文的歷史頗長，這是可喜的事，但因此也有些不利的地方，我們須得自己警惕，庶幾可免，此文學史所給與的教訓，最切要亦最可貴者也。

民國三十四年一月十二日

# 十堂筆談

## ◆一　小引

陶淵明所作〈雜詩〉之六有句云，昔聞長者言，掩耳每不喜，奈何五十年，忽已親此事。這種經驗大抵各人都曾有過，只是沒有人寫出來，而且說的這麼親切。其實這也本來是當然的，年歲有距離，意見也自然不能沒有若干的間隔。王筠《教童子法》中有一則云：

「桐城人傳其先輩語曰，學生二十歲不狂，沒出息，三十歲猶狂，沒出息。」這兩句話我很喜歡，古人說，狂者進取，少年時代不可無此精神，若如世間所稱的一味的少年老成，有似春行秋令，倒反不是正當的事。照同樣的道理說來壯年老年也各有他當然的責務，須得分頭去做，不要說陶公詩中的五十，就是六七十也罷，反正都還有事該做，沒有可以休息的日子，莊子曰，息我以死，所以唯年壽盡才有休息。但是，說老當益壯，已經到了相當的年紀，卻從新納妾成家，固然是不成話，就是跟著青年跑，說時髦話，也可以不必。譬如走路，青年正在出發，壯年爬山過水已走了若干程，老年走的更多了，這條路是無窮盡的，看看是終於不能走到，但還得走下去。他走了這一輩子，結果恐怕也還是一無所得，他所得的只有關於這路的知識，說沒有用也就沒有用，不過對於這條路上的行人未必全然無用，多少可以做參考，不要聽也別無妨礙。老年人根據自己的經驗，略略講給別人聽，固不能把前途說得怎麼好，有什麼黃金屋或顏如玉，也不至於像火焰山那麼的多魔難，只是就可以供旅行者的參考的地方，想得到時告知一點，這也可說是他們的義務。我們自己有過少年時代，記起來有不少可笑的事，在學堂的六年中總有過一兩回幾乎除了名，那時正是二十前後，照例不免有點狂，不過回想起當時犯過都為了公，不是私人的名利問題，也還可以說得過去。當時也聽了不少的長者的教訓，也照例如陶公所云掩耳不喜，這其實是無怪的，因為那些教訓大抵就只是誨人諂耳，不聽倒是對的，在此刻還歷之年想起四十年前長老的話，覺得不大有什麼值得記憶，更不必說共鳴了。這樣看來，五十之年也是今昔很有不同，並不是一定到了什麼年齡便總是那麼的想的。一個人自以為是，本來是難免的，總之不能說是對，現在讓我們希望，我們的意見或者可以比上一代的老輩稍好一點，並不是特別有什麼地方更是聰明了，只是有一種反省，自己從前也有過青年時期，未曾完全忘記，其次是現今因年歲閱歷的關係，有些意見很有改變了，這頗有可供後人參考的地方，但並沒有一種約束力，叫人非如此不可。因為根據這個態度說話，說的人雖然覺得他有說的義務，聽的人單只有聽的權利，不聽也是隨意，可以免去掩耳之煩，蓋唯有長者咶咶而談，強迫少年人坐而恭聽，那時才有掩耳之必要也。昔馮定遠著《家戒》二卷，卷首題詞中有云：

「少年性快，老年諄諄之言，非所樂聞，不至頭觸屏風而睡，亦已足矣，無如之何，筆之於書，或冀有時一讀，未必無益也。」馮君寫《家戒》，說的是這麼明達，我們對青年朋友說話，自然還該客氣，仔細想來，其實與平輩朋友說話也無什麼不同，大抵只是話題有點選擇而已，至於需要誠實坦白本是一樣，說的繁簡或須分別，但是那也只是論理當如是，卻亦不能一定做到也。

民國三十三年十二月十日十堂自記

## 二　漢字

這個題目本來應該寫作國文國語，但是我的意思很偏重在表現這國文國語的漢字上面，所以這樣的寫了，因而裡面所說的話也就多少有點變動，不能與泛論中國國文國語相同。中國自己原來只有這一種文字，上邊不必再加漢這一字的形容，大概自從三百年前滿洲文進來之後，這才二者對立起來，有如滿漢餑餑或滿漢壽材之類，漢文這名稱乃一般通行，至於漢字則是新名詞，卻也很適用，所以現在就沿用這名稱以表示中國特有的形聲文字。這種文字在藝術文學上有什麼美點，在教育上有什麼缺點，這些問題暫且不談，因為說來話長，而且容易我田引水，談不出結論來，現今想說的只是為中國前途著想，這漢字倒很是有用，我們有應當加以重視之必要。這如說是政治的看法，也非始不可，但在今日中國有好些事情，我覺得第一先應用政治的看法去看，他於中國本身於中國廣義的政治上有何利益，決定其價值，從其他標準看出來的評價，即使更為客觀更為科學的，也須得放在其次。即如漢字，在外國人特別是在文化系統不同的異民族，感覺極難學，又或在學習誦讀寫作上，也均比較的不容易，這些或者都是事實也罷，但我們只問這漢字假如對於中國本身是合用的，在政治意味上於中國極有利益，那麼這就行了，上邊所說的諸種缺點都可暫且擱下不論，而且也可以暫不作缺點論。漢字在中國的益處是什麼呢，我從前寫過一篇文章論漢文學的前途，在附記裡說過這一節話：

「中國民族被稱為一盤散沙，自他均無異辭，但民族間自有系維存在，反不似歐洲人之易於分裂，此在平日視之或無甚足取，唯亂後思之，正大可珍重。我們翻史書，永樂定都北京，安之若故鄉，數百年燕雲舊俗了不為梗，又看報章雜誌之記事照相，東至寧古塔，西至烏魯木齊，市街住宅種種色相，不但基本如一，即瑣末事項有出於迷信敝俗者，亦多具有，常令覽者不禁苦笑。反覆一想，此是何物在時間空間中有如是維繫之力，思想文字言語禮俗，如此而已。漢字漢語，其來已遠，近時更有語體文，以漢字寫國語，義務教育未普及，只等待刊物自然流通的結果，現今青年以漢字為文章者，無論地理等等距離間隔如何，其感情思想卻均相通，這一件小事實有很大的意義。舊派的人，嘆息語體文流行，古文漸衰微了，新派又覺得還不夠白話化方言化，也表示不滿意，但據我看來，這在文章上正可適用，更重要的乃是政治上的成功，助成國民思想感情的聯絡與一致，我們固不必要褒揚新文學運動之發起人，唯其成績在民國政治上實在比較在文學上為尤大，不可不加以承認。」我在這裡再補充幾句，我們最大的希望與要求是中國的統一，這應從文化上建立基礎，文字言語的統一又為其必要條件，中國雖有好些方言系統，而綜合的有國語以總其成，以有極古的傳統的漢字紀錄之，上貫古今，旁及四方，思想禮俗無不通達，文化的統一賴以維持，此極是幸事也。假如沒有這漢字，卻用任何拼音文字去寫，中國的普通國語文便無法可以讀懂，勢必須拼寫純粹方言，此在拼寫方面或可滿意，通行地域亦自有限定，其結果即是文字言語之分裂，一方言區域將成為一小國，中國亦即無形的分裂了。現今的國語與文誠然未為完善，漢字的使用亦有艱難之點，唯因其有維繫文化的統一之功用，政治上有極大意義，凡現在關心中國前途的人都應注意予以重視。這個責任首先落在知識階級尤其是青年的身上，大家應當意識的尊重漢字，重要之點約有三端。其一是學術的研究。在大學不必說了，就是在中學也當注意文字學，明了漢字形體的大概，不但可為將來專攻的基本，對於文字構造感到趣味，亦有利於學習文章。其二是適合的書寫。古今雅俗，字體不一，各有所宜，用不得當，即可成為別字。須先學得一般通用寫法，以應實用，其俗字簡筆，約定俗成者，亦應知悉，再加以文字學上的若干古字，隨宜用入，以有書卷氣為度，便不致誤。其三是正確的使用。一個個的漢字，都精細的考慮，照著要說的意思排列下去，有如工女穿珠，要粒粒都有著落，變成整串的東西。世俗敬惜字紙，希望文昌垂佑，蓋出於科舉時代之迷信，殊為可笑，今特對於祖國文字致其珍重之意，則固是合理的事也。

## 三 國文

現代的知識青年關於國文至少要養成這兩種能力，一能讀懂普通的古書，二能寫得出普通的國語文。說到古書，中國的情形與西洋各國頗有不同。西洋的文字是拼音的，三四百年前的書便寫得很不一樣，而且歷史都不遠，除希臘拉丁文外，簡單的說一句，到了十四五世紀有價值的書才出現，現在早已有了翻譯註釋本，所以一般讀者已無讀古書之必要，只有專門學者這才直接去從古文書中探取他的資源。中國則從周朝算起，亦已有三千年，雖然字體漸有改變，卻是一直用漢字紀錄，如今說起書來，差不多就都是古書，我們要想知道一點本國的歷史，思想和文學，須得向這裡邊去尋求。這一大堆的資料，二三千年來多少人的心力所積聚，說雜亂得難利用，好壞都有，也是實在的事，但總之有這一大堆活的資料可用是極難得的，在世間未有其比，除了特殊的若干古典之外，只須少少查考，大抵現代人都能讀懂，至少也可通其大意。假如將來文化發達，整理國故的事業努力下去，那些特殊的古典有如《尚書》內之〈盤庚〉等篇，都有精美的翻譯對照本可看，其他古書都經過校訂考證註釋，一般入門及工具書也大略完備，讀者隨處得著幫助，利益自然更大，此刻現在可惜還未能如此，所以青年自己的努力最為重要。上邊說普通的古書，其範圍也就只是一部分史書，儒家道家的幾種主要著作，文學書類，擇要閱讀而已，只要對於漢字知道愛重，文字方面有一點基本知識，再加上有想知道本國事情及其傳統的熱心，用心讀去，雖無明師亦易自通，並不是怎麼困難的事。至於寫文章，目的在於傳達自己的意思，自然不能使用古文，應當寫國語文，那是不成問題的。這個理由並不在於二者之是非而在於能否。我曾說過，我們寫文章是想將自己的思想和感情表達出來的，能夠將思想和感情多寫出一分，文章的力量即加增一分，寫出得愈多便愈好。文字乃是一種工具，看那種適用便是好的，本來古文或語體都可以用，這裡的問題是要看我們是否能用，那一種用的合適罷了。我們在書房裡唸過十年以上經書的人，勉強寫古文也還來得，可是要想像上邊所說那樣寫出傳達意思的文章，覺得力有未逮，梁任公的論說與林琴南的小說翻譯，總要算是最好的了，我們是寫不成，但同時也不能感覺滿意，至少在現今有別的寫法可用的時候。那麼用白話文麼，這也未必盡然。說寫白話文，便當以白話為標準，而現在白話的標準卻不一定，可以解作國語，也可以解作方言，不如說是國語，比較的有個準則，大抵可解釋為可用漢字表示的通用白話。他比起方言來或者有些弱點，但他有統一性，可以通行於全中國，正如漢字一樣，我們並非看輕方言與拼音字，實在只是較看重國語與漢字，因為後者對於中國統一工作上更為有用。倘若中國政治統一，文化發達，人人能讀能寫用漢字的國語文，此外更能使用拼音字的方言，那也是很好的事情，鄙人雖老且懶，自己未能再去練習，想寫什麼越語文學，但對於此現象也很高興，那是無可疑的。以上兩節說的都有點舊式亦未可知，但是，所以說的舊式的原因如蒙讀者所諒解，則話雖不時新而意不無可取，至少也總是誠實耳。

十三日

## 四　外國語

我覺得現代青年對於外國語的興趣遠不及老前輩的那麼熱烈深厚，這是很可惜的事。所謂老前輩，當然不是鄙人這一輩的人，說的是前清同治光緒時代的人物，以年紀論，到了現在總該有八十上下了吧，他們雖然有大半世生在前朝，但其學術上的功績留在民國的卻很不少，如今且舉二人為例，有如蔡元培與羅振玉。他們的學業這裡也不必細敘，大家大抵都已知道，我只想說說他們與外國語的關係。據羅君《集蓼編》所說，光緒戊戌在上海設東文學社，以東文授諸科學，時中國學校無授東文者，入學者眾，王國維氏即在其中，羅君時年已三十三矣。蔡君傳略中云，戊戌與友人合設一東文學社，學讀和文書，是時年亦三十三歲，及丁未赴柏林，始學習德語，則年四十二。這幾位老先生有了相當的年紀，卻是辛辛苦苦地要學外國語，是什麼緣故呢。在那時候，知識階級中間有一種憂慮，怕中國要被外人瓜分，會得亡國滅種，想要找出一條救國的路來，這就是所謂新學，而要理解新學又非懂得外國語不可。這亡國的憂慮與救國的方法在現今的人看來以為何如，那是別一問題，當時卻是誠實的相信的，做新學八股的自然也並不是沒有，但有些人總是切實的做去，在學習困難的時代努力去追求，這種精神是很可佩服的。時光荏苒的過去，離開戊戌已有四十六年之久了，外國語的需要加添，學習的機會亦很多，如在中學須習外國語二種，大學又至少加一種，成為必修的功課，可是學習的興致卻反而減退了。這彷彿有如看報，在五十年前，關心國事的人都覺得非通時務不可，而其唯一方法在於看《申報》，在東南水鄉的人定得《申報》展轉送到，大概已在半個月二十天之後，親友好事者又爭相借看，往往一兩月前的報紙還是看得津津有味，到了近時，對於報紙的信仰也漸減退，固然還是人手一張，可是看報的意思已經與以前不同了。這是時勢變遷的關係，或者也是無可如何的事，但總之是可惜的，至少是關於外國語的問題，希望青年再加考慮，多分出一點力氣來從事學習。專靠從外國語去求得新學以救國，這個想法或者是太簡單太舊一點了也未可知，但是為求知識起見必須多學外國語，這總是無疑的，大家即使未能十分積極的去做，在學校裡必修的這一部分既然有學習的機會，總須得竭力的學，一面完了學校的功課，一面也於自己大有利益。我曾經說過：「我的雜學原來不足為法，有老朋友曾批評說這是橫通，但是我想勸現代的青年朋友，有機會多學點外國文，我相信這當是有益無損的。俗語云，開一頭門，多一路風。這本來是勸人謹慎的話，如今借了來說，學一種外國語有如多開一面門窗，可以放進風日，也可以眺望景色，別的不說，總也是很有意思的事吧。」上邊的意思是說借了外國語的幫助多讀些書，知識見解益以增進，一般的利益很是不小，若是研究專門學問，外國語自然更是重要，這裡無須多說了。

十四日

## 五　國史

國民常識中重要的一部分是國史的知識。據學校裡的先生們說，現今學生的本國史的知識卻是很缺乏，正是很不幸的事。本來在小學和初中高中，歷史教過三轉，總該記得一個大概了，但是結果似乎並不好，這是什麼緣故呢。或者因為學校太重考試之故吧，聽講的只為應考起見，勉強記憶，等到考過得了分數，便又整個的還給先生了，這也說不定。從前我們在書房裡只念四書五經，讀得爛熟，卻是不能理解，史鑑隨意閱看，並不強迫，倒反多少記得，雖然那時所用的只有《綱鑑易知錄》，《通鑑輯覽》這一類的陋書，卻也能夠使我們知道國史的概要。《論語》是勉強讀了的，所以到了中年以後，才來尋找《論語正義》，《論語後案》諸書，重新想理會它的意義。由此看來，這原因是很簡單的，當作功課做的時候難得發生興趣，課外又沒有資料與機會誘導人去接近史書，說是在學校讀書若干年，而史的知識非常缺乏，那是不足怪的。我們並不說史書是怎麼了不得的寶貝，所以非讀不可，實在只因國民對於本國的歷史須得知道一個概要，深覺得現在這種情形雖然是無怪的，卻也是可慮的事，極有救正之必要。有人編成一種適用的簡要的通史，可以當參考書也可以做課外讀物，自然是最好的辦法，不過這件事急切難以希望實現，那麼目下的還是在於青年自己努力，找舊材料來姑且應用。沒有多大時間讀書，或是專心理工方面的人，去找一部比較詳明的，例如呂思勉先生編的《本國史》，用心看過一遍，大抵也就夠了吧，若是文科系統的不必說了，就是別的人，只要有點時間或興趣讀書的，都應當在這方面多用力，獲得國史的知識愈多愈好。這件事似乎也不很難，史學固然是個專門，但如為求常識而讀史書，卻是別一條路，從看小說也可以走得通的。我曾說過，由《西遊記》、《水滸傳》等，漸至《三國演義》，轉到《聊齋志異》，這是從白話入文言的徑路。《聊齋》之後，經過了《夜談隨錄》一派，一變而轉入《閱微草堂筆記》，這樣，舊派文言小說的兩派都已經入門，便自然而然的跑到唐代叢書裡邊去了。小說本來說是稗史，假如看到《世說新語》，《宋瑣語》，那已是正史的碎片，讀史的能力與興味亦已養成矣。本來讀古文也一樣的可以養成讀史的能力，不過我不贊成這樣做，因為一染了史論的習氣，便入了邪道，對於古人往事隨意亂道，不但不能從史書得到什麼益處，反而心粗氣浮，誤事匪淺。假如先有了讀野史的興趣，再看正史，他還守著讀書的正當態度，不想去妄加判斷，只向書中去求得知識，其結果總是無弊的。這種知識，除通史之外還應注意於近代的一部分，據我的意思，宋元至清最為重要，這一千年中不但內憂外患最多，深刻的顯露出中國的虛弱情形，就是文化思想，不論是好是壞，也是從兩宋起發生轉變，造成現在這狀態的，所以治史學的人或者覺得上古史有許多未開發的地方，值得研究，若在我們則情形不同，所應注重的倒反在於近代。古人以史為鑑，就是說當作鏡子用，孔子說，殷鑑不遠，在夏後之世。鏡子同樣的可以照美丑，但史鑑的意義漸偏重於鑑戒，這與巴枯寧的話相似，看歷史是教我們不要再這樣，也是很好的意思，不過說到勸戒便須先定善惡是非，又要走到史論一路去，不很妥當，我們的須得是別一種態度，連鑑戒這一層也都擱起，就只簡單的想要知道本國過去的這些事情。我們不先假定知道了有什麼用處，其理由只是有知道之必要，正如一個人有知道他的父親祖父的事情之必要一樣。祖父的長壽未必足為榮，父親的死於肺病也未必是辱，不過在為子孫者這不是沒有關係的事，他知道了於生活方針上很有參考的價值，那麼用處到底還是有的。我們看見國史上光榮的事固然很高興，有些掃興的大小事件，看了掃興原是當然，但是也不可不注意，而且或者應該反而多加注意才是，這有如說到先人的病與死的地方，要知道其事雖在過去多年之前，同家族與同民族的都是一樣，在精神與體質上都有一種微妙的連繫，最值得我們的深思與反省。奉勸青年讀國史，這意思是極平凡的，只有末了這一節算是個人私見，聊表獻芹之意，芹不足貴，但請承受這裡的一點誠意耳。

二十日

## 六 博物

我們說看國史有如查閱先人的行狀和病時的脈案，那麼動植物也夠到上說是遠年的老親，總之不是全沒有什麼關係的，只有礦物恐怕有點拉不上罷了。普通性教育的書，要使兒童理解兩性生殖的原理，大抵都是從動植物講起，漸漸的到了人類，不但可以講得明淨而有興趣，實在也是自然的順序。手頭有兩冊西文的小書，其一名曰「性是什麼」，他先從單細胞的動植說起，隨後一面講到苔類以及顯花植物之生殖，一面接著說過的阿米巴講到水螅，以後是蚯蚓，蛙，雞和狗，末了才是人類。其一名曰「小孩是怎麼生的」，從風媒花蟲媒花說到魚，雞和狗，以至於人類，文章更是淺明美麗，適於兒童的閱讀，曾見中國譯本，原本的醇雅不免稍有損失。這兩種書都是以博物的資料為性教育之用，再放大了來說，生物學的知識也未始不可以為整個的人生問題研究之參考資料。在好許多年前我曾這樣說過，我不信世上有一部經典可以千百年來當做人類的教訓的，只有記載生物的生活現象的比阿洛支，才可供我們參考，定人類行為的標準。這話似乎說的太簡括一點，但是我至今還是這樣想，覺得知道動植生活的概要，對於了解人生有些問題比較容易，即使只是初中程度的博物知識，如能活用得宜，也就可以應用。分類的一部分看去似不甚重要，但是如《論語》上所說，多識於鳥獸草木之名，與讀詩有關，青年多認識種種動植物，養成對於自然之愛好，也是好事，於生活很有益，不但可以為賞識藝文之助。生理生態我想更為重要，從這裡看出來的生活現象與人類原是根本一致，要想考慮人生的事情便須得於此著手。我在談中國的思想問題中曾說過：

「飲食以求個體之生存，男女以求種族之生存，這本是一切生物的本能，進化論者所謂求生意志，人也是生物，所以這本能自然也是有的。不過一般生物的求生是單純的，只要達到生存的目的便不問手段，只要自己能夠生存，便不惜危害別個的生存，人則不然，他與生物同樣的要求生存，但最初覺得單獨不能達到目的，須得與別個聯絡，互相扶助，才能好好的生存，隨後又感到別人也與自己同樣的有好惡，設法圓滿的相處。前者是生存的方法，動物中也有能夠做到的，後者乃是人所獨有的生存道德，古人云，人之所以異於禽獸者幾希，蓋即此也。」中國國民的中心思想之最高點為仁，即是此原始的生存道德所發達而成，如不從生物學的立腳地來看，不能了解其意義之深厚。

我屢次找機會勸誘青年朋友留意動物的生活，獲得生物學上的常識，主要的目的就在這裡。其次是希望利用這些知識，去糾正從前流傳下來的倫理化的自然觀。我們只要一翻開書本，自周朝以至清末，前後二千年間，像甘蔗渣兒嚼了又嚼的，記著好許多怪話，如雀入大海為蛤，腐草化為螢，蚯蚓與阜螽為偶等，又如羔羊跪乳，烏反哺，梟食母等，皆是。第一類只是奇怪罷了，第二類乃很荒謬，二者虛妄不實雖然相同，後者更要不得，歪曲事實，假借名教，尤為惡性的也。略知動物生態的人，自能明了小羊不跪不便吃奶，烏無家庭，無從找尋老烏，梟只吞食小動物，不能啄食母肉，可以不至於上他的當。人禽有別，人類自有倫理，不必通行及於禽獸，此類虛飾無實之詞亟宜清除，以存真相，我們人類不必太為異物操心，只須自己多多反省，勿過徇私慾，違反自然，多做出禽獸所不為之事，如奴隸及賣淫制度等，斯已足矣。

## 七　醫學

我們希望大家活用關於動植物的知識，還有關於人身生理的一部分未曾說及，現在便想來利用這些知識了。希臘哲人教人要知道你自己，這從那裡知道起呢，自己的這個身子，總是第一應該知道的吧。古人雖有求知之心，而少此機緣，雖然古來胡亂殺人，卻沒有學術的解剖，前清道光時王清任想要明了內臟的位置，還只得到叢塚裡去察看，真可以說是苦學了。自從西洋的醫士合信氏給我們譯出《全體新論》以來，這件事也就不很困難，及至學校開設，生理衛生列入中學課程裡邊，有先生按時講給大家聽，考問得不大記得還要扣分數，這樣的一來，就是想忘記也很有點難了吧。可是雖不忘記，卻是不能活用，也是徒然，我們所慮的便是這一點。在學校書本子上得來了好些的新知識，好像是藥材店的許多小抽屜，都一隔隔的收起來，和歷來在家庭社會上得來的更多的舊知識，並排的存著，永不發生關係，隨時分別拿出來應用。所以學過生理學，知道骨骼臟腑構造的人，有時還仍舊相信舊書上所說的話，例如女人比男人要多或是少一根骨頭，古時某人是鎖子骨的，或靜坐煉氣，這氣可以從丹田往上行，向頂上直鑽出去。本來氣這說法在古希臘也是有的，沿至歐洲中世還是如此，因為解剖屍體時發見動脈是空的，以為這是氣的管子，自血液循環說成立，這氣的通路只限定於呼吸系統之內了。中國種種舊說在以前都是當然的，現今青年已經習得確實的新學說，總當來清算一下子，屏除虛妄，擇定一種比較正確的道理，以便有所遵循，勿再模棱兩可才是。再進一步來說，大家既然有了這些知識，關於醫學也該有一種了解，即使不想醫病，總當具有關於病與藥與黴菌的常識，對於醫學的尊重之意。我曾這樣說過，醫療或是生物的本能，如犬貓之自舐其創是也，但其發達為活人之術，無論是用法術或方劑，總之是人類文化之一特色，雖然與梃刃同是發明，而意義迥殊，中國稱蚩尤作五兵，而神農嘗藥辨性，為人皇，可以見矣。醫學史上所記便多是這些仁人之用心，不過大小稍有不同，我看了常不禁感嘆，覺得假如人類想要找一點足以自誇的文明證據，大約只可求之於這方面吧。我最佩服巴斯德於德法戰爭中間從啤酒裡研究出了黴菌的傳染，這影響於人類福利者不知既極，外科傷科產科因了消毒的完成，內科因了預防抗毒的發達，一年中不知道要救助了多少人命，這個功德恐怕近世的帝王將相中沒有人能及。有西洋醫生說，人類的敵人只是黴菌，須得大家聯合起來殲滅他才好。這話是很不錯的，所以我拿了來轉送給本國青年。在七百年前有張從正寫了醫書十五卷，名曰「儒門事親」，意思是說事親者當知醫，此書應當一讀。其實這豈只是事親，對於自己及家屬以至社會，醫與藥的常識也都是必要，學校裡沒有習得的機會，只好自己去找，本國和外國文的都可應用。中國古時醫學也曾發達過，可以與希臘羅馬相比，可是到了近代便已中絕，即使舊說流傳，而無法與現今之生理病理以及黴菌學相連接，鄙人不懂玄學，聽之茫然，故在醫學一方面，對於國粹了無留戀，所希望大家獲得者乃是現代醫學的知識，若是醫者意也一派的故事只是筆記的資料，我看了好些葉天士薛生白的傳說，覺得倒很有趣，卻是都不相信也。

二十四日

## 八　佛經

在這個時候，假如勸青年來唸佛經，不但人家要罵，就是說話的自己也覺得不大妥當。不過我這裡所說的是讀佛經，並不是唸佛誦經，當然沒有什麼問題，因為經固然是教中的聖典，同時也是一部書，我們把他當作書來看看，這也會於我們很有益的。《舊約》是猶太教基督教各派的聖書，我們無緣的人似乎可以不必看的了，可是也並不然。卷頭《創世紀》裡說上帝創造天地，有云：

「上帝說，地要發生青草，和結種子的菜蔬，並結果子的樹木，各從其類，果子都包著核。事就這樣成了。於是地發生青草，和結種子的菜蔬，各從其類，並結果子的樹木，各從其類，果子都包著核。上帝看著是好的。」這一節話如說他是事實，大概有科學常識的人未必承認，但是我們當作傳說看時，這卻很有意思，文章也寫得不錯。

中國講盤古的故事，彷彿是拿著斧鑿在開礦，還有女媧煉石補天的事，無論怎麼聽總只像童話，但因此也就令人捨不得，所以雖然搢紳先生難言之，卻總是留傳著，有人愛聽，也有人不厭重複的說。佛經裡的故事也正是如此，他比《舊約》更少宗教氣味，比中國的講得更好，更多文學趣味，我勸人可以讀點佛經，就是為這個緣故。中國文人著作，據私見說來，唐以前的其文章思想都有本色，其氣象多可喜，自宋以後便覺得不佳，雖然別有其他好處亦不能抹煞。總之我對於兩晉六朝人的作品很有點兒喜歡，只是這一段落三百年間著作不算多，那麼把佛經的一部分歸到裡邊去，可以熱鬧不少，也是合理的事。我曾讚揚這些譯文，多有文情俱勝者，鳩摩羅什為最著，那種駢散合用的文體當然是因新的需要而興起的，但是恰好的利用舊文字能力去表出新意思，實在是很有意義的一種成就。至於經中所有的思想，當然是佛教精神，一眼看去這是外來的宗教，和我們沒甚關係，但是離開凡人所不易領解的甚深義諦，只看取大乘菩薩救世濟人的弘願景行，覺得其偉大處與儒家所說的堯禹稷的精神根本相同，讀了令人感激，其力量似乎比經書還要大些。《六度集經》中云：

「眾生擾擾，其苦無量，吾當為地。為旱作潤，為溼作筏。饑食渴漿，寒衣熱涼。為病作醫，為冥作光。若有濁世顛到之時，吾當於中作佛，度彼眾生矣。」此處說理而能與美和合在一起，說得那麼好，真是難得。又有把意思寄託在故事裡的，雖是容易墮入勸戒的窠臼，卻也是寫得質樸而美，只覺得可喜，即或重複類似，亦不生厭，有如讀唐以前的志怪，唐代的傳奇文只有少數可以相比。這一類書本來不少，不過長篇或是全體用偈時也不大相宜，大抵以《百喻經》一類的譬喻經，《雜寶藏經》，《賢愚因緣經》，《六度集經》等為最適於翻讀，我也未能保證看了一定有什麼益處，總之比讀俞理初所謂愚儒的愚書要好得多。根據個人的經驗來說，在四十年前讀了《菩薩投身飼餓虎經》，至今還時時想起，不曾忘記。從前雜覽的時候，曾讀柏拉圖記梭格拉底之死，忒洛亞的女人們的悲劇，以及近代人的有些著作，經過類似的感動有好些回，可是這一次總是特別的深而且久，卻又是平靜的，不是興奮而是近於安慰的一種影響。這是宗教文學的力量吧，雖然我是不懂宗教的。我記起《投身飼餓虎經》來的時候，往往連帶想到《中山狼傳》。這傳不著撰人名氏，我在《程氏墨苑》中見到，題宋謝枋得，又見《八公遊戲叢談》中題唐姚合，恐怕都是假托，只是文章卻寫得有意思。看了這篇文章不會得安慰，但也是很有用的，這與上邊的經正是兩面，我們連在一處想起來，有如服下一帖配搭好的藥，雖苦而或利於病也。

二十九日

## 九　風土誌

中國舊書史部地理類中有雜記一門，性質很是特別，本是史的資料，卻很多文藝的興味，雖是小冊居多，一直為文人所愛讀，流傳比較的廣。我想這於現代青年也不是沒有益處的，頗想勸大家找一點當課外讀物去看也好。這一類書裡所記的大都是一地方的古蹟傳說，物產風俗，其事既多新奇可喜，假如文章寫得好一點，自然更引人入勝，而且因為說的是一地方的事，內容固易於有統一，更令讀者感覺對於鄉土之愛，這是讀大部的地理書時所沒有的。大約在三四十年前，中國曾經提唱過鄉土志，還編成幾種教本，要在中小學校講授，養成愛鄉心以為愛國的基本，這個意思是很好的，只可惜同別的好些新意思一樣，不久就漸漸消滅，沒有留下一點兒成績。新的鄉土志將來讓我們希望再有一天會得復興起來，從新編纂出好書來，現在暫且利用一部分舊書，姑且稱為風土誌零本，小學無可如何，請中學以上的青年隨意看看，也是好的。我的本意實在是想引誘他們，是的，我老實的說引誘，進到民俗研究方面去，使這冷僻的小路上稍為增加幾個行人。專門弄史地的人不必說，我們不敢去勞駕，假如另外有人，對於中國人的過去與將來頗為關心，便想請他把史學的興趣放到低的廣的方面來，從讀雜書的時候起離開了廊廟朝廷，多注意田野坊巷的事，漸與田夫野老相接觸，從事於國民生活之史的研究，雖是寂寞的學問，卻於中國有重大的意義。這種研究須有切實的訓練，還是日後的話，我們現在只是說起頭的預備，有如起講寫下且夫二字，不過表示其有此意思而已。再說古來地理雜記，我覺得他好，就是材料好，意思好，或是文章好的，大約有這幾類，都可以看得。其一是記一地方的風物的。單就古代來說，晉之《南方草木狀》，唐之《北戶錄》與《嶺表錄異》，向來為世所珍重。中國博物之學不發達，農醫二家門戶各別，士大夫知道一點自然物差不多就只靠這些，此外還有《詩經》、《楚辭》、《爾雅》的名物箋注而已。其二是關於前代的。因為在變亂之後，舉目有山河之異，著者大都是逸民遺老，追懷昔年風景，自不禁感慨系之，其文章中既含有感情分子，追逐過去的夢影，鄙事俚語悉不忍捨棄，又其人率有豪氣，大膽的抒寫，所以讀者自然為之感動傾倒。宋之《夢華》、《夢粱》二錄，明之《如夢錄》，《陶庵夢憶》，都是好例。其三是專講本地的。這本來可以同第一類並算，不過有這一點差別，前者所記多系異地，彷彿用了驚異的眼來看，有點異域趣味，後者則是對於故鄉或是第二故鄉的留戀，重在懷舊而非知新。我們在北京的人便就北京來說吧。燕雲十六州的往事，若能存有記錄，未始不是有意思的事，可惜沒有什麼留存，所以我們的話也只好從明朝說起。明末的《帝京景物略》是我所喜歡的一部書，即使後來有《日下舊聞》等，博雅精密可以超過，卻總是參考的類書，沒有《景物略》的那種文藝價值。清末的書有《天咫偶聞》與《燕京歲時記》，也都是好的。民國以後出版的有枝巢子的《舊京瑣記》，我也覺得很好，只可惜寫得太少耳。近來有一部英文書，由式場博士譯成日本文，題曰「北京的市民」，上下兩冊，承他送給我一部，雖是元來為西洋人而寫，敘述北京歲時風俗婚喪禮節，很有趣味，自繪插圖亦頗脫俗。我求得原本只有下冊，原名曰「吳的閱歷」，羅信耀著，可惜沒有漢文本，不然倒也是好書，比古書還更有趣些。我寫筆談總想不要太主觀，不知道能否做到，這回卻是自己明白，不免有多少私見。古人曾說，有鄉下老吃芹菜覺得很美，想去獻給貴人，貴人放到口裡去只覺得辣辣的，我所做的有點相像也未可知。但是水芹菜現在吃的人很多，因此不妨引以自慰，我的芹菜將來也會有人要吃的吧。

## 十　夢

我如要來談夢，手邊倒也有些好材料，如張伯起的《夢占類考》，晒書堂本《夢書》，藹理斯的《夢之世界》，拉克列夫的《夢史》等，可以夠用。但是現在來講這些東西，有什麼用處呢。這裡所謂夢實在只是說的希望，雖然推究下去希望也就是一種夢。案佛書上說，夢有四種，一四大不和夢，二先見夢，三天人夢，四想夢。西洋十六世紀時學者也分夢為三種，一自然的，即四大不和夢，二心意的，即先見夢，三神與鬼的，即天人及想夢。現代大抵只分兩類，一再現的，或云心意的，二表現的，或云感覺的。其實表現的夢裡即包括四大不和夢，如《善見律》云，眠時夢見山崩，或飛騰虛空，或見虎狼獅子賊逐，此是四大不和夢，虛而不實。先見夢據解說云，或晝日見，夜則夢見，此亦不實，則是再現的夢也。天人示現善惡的天人夢，示現福德罪障的想夢，現在已經不再計算，但是再現的夢裡有一部分是象徵的，心理分析學派特別看重，稱曰滿願的夢，以為人有密願野望，為世間禮法所制，不能實現，乃於夢中求得滿足，如分析而求得其故，於精神治療大有用處。此系專門之事，唯如所說其意亦頗可喜，我說希望也就是一種夢，就此我田引水，很是便利。不過希望的運命很不大好，世人對於夢倒頗信賴，古今來不斷的加以占釋，希望則大家多以為是很渺茫的。希臘傳說裡有班陀拉的故事，說天帝命鍛冶神造一女人，眾神各贈以美豔，工巧，媚惑與狡猾，名曰班陀拉，意云眾賜，給厄比美透斯為妻，攜有一匣，囑勿啟視，班陀拉好奇，竊發視之，一切罪惡疾病悉皆飛出，從此人間無復安寧，唯希望則尚閉存匣底云。希望既然不曾飛出來，那麼在人間明明沒有此物，傳述這故事的人不但是所謂憎女家，亦由此可知是一個悲觀論者，大概這二者是相連的也未可知。但是仔細想來，悲觀也只是論而已，假如真是悲觀，這論亦何必有，他更無須論矣。俗說云，有愚夫賣油炸鬼，妻教之日，二文一條，如有人給三文兩條者，可應之日，如此不如自吃，切勿售與。愚夫如教，卻隨即自吃訖，終於一條未賣，空手而回，妻見驚詫，叱之日，你心裡想著什麼，答日，我現在想喝一碗茶。這只是一個笑話，可知希望總是永存的，因為愚夫的想頭也就本來是希望也。說到這裡，我們希望把自己的想頭來整理一下，庶幾較為合理，弗為世人所笑。吃油炸鬼後喝茶，我們也是應當想的，不過這是小問題，只關係自身的，此外還該有大一點的希望值得考慮。清末學者焦理堂述其父訓詞云，人生不過飲食男女，非飲食無以生，非男女無以生生，唯我欲生，人亦欲生，我欲生生，人亦欲生生。這話說得很好，自身的即是小我的生與生生固是重要，國家民族更是托命的本根，此大我的生與生生尤其應當看重，不必多說道理，只以生物的原則來說也是極明了的事。現代青年對於中國所抱的希望當然是很大而熱烈，不過意氣沮喪的也未必沒有，所以贅說一句，我們無論如何對於國家民族必須抱有大的希望。在這亂世有什麼事能做本來是問題，或者一無所成也說不定，但匣子裡的希望不可拋棄，至少總要守住中國人的立場。昔人云，大夢誰先覺。如上邊所說大的希望即是大夢，我願誰都無有覺時，若是關於一己的小夢，則或善或惡無多關係，即付之不論可已。

民國三十三年，除夕

# 苦茶庵打油詩

民國二十三年的春天，我偶然寫了兩首打油詩，被林語堂先生拿去在《人間世》上發表，硬說是五十自壽，朋友們覺得這倒好嬉子，有好些人寄和詩來，其手寫了直接寄在我這裡的一部分至今都還保存著。如今計算起來已是十個年頭荏苒的過去了，從書箱的抽屜裡把這些手跡從新拿出來看，其中有幾位朋友如劉半農，錢玄同，蔡子民諸先生現今都已不在，半農就在那一年的秋間去世，根據十年樹木的例，墓木當已成抱了，時移世變，想起來真有隔生之感。有友人問，今年再來寫他兩首麼。鄙人聽了甚為惶悚，唯有採取作揖主義，連稱不敢。為什麼呢？當年那兩首詩發表之後，在南方引起了不少的是非口舌，鬧嚷嚷的一陣，不久也就過去了，似乎沒甚妨害，但是拔草尋蛇，自取煩惱，本已多事，況且眾口爍金，無實的毀謗看似無關重要，世間有些重大的事件往往可由此發生，不是可以輕看的事情。鄙人年歲徒增，修養不足，無菩薩投身飼狼之決心，日在戒懼，猶恐難免窺伺，更何敢妄作文詩，自蹈覆轍，此其一。以前所寫的詩本非自壽，唯在那時所作，亦尚不妨移用，此次若故意去做，不但賦得難寫得好，而且也未免肉麻了。還有一層，五十歲是實在的，六十歲則現在可以不是這樣算，即是沒有這麼一回事。寒齋有一塊壽山石印章，朱文九字云「知堂五十五以後所作」，邊款云庚辰禹民，是民國二十九年托金彝齋君所刻。大家知道和尚有所謂僧臘者，便是受戒出家的日子起，計算他做和尚的年歲，在家時期的一部分拋去不計，假如在二十一歲時出家，到了五十歲則稱曰僧臘三十。五十五歲以後也便是我的僧臘，從那一年即民國二十八年算起，到現在才有六年，若是六十歲，那豈不是該是民國八十八年麼。六十自壽詩如要做的話，也就應該等到那時候才對，現在還早得很呢。此其二。

以上把現今不寫打油詩的話說完了，但是在這以前，別的打油詩也並不是不寫。這裡不妨抄錄一部分出來。這都是在事變以後所寫的。照年代說來，自民國二十六年十一月至三十二年十月，最近一年間並沒有著作。我自稱打油詩，表示不敢以舊詩自居，自然更不敢稱是詩人，同樣地我看自己的白話詩也不算是新詩，只是別一種形式的文章，表現當時的情意，與普通散文沒有什麼不同。因此名稱雖然是打油詩，內容卻並不是遊戲，文字似乎詼諧，意思原甚正經，這正如寒山子詩，他是一種通俗的偈，其用意本與許多造作伽陀的尊者別無不同，只在形式上所用乃是別一手法耳。我所寫的東西，無論怎麼努力想專談或多談風月，可是結果是大部分還都有道德的意義，這裡的打油詩也自不能免，我引寒山禪師為比，非敢攀高，亦只取其多少相近，此外自然還有一位邵康節在，不過他是道學大賢，不好拉扯，故不佞寧願與二氏為伍，庶可稍免指摘焉。打油詩只錄絕句，雖有三四首律詩，字數加倍，疵累自亦較多，不如藏拙為愈，今所錄凡二十四首。

## 其一至二

燕山柳色太淒迷，話到家園一淚垂，長向行人供炒栗，傷心最是李和兒。

一月前食炒栗，憶《老學庵筆記》中李和兒事，偶作絕句，已忘之矣，今日忽記起，因即錄出，時廿六年十二月十一日也。

家祭年年總是虛，乃翁心願竟何如。故園未毀不歸去，怕出偏門過魯墟。

二十日後再作一絕，懷吾鄉放翁也。先祖妣孫太君家在偏門外，與快閣比鄰，蔣太君家魯墟，即放翁詩所云輕帆過魯墟者是也。

## 其三至六

粥飯鐘魚非本色，劈柴挑擔亦隨緣。有時擲鉢飛空去，東郭門頭看月圓。

廿七年十二月十六日作

禹跡寺前春草生，沈園遺蹟欠分明。偶然拄杖橋頭望，流水斜陽太有情。

以下三首均廿一日作。匏瓜廠主人承賜和詩，末一聯云，斜陽流水乾卿事，未免人間太有情。匏瓜廠指點得很不錯。但如致廢名信中說過，覺得有此悵惘，故對於人間世未能恝置，此雖亦是一種苦，目下卻尚不忍即捨去也。己卯秋日和六松老人韻七律末二句云，高歌未必能當哭，夜色蒼涼未忍眠。亦只是此意，和韻難恰好，今不具錄。

禪床溜下無情思，正是沉陰欲雪天。買得一條油炸鬼，惜無白粥下微鹽。

不是淵明乞食時，但稱陀佛省言辭。攜歸白酒私牛肉，醉倒村邊土地祠。

古有遊仙詩，多言道教，此殆是遊方僧詩乎，比丘本是乞士，亦或有神通也。戊寅冬至雪夜記。案，廿八年元日遇刺客，或云擲鉢詩幾成讖語，古來這種偶然的事蓋多有之，無怪筆記上不乏材料也。

## 其七至八

橙皮權當屠蘇酒，贏得衰顏一霎紅，我醉欲眠眠未得，兒啼婦語鬧哄哄。

廿八年一月八日作

但思忍過事堪喜，回首冤親一惘然。飽吃苦茶辨餘味，代言覓得杜樊川。

十四日作

此二詩均為元日事而作，忍過事堪喜系杜牧之句，偶從《困學紀聞》中見到，覺得很有意思，廿三年秋天在日本片瀨制一小花瓶，手題此句為紀念，至今尚放在書架子上。

## 其九至十

廿年不見開元寺，寂寞荒場總一般，唯念水澄橋下路，骨灰瓦屑最難看。
日中偶作寒山夢，夢見寒山喝一聲，居士若知翻著襪，老僧何處作營生。
廿九年十二月七日作。翻著襪，王梵志詩語，見《山谷題跋》。

## 其十一至十二

烏鵲呼號繞樹飛，天河黯淡小星稀，不須更讀枝巢記，如此秋光已可悲。
一水盈盈不得渡，耕牛立瘦布機停。劇憐下界痴兒女，篤篤香花拜二星。

三十年七夕作

## 其十三

河水陰寒酒味酸，鄉居那得有清歡，開門偶共鄰翁話，窺見庵中黑一團。

十二月三十日燈下作

## 其十四

年年乞巧徒成拙，烏鵲填橋事大難，猶是世尊悲憫意，不如市井鬧盂蘭。

三十一年七月十八日作

## 其十五至十六

野老生涯是種園，閒銜煙管立黃昏，豆花未落瓜生蔓，悵望山南大水云。

夏中南方赤云瀰漫，主有水患，稱日大水云。

大風吹倒墳頭樹，杉葉松毛著地鋪。惆悵跳山山下路，秋光還似舊時無。

十月三十日所作

## 其十七

生小東南學放牛，水邊林下任嬉遊，廿年關在書房裡，欲看山光不自由。

十二月十四日作

## 其十八至二一

多謝石家豆腐羹，得嘗南味慰離情。吾鄉亦有姒家菜，禹廟開時歸未成。

三十二年四月十日至蘇州遊靈岩山，在木瀆午飯，石家飯店主人索題，為書此二十八字，壁間有於右任句云，多謝石家鲃肺湯，故仿之也。

我是山中老比丘，偶來城市作勾留，忽聞一聲劈破玉，漫對明燈搔白頭。

十一日晚在蘇州聽歌作

一住金陵逾十日，笑談鋪啜破工夫，疲車羸馬招搖過，為吃乾絲到後湖。

十四日友人邀遊玄武湖作

脫帽出城下船去，逆流投篙意何如。詩人未是忘機客，驚起湖中水活盧。

水活盧，越中俗語，船娘云水胡盧，即鸊鷉是也。

以上二首均作於十六日夜車中。

## 其二二至二四

山居亦自多佳趣，山色蒼茫山月高，掩卷閉門無一事，支頤獨自聽狼嗥。
澗中流水響澌澌，負手循行有所思，終是水鄉餘習在，關心唯獨賀家池。
鎮日關門聽草長，有時臨水羨魚游，朝來扶杖入城市，但見居人相向愁。

十月四日晨作

這些以詩論當然全不成，但裡邊的意思總是確實的，所以如只取其述懷，當作文章看，亦未始不可，只是意少隱曲而已。我的打油詩本來寫的很是拙直，只要第一不當他作遊戲話，意思極容易看得出，大約就只有憂與懼耳。孔子說，仁者不憂，勇者不懼。吾儕小人誠不足與語仁勇，唯憂生憫亂，正是人情之常，而能懼思之人亦復為君子所取，然則知憂懼或與知慚愧相類，未始非人生入德之門乎。從前讀過《詩經》，大半都已忘記了，但是記起幾篇來，覺得古時詩人何其那麼哀傷，每讀一過令人不歡。如王風《黍離》云，知我者謂我心憂，不知我者謂我何求，悠悠蒼天，此何人哉。其心理狀態則云中心搖搖，終乃如醉以至如噎。又《兔爰》云，我生之初，尚無為，我生之後，逢此百罹，尚寐無吪。小序說明原委，云君子不樂其生。幸哉我們尚得止於憂懼，這裡總還有一點希望，若到了哀傷則一切已完了矣。大抵憂懼的分子在我的詩文裡由來已久，最好的例是那篇〈小河〉，民國八年所作的新詩，可以與二十年後的打油詩做一個對照。這是民八的一月廿四日所作，登載在《新青年》上，共有五十七行，當時覺得有點別緻，頗引起好些注意。或者在形式上可以說，擺脫了詩詞歌賦的規律，完全用語體散文來寫，這是一種新表現，誇獎的話只能說到這裡為止，至於內容那實在是很舊的，假如說明了的時候，簡直可以說這是新詩人所大抵不屑為的，一句話就是那種古老的憂懼。這本是中國舊詩人的傳統，不過他們不幸多是事後的哀傷，我們還算好一點的是將來的憂慮，其次是形式也就不是直接的，而用了譬喻，其實外國民歌中很多這種方式，便是在中國，《中山狼傳》裡的老牛老樹也都說話，所以說到底連形式也並不是什麼新的東西。鄙人是中國東南水鄉的人民，對於水很有情分，可是也十分知道水的利害，《小河》的題材即由此而出。古人云，民猶水也，水能載舟，亦能覆舟。法國路易十四云，朕等之後有洪水來。其一戒懼如周公，其一放肆如隋煬，但二者的話其歸趨則一，是一樣的可怕。把這類的思想裝到詩裡去，是做不成好詩來的，但這是我誠懇的意思，所以隨時得有機會便想發表，自〈小河〉起，中間經過好些文詩，以至〈中國的思想問題〉，前後二十餘年，就只是這兩句話，今昔讀者或者不接頭亦未可知，自己則很是清楚，深知老調無變化，令人厭聞，唯不可不說實話耳。打油詩本不足道，今又為此而有此一番說明，殊有唐喪時日之感，故亦不多贅矣。民國甲申，九月十日。

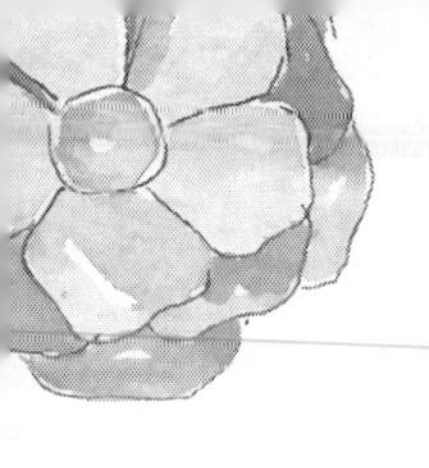

# 文壇之外

近二十年來常站在文壇之外，這在我自己覺得是很有幸的事。其實當初也曾有過一個時期，曾以文人自居，妄想做什麼文學運動，《域外小說集》的時代不必說了，民國十一年一月寫《自己的園地》那篇文章，裡面便明說，我們自己的園地是文藝。文學研究會成立，我也是發起人之一，那篇宣言是大家委託我起草的，曾登在《新青年》八卷五號上，所以我至今保留著。宣言共分三點，除聯絡感情與增進知識外，其第三項云：

「三，是建立著作工會的基礎。將文藝當作高興時的遊戲或失意時的消遣的時代，現在已經過去了。我們相信文學是一種工作，而且又是於人生很切要的一種工作，治文學的人也當以這事為他終身的事業，正同勞農一樣。所以我們發起本會，希望不但成為普通的一個文學會，還是著作同業的聯合的基本，謀文學工作的發達與堅固。這雖然是將來的事，但也正是我們的一個重要的希望。」這個工會的主張在當時發起人雖然都贊成，卻是終於不能實行，所以文學研究會前後活動了十年，也只是像平常一個文學團體那麼活動，未能另外有什麼成就。這大約也是無怪的，一個團體成立，差不多就是安上一根門檻，有主義的固然分出了派別，不然也總有彼我之別，再求聯合不大容易。我在文學研究會裡什麼事都沒有做，只是把翻譯的短篇小說從前登在《新青年》的分出來送到《小說月報》去，始終沒有能夠創作或有什麼主張，在該會存在時我仍是會員，但是自己是文人的自信卻早已消滅，這就是說文學店已經關門了。我曾說以看書代吸紙菸，寫文章或者可以說以代喝酒吧，我用了這個態度繼續寫文章，完全以白丁自居，至少也是票友，異於身列樂籍，當可免於被人當作戲子了吧。可是說也奇怪，世間一切職業都可以歇業，譬如車伕不再拉車，堂倌出了飯館，身分隨即變更，別無什麼問題，唯有文人似乎是例外，即使自己早經廢業，社會上卻不承認，不肯把他放免。有友人戲笑說，文人做過文章，便是已經有案，不能再撤消的了。這樣說來，文人與小偷一樣，固然已夠苦惱了，其實前科一犯雖名列黑表，只要安分下去也可無事，歇業不得的文人其情形倒是像吾鄉的墮貧，日本舊有穢多亦是同類，解放之後仍舊是新平民，欲求為凡人而不可得，可謂不幸矣。鄙人頗想建議，請內政部批准此項文人歇業呈報，准予放免，雖未能算作仁政，但於人民有利，也總可以說是惠政之一吧。

我在文壇之外蹲著，寫我自己的文章，認為與世無爭，可以相安無事，可是實際上未必能夠如此，這又使我很覺得為難了。據自己的經驗和觀察，我有一種意見想起來與時代很有點不相容，這便是我的二不主義，即是一不想做嘍囉，二不想做頭目。雖然我自己標榜是儒家，實在這種態度乃是道家的，不過不能徹底的退讓，仍是不能免於發生衝突。因為文壇上很是奇怪，他有時不肯讓你不怎麼樣，譬如不許可不做嘍囉，這還是可以了解的，但是還有時候並不許可不做頭目。假如徹底的退讓，一個人完全離開了文化界，純粹的經商或做官，那麼這自然也就罷了，但是不容易這樣辦，結果便要招來種種的攻擊。遇見過這種事情的人大約不很少，我也就是其一。平常應付的辦法大概只是這兩種，強者予以抵抗，弱者出於辯解。可是在我既不能強也不能弱，只好用第三種法子，即是不理會，這與二不主義都是道家的作風，在應付上不能說沒有效用，但於自己不利也還是一樣，因為更增加人家的不喜歡。這也是無可如何的事。對於別人的攻擊予以抵抗，也即是反攻，那是很要用力氣的，而且計算起來還是利少害多，所以我不想這樣做。第一，人家攻擊過來，你如慌忙應接，便顯得攻擊發生了效力，他們看了覺得高興。其次，反攻時說許多話，未必句句有力，卻都是對方的材料，可以斷章取義或強辭奪理的拿去應用，反而近於齎盜糧了。只有不理會才可以沒有這兩種弊病，而且如不給與新資料，攻擊也不容易繼續，假如老是那一套話，這便會顯露出弱點來，如非論據薄弱便是動機不純，不足以惑人聽聞了。這些抵抗的方法，無論是積極的反攻或是消極的沉默，只要繼續下去，都可以應付攻擊，使之停止，可是這停止往往不是真的停止而是一種轉換，剿如不成則改用撫，拘如不行則改用請。單只是不肯做嘍囉的人這樣也就沒有話了，被人請去做個小頭目也還沒啥，這一場爭鬥成了和棋，可以就此了結，假如頭目也不願意做，那麼不能這樣就算，招撫不成之後又繼以攻剿，周而復始，大有四日兩頭髮瘧子之概矣。辯解呢怎麼樣，這也沒有什麼用處。我曾經說過，有些小事情被人誤解，解說一下似乎可以明白，但是事情或者排解得了，辯解總難說得好看。大凡要說明我的不錯，勢必同時須得說別人的錯，不然也總要舉出些隱密的事來做材料和證佐，這卻是不容易說得好，或是不大想說的，那麼即使辯解得有效，但是說了這些寒伧話，也就夠好笑，豈不是所得不償所失麼。有人覺得被誤解以至被損害侮辱都還不在乎，只不願說話得宥恕而不免於俗惡，這樣情形也往往有之，即如我也就是這樣想的。至於本非誤解而要這樣說了做攻擊的資料，那是成心如此做，說明更沒有用，或者愈說愈糟也未可知。相傳倪雲林為張士信所窘辱，絕口不言，或問之，答曰，一說便俗。這是最為明達的辦法。遇見上述的攻擊而應以辯解，實只是降服的初步，而且弄得更不好看，有如老百姓碰見瘟官，於打板子之先白叫上許多青天大老爺，難免為皂隸們所竊笑也。

這樣說來，那麼我是主張極端的忍耐的了，這也不盡然。在《遇狼的故事》那篇文章中我曾說過：

「模糊普通寫作馬虎，有做事敷衍之意，不算是好話，但如郝蘭皋所說是對於人家不甚計較，覺得也是省事之一法，頗表示贊成，雖然實行不易，不能像郝君的那麼道地。大抵這只有三種辦法。一是法家的，這是絕不模糊。二是道家的，他是模糊到底，心裡自然是很明白的。三是儒家的，他也模糊，卻有個限度，彷彿是道家的帽法家的鞋，可以說是中庸，也可以說是不徹底。我照例是不能徹底的人，所以至多也只能學到這個地位。前幾天同來客談起，我比喻說，這裡有一堵矮牆，有人想瞧瞧牆外的景緻，對我說，勞駕你肩上讓我站一站，我諒解他的慾望，假如脫下皮鞋的話，讓他一站也無什麼不可以的。但是，若是連鞋要踏到頭頂上去，那可是受不了，只得謹謝不敏了。不過這樣並不怎麼容易，至少也總比兩極端的做法為難，因為這裡需要一個限度的酌量，而且前後又恰是那兩極端的一部分，結果是自討麻煩，不及徹底者的簡單乾淨。而且，定限度尚易，守限度更難。你希望人家守限制，必須相信性善說才行，這在儒家自然是不成問題，但在對方未必如此，凡是想站到別人肩上去看牆外，自以為比牆還高了的，豈能尊重你中庸的限度，不再想踏上頭頂去呢。那時你再發極，把他硬拉下去，結局還是弄到打架。仔細想起來，到底是失敗，儒家可為而不可為，蓋如此也。」鄙人少時學讀佛書，最初得《菩薩投身飼餓虎經》，文情俱勝，大受感動，近日重翻《六度集經》，亦反覆數過，低徊不能去。其卷五忍辱度無極第三之首節云：

「忍辱度無極者，厥則云何。菩薩深唯眾生識神，以痴自壅，貢高自大，常欲勝彼。官爵國土，六情之好，己欲專焉。若睹彼有，愚即貪嫉。貪嫉處內，瞋毒外施。施不覺止，其為狂醉，長處盲冥矣。展轉五道，太山燒煮，餓鬼畜生，積苦無量。菩薩睹之即覺，悵然而嘆，眾生所以有亡國破家危身滅族，生有斯患，死有三道之辜，皆由不能懷忍行慈，使其然矣。菩薩覺之即自誓曰，吾寧就湯火之酷，菹醢之患，終不恚毒加於眾生也。」佛教這種懷忍行慈的偉大精神我極是佩服，但是凡人怎麼能做得到。其次是中國君子的忍辱，比較的好辦，適宜的例可以舉出宋朝的富弼來。公少時，人有罵者，或告之曰，罵汝。公曰，恐罵他人。又曰，呼君姓名，豈罵他人耶。公曰，恐同姓名者。據宋宗元在《巾經纂》的注中說，清婁東顧織簾居鄉里，和易接物，亦曾有同樣的事，可見這個辦法還不很難。我說過這是道家的做法，與佛教很不相同，他的根本態度可以說還是貢高自大，不屑和這一般人平等較量，所以徹底的容忍，如套成語來說大傲若謙，實在也可說得。我平常也多少想學點謙虛，可是總還不能得到這個地步。普通不相干的人無論怎麼的說可以不計較，若是特別情理難容的，有如世間相傳所謂中山狼的那種事情，就有點看不過去，覺得彷彿是泥鞋踏頂的樣子，至少是超過了可恕的限度了。這時候不免要得對狼不敬一下，於是想學君子的前功盡棄，有如煉丹的爐因了凡心一動而遂即崩壞，這是道力不足的結果，雖是懊悔也沒有用處的。可是仔細想來，這也沒有什麼大的錯。菩薩固然自己願意投身給餓著的母子老虎去吃，卻不曾聽說像東郭先生似的為狼所逼，而終於讓這畜生吞了下去。還有一說，昔孫叔敖殺兩頭蛇埋之，恐後人復見，世以為陰德，今如告人以狼所在，俾可遠避，縱未可與敖並論，豈非亦是有益於人之一小善乎。鄙人本來站在文壇之外，但如借給人家一肩，亦有窺望壇牆之可能，所以有過那麼一回糾纏，可謂煩惱自取，以後當深自警戒，對於文學與壇坫努力敬遠，多點頭，少說話，學說今天天氣哈哈，遇狼之患其可免乎。

上邊說的都是過去的一點麻煩事情，現在事過情遷，也不過只當作故事談談罷了。要省事最好是少說話，本是正當辦法，但是在我恐怕有點不大容易實行，所以這難免只是理想的話，所可能的是雖說話而守住文壇之外的立場，弊害自然也就可以減除不少。為什麼少說話不容易，難道真是心愛說話，覺得說閒話是一件快樂事麼。這未必然。說話是件苦事，要費精神，費時光，還不免有時招罵，卻總是不肯自休，假如不是神滅論者，便會猜想是有小鬼在心頭作怪，說得平凡一點，也就是性情難改，如三家村學究之搖頭唸書，滿口虛字耳。鄙人自己估計所寫的文章大半是講道德的，雖然平常極不喜歡道學家，而思想的傾向乃終無法變更，即欲不承認為儒家而不可得，有如皮黃髮黑，絕不能自誇為白種，良不得已也。所可喜者，這所講的道德乃是儒家的正統，本於物理人情，其正確超出道學家群之上，要照舊話來說，於人心世道不是沒有關係的事。在書房裡熟讀四書，至今卻已全盤忘記，只剩下零星二三章句，想起來覺得有點意思，其最得受用的乃是孔子教誨子路的話，即是知之為知之這一章。我先從不知為不知入手，自己切實的審察，關於某事物你真是有所知識麼，這結果大抵是個不字，差不多有百分之九十以上就是這樣的打消了。以前自以為有點知道，隨便開口的有些問題，現在都擱了起來，不敢再來亂談，表示十分的謹慎，可是留下來的百分二三的事情，經過考慮覺得稍所有知的，那也就不能不坦白的承認，關於這些問題談到時便須得不客氣的說，即使知道得淺，但總不是虛謬。孔子的教訓使我學得了九十分以上的謙虛，同時卻也造成了二三分的頑固，即對於有些問題的不客氣或不讓。自己知道一點的事情，願意公之於人，只要不為名利，其所言者有利人群，雖或未能比諸法施，薪火相傳，不知其盡，亦是有意思的事，學人著書的究極目的大概即在於此。又或以己所知，照視世間種種言說行事，顯然多是歪曲誤謬，有如持燈照暗陬，燈光所及，遂爾破暗，則匡謬正俗實為當然之結果，雖不好辯，亦豈可得。鄙人於積極的著書立言之事猶病未能，唯平日鑑於烏煙瘴氣充塞中國，深覺氣悶，讀吾鄉王仲任遺書，對於他的疾虛妄的精神非常佩服，彷彿找著了一條道路，向著這方面如能走到一步是一步，雖然原是蝸牛上竹竿，不知道能夠進得多少，但既是想這樣做，則縱慾學為多點頭少說話，南轅而北轍，殆不可能矣。

以上很囉蘇的說明了我寫文章的態度，第一，完全不算是文學家，第二，寫文章是有所為的。這樣，便與當初寫《自己的園地》時的意見很有不同了，因為那時說我們自己的園地是文藝，又說，弄文藝如種薔薇地丁，花固然美，亦未嘗於人無益。現在的希望卻是在有益於人，而花未嘗不美。這恐怕是文人習氣之留遺亦未可知，不過只顧實益而離美漸遠，結果也將使人厭倦，與無聊的道學書相去不過五十步，無論什麼苦心都等於白費了。我的理想是顏之推的《家訓》，但是這怎能企及，明知是妄念，也是取法乎上的意思，所謂雖不能至，心嚮往之而已。這部《顏氏家訓》所表示出來的，理性通達，感情溫厚，氣象沖和，文詞淵雅，可以說是這類著作之極致，後世惜少有知者，唯趙甌江以老年獨為之注，其見識不可及，亦為鄙人所心折者也。

我自前清甲辰執筆學寫文章，於今已滿四十年，所用名號亦已屢經變換。在民國以前大抵多署獨應，仲密，民六以後，在《新青年》等雜誌報章上寫關於文學的文章，則署真姓名，《語絲》、《駱駝草》上用豈明及變化寫法，近改號知堂，藥堂，亦已有十許年之久矣。現在又想改換，逐漸變化，以至隱姓埋名，而文章要寫還是寫，希望讀者為文而讀，不因作者而有贊否的分別。其次，既願立在文壇之外，名無一定，也可以免於被視為友或敵，多生麻煩。販賣百物，都標榜字號，自明信實，唯有米店煤棧，不必如此，而人自信之，若水與火，昔無賣處，所需尤切。寫文章者豈敢如此自期許，卻亦不可無此做起講之意耳。書架上有一冊書，卷內稱「秋影園詩」，而首葉題曰「無名氏詩」，似是康熙中刻本，序文亦題作「無名氏詩自序」，其中有云：

「無名氏非逃名者也，見世之好名者多，凡可以求名者無不為，而特少異於人焉耳。夫名何可求，求則爭矣，爭則嫉忌嗤笑諂傲附和非毀無不有矣，彼如是以爭之，以為得名也，而終於無名。夫名者實之賓也，有其實矣，未有終無名者。——然天下盡爭名之人，所見者甚狹小，勝於己則嫉之忌之，不若己則嗤之笑之，貴於己則諂之，卑於己則傲之，同於己則附和之，異於己則非毀之，彼之爭名者僅如是而已，而又未嘗實能致力於詩，彼以為得名也，而終至無名矣。今無名氏不以名著，令彼爭名者讀其詩，以無名氏為古人可也，以無名氏為今人亦可也，既無名之可爭，盡忘其人己之見，而出其大公無我之心以品題之，安見四海之大，百年之久，豈無真知無名氏之詩者，不忍其名之淹，為之搜其姓氏世裡而傳之耶。」秋影園主人到底仍是詩人，雖是自稱無名氏，題葉右首有白文印曰任呼牛馬，卻終是名心未化，故自序末尾那麼的說，但大意很不錯，我這裡借來頗可應用。我寫的不是詩，普通稱作隨筆，據我自己想也就只是從前白話報的那種論文，因為年代不同，文筆與意見當然有些殊異，但是同在啟蒙運動的空氣中則是毫無疑義的，所以百年之久那麼遠的期待蓋不可能，也不要品題或賞識，所希望者只是於人不是全然無用而已。人在文壇之外，自然名亦可免列於文籍之中，所以我說是可幸的事，假如這名又變換不一定，那麼當然更有好處，至少可以使得讀者忘其人己之見，只要所說的話因此能多有一分效力，作者就十分滿足，無論什麼假名無名都是可以的。這個態度大概有點像以前的幕友，替人家做奏疏擬條陳，只求見諸施行，於民間有利，自己並不想居功或是得名，鄙人固然沒有學過申韓，但此意卻亦有之，假如想得出什麼有利於民國的意思，就是給人借刻也是願意，可惜目下尚無此希望，偶有零星小文，還只可自怡悅，故亦仍且隨時自具花名耳。

民國三十三年十二月五日，東郭十堂記於北京

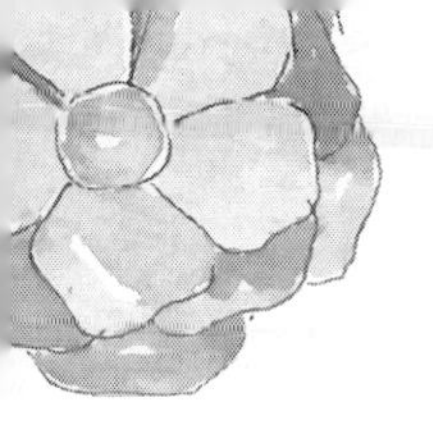

# 立春以前

我很運氣，誕生於前清光緒甲申季冬之立春以前。甲申這一年在中國史上不是一個好的年頭兒，整三百年前流寇進北京，崇禎皇帝縊死於煤山，六十年前有馬江之役，事情雖然沒有怎麼鬧大，但是前有咸豐庚申之燒圓明園，後有光緒庚子之聯軍入京，四十年間四五次的外患，差不多甲申居於中間，是頗有意思的一件事。我說運氣，便即因為是生於此年，嘗到了國史上的好些苦味，味雖苦卻也有點藥的效用，這是下一輩的青年朋友所沒有得到過的教訓，所以遇見這些晦氣也就即是運氣。我既不是文人，更不會是史家，可是近三百年來的史事從雜書裡涉獵得來，占據了我頭腦的一隅，這往往使得我的意見不能與時式相合，自己覺得也很惶恐，可以說是給了我一種障礙，但是同時也可以說是幫助，因為我相信自己所知道的事理很不多，實在只是一部分常識，而此又正是其中之一分子，有如吃下石灰質去，既然造成了我的脊梁骨，在我自不能不加以珍重也。

其次我覺得很是運氣的是，在故鄉過了我的兒童時代。在辛丑年往南京當水兵去以前，一直住在家鄉，雖然其間有過兩年住在杭州，但是風土還是與紹興差不多少，所以其時雖有離鄉之感，其實仍與居鄉無異也。本來已是破落大家，本家的景況都不大好，不過故舊的鄉風還是存在，逢時逢節的行事仍舊不少，這給我留下一個很深的印象。自冬至春這一段落裡，本族本房都有好些事要做，兒童們參加在內，覺得很有意思，書房放學，好吃好玩，自然也是重要的原因。這從冬至算起，祭灶，祀神，祭祖，過年拜歲，逛大街，看迎春，拜墳歲，隨後跳到春分祠祭，再下去是清明掃墓了。這接連的一大串，很有點勞民傷財，從前講崇儉的大人先生看了，已經要搖頭，覺得大可不必如此鋪張，如以現今物價來計算，一方豆腐四塊錢，那麼這靡費更是駭人聽聞，幸而從前也還可以將就過去，讓我在旁看學了十幾年，著實給了我不少益處。簡單的算來，對於鬼神與人的接待，節候之變換，風物之欣賞，人事與自然各方面之了解，都由此得到啟示，我想假如那十年間關在教室裡正式的上課，學問大概可以比現在多一點吧，然而這些了解恐怕要減少不少了。這一部分知識，在鄉間花了很大的工夫學習來的，至今還是於我很有用處，許多歲時記與新年雜詠之類的書我也還是愛讀不置。

上邊所說冬季的節候之中，我現在只提出立春來說，這理由是很簡單的，因為我說誕生於立春以前，而現今也正是這時節，至於今年是甲申，我又正在北京，那還是不大成為理由的理由。說到這裡，我想起別的附帶的一個原因，這便是我所受的古希臘人對於春的觀念之影響。這裡又可以分開來說，第一是希臘春祭的儀式。我涉獵雜書，看中了茀來若博士哈理孫女士講古代宗教的著作，其中有《古代藝術和儀式》一冊小書，給我作希臘悲劇起原的參考，很是有用，其說明從宗教轉變為藝術的過程又特別覺得有意義。話似乎又得說回去。《禮運》云：

「飲食男女，人之大欲存焉，死亡貧苦，人之大惡存焉。」古今中外人情都不相遠，各民族宗教要求無不發生於此。哈理孫女士在《希臘神話論》的引言裡說：

「宗教的衝動單向著一個目的，即是生命之保存與發展。宗教用兩種方法去達到這個目的，一是消極的，除去一切於生命有害的東西，一是積極的，招進一切於生命有利的東西。全世界的宗教儀式不出這兩種，一是驅除的，一是招納的。飢餓與無子是人生的最重要的敵人，這個他要設法驅逐他。食物與多子是他最大的幸福。希伯來語的福字原意即云好吃。食物與多子這是他所想要招進來的。冬天他趕出去，春夏他迎進來。」因此無論天上或地下是否已有天帝在統治著，代表生命之力的這物事在人民中間總是極被尊重，無論這是春，是地，是動植物，或是女人。西亞古文明國則以神人當之，敘利亞的亞陀尼斯，茀呂吉亞的亞帖斯，埃及的阿施利斯皆是，忒拉開的迭阿女索斯後起，卻盛行於希臘，由此祭禮而希臘悲劇乃以發生，神人初為敵所殺，終乃復生，象徵春天之去而復返，一切生命得以繼續，故其禮式先號咷而後笑。中國人民驅邪降福之意本不後人，唯宗教情緒稍為薄弱，故無此種大規模的表示，但對於春與陽光之復歸則亦深致期待，只是多表現在節候上，看不出宗教的形式與意味耳。冬至是冬天的頂點，民間於祭祖之外又特別看重，語云，冬至大如年，其前夕稱為冬夜，與除夕相併，蓋為其是季節轉變之關捩也。立春有迎春之儀式，其意義與各民族之春祭相同，不過中國祀典照例由政府舉辦，民眾但立於觀眾的地位，儀式已近於藝術化，而春官由乞丐扮演，末了有打板子脫晦氣之說，則更流入滑稽，唯民間重視立春的感情也還是存在，如前一日特稱之曰交春，又推排八字者定年分以立春為準則，假如生於新正而在立春之前，則仍不算是改歲。由此可知春的意義在中國也比新年為重大，老百姓唸誦九九等候寒冬的過去，最後云，九九八十一，犁耙一齊出，歡喜之情如見，此蓋是農業國民之常情，不分今昔者也。但是鄉間又有一句俗語云，春夢如狗屁。冬夜的夢特別有效驗，一過立春便爾如此，殊不可解，豈以春氣發動故，亂夢顛到，遂悉虛妄不實歟。

希臘人對於春的觀念我覺得喜歡的，第二是季節影響的道德觀。這裡恐怕沒有絕對的真理，只是由環境而生的自然的結論，假如我們生在嚴寒酷暑，或一年一日夜的那種地方，感想當然另是一樣，只有在中國或希臘，四時正確的疊代，氣候平均的變化，這才感覺到他彷彿有意義，把他應用到人生上來。中國平常多講五行，這個我很有點討厭，但是如孔子所說，四時行焉，百物生焉，天何言哉，卻覺得頗有意思，由此引伸出儒家的中庸思想來，倒也極是自然，這與希臘哲人的主張正相合，蓋其所根據者亦相同也。人民看見冬寒到了盡頭，漸復暖過來，覺得春天雖然死去，卻總能復活，不勝欣喜，哲人則因了寒來暑往而發見盛極必衰之理，冬既極盛，春自代興，以此應用於人生，故以節為至善，縱為大過，而以格言總之則日勿為已甚。此在中國亦正可通用，大抵儒道二家於此意見一致，推之於民間一般莫不了解此義，由於教訓之傳達者半，由於環境之影響蓋亦居其半也。老子曰，飄風不終朝，驟雨不終日。鄙人甚喜此語，但是此亦須以經歷為本，如或山陬海隅，天像有特殊者，則將不能理會，而其主張或將相反也未可料。昔者赫洛陀多斯著《史記》，記希臘波斯之戰，波斯敗績，都屈迭臺斯繼之，記雅典斯巴達之戰，雅典敗績，在史家之意皆以為由於犯了縱肆之過，初不外波斯而內雅典，特別有什麼曲筆，此種中正的態度真當得史家之父的稱號，若其意見不知學者以為如何，在鄙人則覺得殊有意趣，深與鄙懷相合者也。

上邊的話說的有點凌亂，但總可以說明因了家鄉以及外國的影響，對於春天我保有著農業國民共通的感情。春天與其力量何如，那是青年們所關心的問題，這裡不必多說，在我只是覺得老朋友又得見面的樣子，是期待也是喜悅，總之這其間沒有什麼戀愛的關係。天文家曰，春打六九頭，冬至後四十五日是立春，反正一定的。這是正話，但是春天固然自來，老百姓也只是表示他的一種希望，田家諺云，五九四十五，窮漢街頭舞，是也。我不懂詩，說不清中國詩人對於春的感情如何，如有祈望春之復歸說得如此深切者，甚願得一見之，匆促無可考問，只得姑且閣起耳。

民國三十四年一月十日，甲申小寒節中

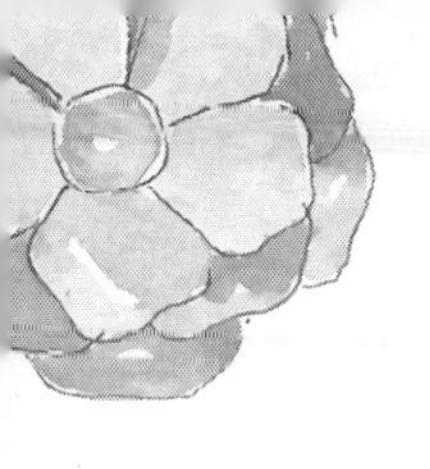

# 幾篇題跋

近一年中寫有小文數篇，篇幅較短，才千餘言，又多是序跋之類，因別為一部，總稱之曰「幾篇題跋」。《板橋家書》序云，幾篇家信原算不得文章，如無好處，糊窗糊壁，覆瓿覆盎而已。本文共八首而題曰幾篇，即取此意也。

甲申舊除夕編校時記

## 一　風雨後談序

民國廿六年的春天，編雜文稿為一冊，繼《風雨談》之後，擬題名為「風雨後談」，上海的出版書店不願意，怕與前書相溷，乃改名「秉燭談」。現在又有編集的計畫，這裡所收的二十篇左右都是廿六年所寫，與《秉燭談》正相連續，所以便想利用前回所擬的名稱，省得從新尋找很不容易。名曰「後談」，實在並不就是續編，然而因為同是在那幾年中所寫，內容也自然有點兒近似。譬如講一件事情，大抵多從讀什麼書引起，因此牽扯開去，似乎並不是先有一個主意要說，此其一。文字意趣似甚閒適，此其二。這是鄙人近來很久的缺點，這裡也未能免。小時候讀賈誼《鵩鳥賦》，前面有兩句云，庚子日斜兮鵩集余舍，止於坐隅兮貌甚閒暇。心裡覺得希罕，這怪鳥的態度真怪。後來過了多少年，才明白過來，閒適原來是憂鬱的東西。喜劇的演者及作者往往過著陰暗的生活，也是人間的實相，而在社會方面看來，有此種種閒適的表示，卻又正是人世尚未十分黑暗的證據。我曾談論明末的王思任，說他的一生好像是以謔為業。他的謔其初是戲笑，繼以譏刺，終為怒罵，及至末期，不謔不笑罵，只是平凡的嘆息，此時已是明朝的末日也即是謔庵的末日近來了。由此觀之，大家可以戲謔時還是天下太平，很值得慶賀也。不佞深幸能夠得有閒暇寫此閒適的雜文，與國人相見，此樂何極，文字好壞蓋可暫且勿論矣。

中華民國三十三年一月十五日，知堂記

## 二 秉燭後談序

《秉燭後談》一卷，所收文二十四篇，除〈關於阿Q〉外，皆二十六年所作。那一年裡寫的文章很多，《藥味集》中選收四篇，《秉燭談》中收有十七篇，合計共有四十五篇，此外稿子遺失的如〈藏磚小記〉等，也還有四五篇吧。本書原意想定名為「風雨後談」，但是從內容看來，這都是《秉燭談》以後所寫的東西，因緣較近，所以改用今名，好在《秉燭談》原序也附錄在後邊，正可以當作一個公共的小引罷。我把本書的目錄覆看一遍，想起近兩年內所寫二十幾篇的文章來，比較一下，很有感慨，覺得年紀漸大，學無進益，閒適之趣反愈減退，所可嘆也。鄙人執筆為文已閱四十年，文章尚無成就，思想則可云已定，大致由草木蟲魚，窺知人類之事，未敢云嘉孺子而哀婦人，亦嘗用心於此，結果但有畏天憫人，慮非世俗之所樂聞，故披中庸之衣，著平淡之裳，時作遊行，此亦鄙人之消遣法也。本書中諸文頗多閒適題目，能達到此目的，雖亦不免有芒角者，究不甚多，回顧近年之作乃反不逮，現今紙筆均暴貴，何苦多耗物力，寫些不入耳的正經話，真是人己兩不利矣。因覆閱舊稿，而得到反省，這件事卻是有益，因為現今所寫不及那時的好，這在自己是一種警戒，當思改進，而對於讀者可以當作廣告，又即是證明本書之佳勝也。民國甲申，清明節後一日雨中知堂記。

## 附記

去年春天將舊稿二十四篇編為一集，定名為「風雨後談」，已寫小序，後來因為覺得這些文章都是在《秉燭談》之後所寫，所以又改名為「秉燭後談」，序文另寫，而倉猝未曾印在書裡，現在一起收在這裡，序雖有兩篇，書則本來只是一冊而已。

三十四年一月三十日

## ◆三 文載道文抄序

民國二十六年盧溝橋事件發生，中國文化界遭逢一回大難，就我們所知道的說來，黃河以及長江兩岸的各地當時一切文化活動全都停止，文藝界的煙消火滅似的情形是大家熟知的最好的例。這是當然的。正如日本東鄉大將說過的一句有名的話，因為這是戰爭呀。可是，這文化上的傷痍卻是痊癒得意外的快，雖其痊癒的程度固亦有限，要說恢復也還是很遠。在北京，自《朔風》以後，文藝刊物逐漸出來，上海方面則有《古今》，《雜誌》，《風雨談》等，還有些我們所不曾見到的，出得更多也更是熱鬧。這些的內容與其成績，且不必細細分解，就只看這吃苦忍辱，為希求中國文化復活而努力的情形，總之可以說是好現象。這豈不即是中國民族生活力強韌之一種表示麼？

在上海南京刊行的雜誌上面，看見好些作者的姓名，有的是從前知道的，有的是初次見到，覺得很愉快，這正有如古人所說的舊雨今雨吧。在今雨中間，有兩位可以提出來一說，這便是紀果庵與文載道。這裡恰好有一個對照，紀君是北人，而文君乃是南人，紀君是真姓名，而文君乃是筆名，——嚴格的說，應當稱為文載道君才對，因為文並不是尊姓。但是同時也有一點交涉，因為兩君所寫大文的題材頗有相近之處。紀君已出文集名曰「兩都集」，文君的名曰「風土小記」，其中多記地方習俗風物，又時就史事陳述感想，作風固各有特色，而此種傾向則大抵相同。鄙人在南京當過學生六年，後來住家北京亦已有二十八年了，對於兩都一樣的有興趣，若浙東乃是故鄉，我拉 (ngala) 寧紹同鄉，蓋錢塘江分界，而曹娥江不分界，遂一直接連下去，土風民俗相通處尤多。自己平常也喜歡寫這類文章，卻總覺得寫不好，如今見到兩家的佳作那能不高興，更有他鄉遇故知之感矣。讀文情俱勝的隨筆本是愉快，在這類文字中常有的一種惆悵我也彷彿能夠感到，又別是一樣淡淡的喜悅，可以說是寂寞的不寂寞之感，此亦是很有意思的一種緣分也。

一般做舉業的朋友們向來把這種心情的詩文一古腦兒的稱之曰閒適，用現今流行語來說，就是有閒云云。《癸巳存稿》卷十二〈閒適語〉一則云：

「秦觀詞云，醉臥古藤陰下，了不知南北。王銍《默記》以為其言如此，必不能至西方淨土，其論甚可憎也。……蓋流連光景，人情所不能無，其託言不知，意更深曲耳。」俞理初的話本來是很不錯的，我只補充說明，閒適可以分作兩種。一是安樂時的閒適，如秦觀張雨朱敦儒等一般的多是，一是憂患時的閒適，以著書論，如孟元老的《夢華錄》，劉侗的《景物略》，張岱的《夢憶》是也。這裡邊有的是出於黍離之感，有的也還不是，但總之是在一個不很好的境地，感到洚水在後面，對於目前光景自然深致流連，此與劫餘夢想者不同，而其情緒之迫切或者有過無不及，也是可有的事。這固然只是憂患時文學的一式樣，但文學反正就是這點力量，即使是別的式樣也總還差不多，要想積極的成就事功，還須去別尋政治的路。近讀武者小路氏的小說《曉》，張我軍君譯作「黎明」，第一回中有一節話云：

「老實說，他也常常地感覺，這個年頭兒是不是可以畫著這樣的畫？可是，不然的話，做什麼好呢？像我這樣的人，豈不是除了拿著誠實無匹的心情來作畫以外沒有辦法的麼？」這裡我們也正可以引用，來做一個說明。不管是什麼式樣，只憑了誠實的心情做去，也就行了。說是流連光景，其對象反正也是自己的國與民及其運命，這和痛哭流涕的表示不同，至其心情原無二致，此固一樣的不足以救國，若云誤國，則恐亦未必遽至於此耳。

文君的第二集子曰「文抄」，將在北京出版，屬題數語為之喤引。鄙人誤入文人道中，有如墮貧，近方力求解脫，洗腳登岸，對於文事戒不復談，唯以文君著作讀過不少，此次刊行鄙人又參與拉縴之工作，覺得義不容辭，拉雜書此，只圖湊起數百字可以繳卷而已，別無新義想要陳說也。

中華民國三十三年八月八日，知堂

## 四　希臘神話引言

《希臘神話》，亞坡羅陀洛斯原著，今從原文譯出，凡十萬餘言，分為十九章。著者生平行事無可考，學者從文體考察，認定是西曆一世紀時的作品，在中國是東漢之初，可以說正是楊子雲班孟堅的時代。瑞德的《希臘晚世文學史》卷二關於此書有一節說明云：

## 幾篇題跋

「在一八八五年以前，我們所有的只是這七卷書中之三卷，但在那一年有人從羅馬的伐諦岡圖書館裡得到全書的一種節本，便將這個暫去補足了那缺陷。卷一的首六章是諸神世系，以後分了家系敘述下去，如鬥加利恩，伊那科斯，亞該諾耳及其兩派，貝拉思戈斯，亞忒拉斯，亞索坡斯。在卷二第十四章中我們遇到雅典諸王，德修斯在內，隨後到貝羅普斯一系。我們見到忒洛亞戰爭前的各事件，戰爭與其結局，希臘各主帥的回家，末後是阿狄修斯的漂流。這些都簡易但也頗詳細的寫出，如有人想得點希臘神話的知識，很可以勸他不必去管那些現代的著述，最好還是一讀亞坡羅陀洛斯。」這裡給原書作廣告已經很夠了，頗有力量，可是也還公平實在，所以我可以不再多說話了。其實我原來也是受了這批評的影響，這才決定拋開現代的各參考書而採用這冊原典的。這神話集的好處，敘述平易而頗詳明，固然是其一。是希臘人自編，在現存書類中年代又算是較早的，這一點也頗重要，是其二。關於希臘神話，以前曾寫過幾篇小文，說及那裡邊的最大特色是其美化。希臘民族的宗教其本質與埃及印度本無大異，但是他們不是受祭司支配而是受詩人支配的，結果便由詩人悲劇作者畫師雕刻家的力量，把宗教中的恐怖分子逐漸洗除，使他轉變為美的影像，再回向民間，遂成為世間唯一的美的神話。羅馬詩人後來也都借用，於是神人的故事愈益繁化，至近代流入西歐，反有喧賓奪主之勢，就是名稱也多通用拉丁文寫法，英法各國又各以方音讀之，更是見得混亂了。我們要看希臘神話，必須根據希臘人自己所編的，羅馬人無論做得如何美妙，當然不能算在內，亞坡羅陀洛斯雖已生在羅馬時代，但究竟是希臘人，我們以他的編著為根據，我覺得這是最可信賴的地方。我發心翻譯這書還在民國廿三年，可是總感覺這事體重難，不敢輕易動筆，廿六年夏盧溝橋變起，閒居無事，始著手迻譯，至廿七年末，除本文外，又譯出茀來若博士《希臘神話比較研究》，哈利孫女士《希臘神話論》，各五萬餘言，作本文註釋，成一二兩章，共約三萬言。廿八年以來中途停頓，倏已六載，時一念及，深感惶悚。註釋總字數恐比本文更多，至少會有二十萬字吧，這須得自己來決定應否或如何註釋，不比譯文可以委託別人，所以這完全是我個人的責任，非自己努力完成不可的。為得做註釋時參考的必要，曾經買過幾本西書，我在小文中說及其中的一種云：

「這最值得記憶的是湯普生教授的《希臘鳥類名匯》，一九三六年重訂本，價十二先令半。此書系一八九五年初板，一直沒有重印，而平常講到古典文學中的鳥獸總是非參考他不可，在四十多年之後，又是遠隔重洋，想要搜求這本偏僻的書，深怕有點近於妄念吧。姑且托東京的丸善書店去一調查，居然在四十年後初次出了增訂板，這真是想不到的運氣，這本書現在站在我的書廚裡，雖然與別的新書排在一起，實在要算是我西書中珍本之一了。」我到書廚前去每看見這本書，心裡總感到一種不安，彷彿對於這書很有點對不起，一部分也是對於自己的慚愧與抱歉。我以前所寫的許多東西向來都無一點珍惜之意，但是假如要我自己指出一件物事來，覺得這還值得做，可以充作自己的勝業的，那麼我只能說就是這《神話》翻譯註釋的工作。本文算是譯成了，還有餘剩的十七章的註釋非做不可，雖然中斷了有五年半，卻是時常想到，今年炎夏拿出關於古希臘的書本來消遣，更是深切的感覺責任所在，想來設法做完這件工事。現在先將原文第一章分段抄出，各附註釋，發表一下，一面抄錄過後，註釋有無及其前後均已溫習清楚，就可繼續做下去，此原是一舉兩得，但是我的主要目的還在於後者，前者不過是手段而已。我的願望是在一年之內把註釋做完，《鳥類名匯》等書恭而敬之的奉送給圖書館，雖然那時就是高閣在書架上看了也並無不安了，但總之還是送他到應該去的地方為是。不佞少時喜弄筆墨，不意地墜入文人道中，有如墮民，雖欲歇業，無由解免，念之痛心，歷有年所矣。或者翻譯家可與文壇稍遠，如真不能免為白丁，則願折筆改業為譯人，亦彼善於此。完成《神話》的譯註為自己的義務工作，自當儘先做去，此外東西賢哲嘉言懿行不可計量，隨緣抄述，一章半偈，亦是法施，即或不然，循誦隨喜，獲益不淺，盡可滿足，他復何所求哉。

民國三十三年八月二十日記

## 五　談新詩序

這一冊《談新詩》是廢名以前在北京大學講過的講義，黃雨君保存著一份底稿，這回想把他公開，叫我寫篇小序，這在我是願意也是應當的。為什麼呢，難道我們真是想要專賣廢名麼，那未必然。這也只因為我對於這件事多少更知道一點罷了。廢名在北京大學當講師，是胡適之兼任國文學系主任的時候，大概是民國二十四年至二十六年。最初他擔任散文習作，後來添了一門現代文藝，所講的是新詩，到第三年預備講到散文部分，盧溝橋的事件發生，就此中止，這是很可惜的一件事。新詩的講義每章由北大出版組印出之先，我都見過，因為廢名每寫好了一章，便將原稿拿來給我看，加上些意見與說明。我因為自己知道是不懂詩的，別無什麼可否，但是聽廢名自講或者就是只看所寫的話，也覺得很有意思。因為裡邊總有他特別的東西，他的思想與觀察。廢名自己的詩不知道他願意不願意人家拿來出版，這冊講新詩的講義本來是公開的，現今重刊一回，對於讀者有不少益處，廢名當然不會有什麼異議吧。廢名這兩年沒有信來，不知道他是否還在家裡，五月裡試寄一張明信片去，附註上一筆請他告知近況。前幾天居然得到回信，在路上走了不到二十天，這實在是很難得的。既然知道了他的行蹤，也就可以再寄信去，代達黃雨君的意思，不過回答到來恐怕要在《談新詩》的出版以後了吧。來信裡有一部分關於他自己的生活，說的很有意思：

「此學校是初級中學，因為學生都是本鄉人，雖是新制，稍具古風，對於先生能奉薪米，故生活能以維持也。小家庭在離城十五里之祠堂，距學校有五十里，且須爬山，爬雖不過五里，五十里路唯以此五里為畏途耳。」後面又說到學問，對於其同鄉之熊翁仍然不敬，謂其《新唯識論》一書站腳不住矣，讀了覺得很有趣。末了說於春間動手著一部論，已成四章，旋因教課少暇，未能繼續，全書大約有二十章或多，如能於與知堂翁再見時交此一份卷，斯為大幸。廢名的厚意很可感，只是《肇論》一流的書我生怕看不大懂，正如對於從前信中談道的話未能應對一樣，未免將使廢名感覺寂寞，深以為歉耳。

民國甲申七月二十日，知堂記於北京

## 六　茶之書序

方紀生君譯岡倉氏所著《茶之書》為漢文，屬寫小序。余曾讀《茶之書》英文原本，嗣又得見村岡氏日本文譯本，心頗歡喜，喤引之役亦所甚願，但是如何寫法呢。關於人與書之解釋，雖然是十分的想用心力，一定是罣一漏萬，不能討好，唯有藏拙乃是上策，所以就擱下來了。近日得方君電信知稿已付印，又來催序文，覺得不能再推託了，只好設法來寫，這回卻改換了方法，將那古舊的不切題法來應用，似乎可以希望對付過去。我把岡倉氏的關係書類都收了起來，書幾上只擺著一部陸羽的《茶經》，陸廷燦的《續茶經》，以及劉源長的《茶史》。我將這些書本胡亂的翻了一陣之後，忽然的似有所悟。這自然並不真是什麼的悟，只是想到了一件事，茶事起於中國，有這麼一部《茶經》，卻是不曾發生茶道，正如雖有《瓶史》而不曾發生花道一樣。這是什麼緣故呢。中國人不大熱心於道，因為他缺少宗教情緒，這恐怕是真的，但是因此對於道教與禪也就不容易有甚深了解了罷。這裡我想起中國平民的喫茶來。喫茶的地方普通有茶樓茶園等名稱，此只是說村市的茶店，蓋茶樓等處大抵是蘇杭式的喫茶點的所在，茶店則但有清茶可吃而已。茹敦和《越言釋》中店字條下云，「古所謂坫者，蓋壘土為之，以代今人卓子之用。北方山橋野市，凡賣酒漿不托者，大都不設卓子而有坫，因而酒曰酒店，飯曰飯店。即今京師自高粱橋以至圓明園一帶，蓋猶見古俗，是店之為店，實因坫得名。」吾鄉多樹木，店頭不設坫而用板桌長凳，但其素樸亦不相上下，茶具則一蓋碗，不必帶托，中泡清茶，吃之歷時頗長，日坐茶店，為平民悅樂之一。士大夫擺架子不肯去，則在家泡茶而吃之，雖獨樂之趣有殊，而非以療渴，又與外國人蔗糖牛乳如吃點心然者異，殆亦意在賞其苦甘味外之味歟。紅茶加糖，可謂俗已。茶道有宗教氣，超越矣，其源蓋本出於禪僧。中國的喫茶是凡人法，殆可稱為儒家的，《茶經》云，啜苦咽甘，茶也，此語盡之。中國昔有四民之目，實則只是一團，無甚分別，搢紳之間反多俗物，可為實例，日本舊日階級儼然，風雅所寄多在僧侶以及武士，此中同異正大有考索之價值。中國人未嘗不嗜飲茶，而茶道獨發生於日本，竊意禪與武士之為用蓋甚大，西洋人譚茶之書固多聞所未聞，在中國人則心知其意而未能行，猶讀語錄者看人坐禪，亦當覺得欣然有會。一口說東洋文化，其間正復多歧，有全然一致者，亦有同而異，異而同者，關於茶事今得方君譯此書，可以知其同中有異之跡，至可忻感，若更進而考其意義特異者，於了解民族文化上亦更有力，有如關於粢與酒之書，方君其亦有意於斯乎。

中華民國三十三年十一月二十日

## 七　和紙之美

風雨談社來信問我一年中的愛讀書，這是什麼書呢，我自己也一時想不起來。雖然我曾說看舊書以消閒，有如吸紙菸，可是老實說，老看線裝書也漸感覺氣悶，對於古人本來何必計較，但是話不投機，何苦硬著頭皮靜聽下去，掩卷放下，等於端茶送客，也是正當。在思想上我覺得可佩服的還只是那幾個人，一直沒有添加，別一方面有些類書，反正不關思想的事，偶然翻看也還可喜，如馮夢龍的《古今笑》與《智囊》，周亮工的《同書》與福申的《續同書》，王初桐的《奩史》，翟灝的《通俗編》等。這些書大都是從前所得，並不在這一年內，而且實際上原只是翻閱消遣，即使覺得他有意思，也總不能算是愛讀。至於外國書，英文書是買不起也無從去買，日文書價目公道，可是其無從去買則是一樣。在《讀賣新聞》上看到出版消息或廣告，趕緊寫信去定購，大抵十不得一，這種情形差不多在去年已是如此，所以只好知難而退，看看書名就算滿足了。據朋友們說，在北京想買日文書籍，只有這一法，最好隔日到各書店去一轉，也不可存心一定要買什麼書，但看店頭有什麼新到的，見到可買的書便即下手，假如這樣一月中去看十五回，必定可以稍有所得。要這麼辦呢，我既無此時光，無此方便，也並無此決心，那麼唯有放棄買書的機會，姑且用酸葡萄主義來作解說，聊以自寬而已。不過話雖如此，我查本年度日記，收到的日本出版的書也有六十五冊，其中一部分是別人見贈，一部分是居留東京的友人替我代蒐集的，有的原是我所委託，有的卻是友人看見此書覺得於我當有點用處，因此給我寄來的，這一類書在數量上實在比我託買的還要多，這位友人的好意很可感謝。這裡邊有一冊書，是柳宗悅氏著的《和紙之美》，日記上記著於四月三十日收到，我看了日記便想起來了，要說我一年中的愛讀書，這冊《和紙之美》可以說是的。本年夏天寫《我的雜學》這篇文章，在第十四節中曾說及云，「柳氏近著《和紙之美》，中附樣本二十二種，閱之使人對於佳紙增貪惜之念。」我說近刊，因為此書不是現今出版，其時還在一年前，不過直至今春才能入手罷了。末尾題記云「昭和十八年九月二十五日刊行，是私家版，不鬻於市，只頒布於親友之間，本文用紙為武州小川出產，刊行部數記二百冊，每冊有著者署名。」書本高八寸，寬五寸半，首列和紙樣本凡二十二枚，本文三篇，曰「和紙之美」，「和紙之教訓」，「和紙十年」，連後記共計三十六半頁。我對於紙本來有點愛著，從前曾寫過一篇小文曰「關於紙」。說起來也覺得寒伧，中國雖說是造紙的祖師國，我們卻不曾見過什麼好紙，平常只知道連四毛六，總有脆弱之感，棉連最有雅緻，印書拓字均佳，而裁尺幅可以供賞玩者卻不多見。日本紙均用木皮所制，特多樸茂之趣，宣紙本亦用楮，殆因質太細色太白之故，於書畫雖特別相宜，但與日本之楮紙迥殊，無其剛勁之氣也。雁皮與三椏等各自有其雅味，不一一具詳，唯紙衣紙朱藍兩種則不能忘記，不特可用於裝幀，尤令人懷想俳人之行腳，持此類紙衣紙帳而出發，其風趣可想也。柳氏文章三篇，照例是文情俱勝，無庸贅說，前曾得其所著《茶與美》，共文十二篇，亦是特製本，有圖二十餘，以陶器為主，亦頗可喜，可與此書相比，唯陶器是照相而紙乃實物，又鄙人知紙之美亦過於陶器，故二者相比，終不能不捨陶器而取紙耳。

民國甲申十二月一日，東郭十堂

## 八　沙灘小集序

民國三十三年陰曆歲次甲申，但是陰陽曆稍有參差，所以嚴格的說，甲申年應該是從三十三年一月廿五日起，至三十四年二月十一日止才是。這在民國除了是第一次的甲申年以外別無什麼意義，可是在以前的歷史上，這甲申年卻不是尋常的年頭兒，

## 幾篇題跋

第一令人不能忘記的是三百年前崇禎皇帝煤山的事，其次是六十年前中法戰役馬江的事。青年朋友不喜歡看歷史的人或者不大想到亦未可知，我們老一輩的比較更多經憂患，這種感覺自更痛切，鄙人恰巧又是在這一年裡降生的，多年住在北京，煤山就在城內，馬江雖只是前輩參加，自己是曾身列軍籍的，也深感到一種干係。中國人自己不爭氣，最近這幾百年情形弄得很不像樣，差不多說不出有那一年比較的可以稱讚，不過特別是我輩甲申生的人想起來更是喪氣罷了。在這時候，有友人們想集刊文章，給我作還歷的紀念，這在我是萬不敢當，而且照上述情形說來，也是很不相稱的。不過朋友們的好意很可感激，大家各寫一篇文章來匯刊一冊，聊以紀念彼此的公私交誼，未始不是有意義的事，雖然交際的新舊不等，有的還不曾相見過，但交誼還是一樣，這也覺得很有意思。此集由傅藝子君編輯，名稱商量很久，不容易決定，傅君當初擬名為「漢花園集」，本來也很好，但是仔細考慮，漢花園是景山東面的地名，即舊北京大學所在地，其門牌但有一號，只大學一家，怎好霸占了來，固然未必有什麼商標權利問題，總之我們也自覺得不好意思。由漢花園再往西南挪移幾步，那裡有一條斜街，名曰沙灘，倒還不妨借用，於是便稱之曰「沙灘小集」。本來想用「沙灘偶語」四字，似乎比較有風趣，但是據故事的聯想，偶語未免有點兒違礙，所以終於未曾採用。這裡沙灘以地名論固可，反正我們這些人在沙灘一帶是常走過的，若廣義的講作沙的灘，亦無不可，在海邊沙灘上聚集少數的人，大概也就是二三十名吧，站著蹲著或是坐著，各自說他的故事，此亦大有意義，假如收集為一冊書，豈不是有趣味的事，與《十日談》可以相比麼。義大利那時是瘟疫流行，紳士淑女相率避難，在鄉村間暫住，閒話消遣，乃得百篇故事，此《十日談》之本事也。中國現今也正在兵火之中，情形有點相像，人們卻別無可逃避之處，故欲求海濱孤島，蟄居待旦，又豈可得，在這時候大家不能那麼高興的談講，那也是當然的了。這集裡所收的文章都是承朋友們好意所投寄，也有我自己的混雜在內，我不便怎麼說謙遜或是喝采的話，但總之是極誠實的表示出自己，也表示出在這亂世是這麼的還仍在有所努力，還想對於中國有所盡心，至於這努力和盡心到底於中國有何用處，實在也不敢相信。其次，大家合起來出這樣一冊小集，還有一種意思，便是莊子所說的魚相濡以沫。這一層意思，我覺得倒是極可珍惜的。

中華民國三十三年十二月七日，周作人撰

# 幾篇題跋

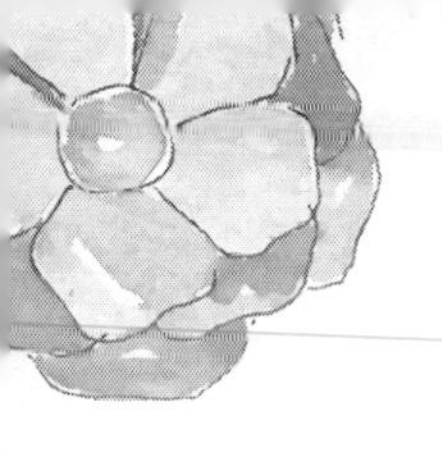

# 後記

《立春以前》是我的散文集之第二十二冊。自民國十二年《自己的園地》出版以後，至今亦已有二十二年，算是每年平均出書一冊，也還不多。但是這一冊裡的文章二十幾篇，差不多全是半年中所寫，略有十萬字左右，那就不能說寫得少了吧。這個原因本來也很簡單，因為我從前說過，以看書代吸紙菸，近來則又以寫文章代看書，利用舊存稿紙筆墨，隨時寫幾頁，積少成多，倏忽成冊。紙菸吸過化為煙雲，書看了之後大半忘記，有點記得的也不久朦朧地成了塵影，想起來都似乎是白花了的，若是做文章則白紙上寫黑字，總是可以留存得住，雖然這本身有無價值自然還是一個問題。話雖如此，既然寫下來了，如有機會，收集起來設法出版，那也是人情之常，以前的二十一冊都已如此的印出來了，這回可以說是照例而已，別的說明原來是無須的，所以這裡就不多說了。

# 後記

我寫文章也已不少，內容雜得可以，所以只得以雜文自居，但是自己反省一下，近幾年來可以找出兩個段落，由此可看得出我的文章與思想的軌道。其一，民國廿九年冬我寫一篇〈日本之再認識〉，正式聲明日本研究店的關門，以後對於不懂得的外國事情不敢多開口，實行儒家的不知為不知的教訓。其二，民國卅一年冬我寫一篇〈中國的思想問題〉，離開文學的範圍，關心國家治亂之源，生民根本之計，如顧亭林致黃梨洲書中所說，本國的事當然關切，而且也知道得較多，此也可以說是對於知之為知之這一句話有了做起講之意吧。我對於中國民族前途向來感覺一種憂懼，近年自然更甚，不但因為己亦在人中，有淪胥及溺之感，也覺得個人捐棄其心力以至身命，為眾生謀利益至少也為之有所計議，乃是中國傳統的道德，凡智識階級均應以此為準則，如經傳所廣說。我的力量極是薄弱，所能做的也只是稍有論議而已，卻有外國文士見了說這是反動，我聽了覺得很有意義，因此覺得恐怕我的路是走得不錯的，因為冷暖只有自家知，有些人家的非難往往在己適成為獎勵也。以前雜文中道德的色彩，我至今完全的是認，覺得這樣是好的，以後還當盡年壽向這方面努力，雖然我這傳統的根據卻與世界的知識是並行的，我的說話永久不免在新的聽了以為舊，在舊的聽了以為新，這是無可如何的事。因為如此，我又感覺我的路更沒有走錯，蓋那些人所想像的路大抵多是錯的也。我重看這集子的目錄，所慚愧的只是努力不夠，本來力量也自然不很大。我寫文章雖說是聊以消遣，但意思卻無不是真誠的，校讀一過，覺得蕪雜原不能免，可是對於中國卻是多少總有益的吧。說到文章，實在不行的很，我自己覺得處處還有技巧，這即是做作，平常反對韓愈方苞，卻還是在小時候中了毒，到老年未能除盡，不會寫自然本色的文章，實是一件恨事。立春之後還未寫過一篇文章，或者就此暫時中止，未始非佳，待將來學問有進步時再來試作吧。

民國三十四年二月二十八日

知堂記於北京

電子書購買

爽讀 APP

**國家圖書館出版品預行編目資料**

立春以前：既談學問，也說情感，以真摯的筆觸表達對生活的關注 / 周作人 著 . -- 第一版 . -- 臺北市 : 崧燁文化事業有限公司 , 2023.10

面； 公分

POD 版

ISBN 978-626-357-658-2( 平裝 )

855 112014567

# 立春以前：既談學問，也說情感，以真摯的筆觸表達對生活的關注

臉書

作　　者：周作人

發 行 人：黃振庭

出 版 者：崧燁文化事業有限公司

發 行 者：崧燁文化事業有限公司

E-mail：sonbookservice@gmail.com

粉 絲 頁：https://www.facebook.com/sonbookss/

網　　址：https://sonbook.net/

地　　址：台北市中正區重慶南路一段六十一號八樓 815 室

Rm. 815, 8F., No.61, Sec. 1, Chongqing S. Rd., Zhongzheng Dist., Taipei City 100, Taiwan

電　　話：(02)2370-3310　　傳　　真：(02) 2388-1990

印　　刷：京峯數位服務有限公司

律師顧問：廣華律師事務所 張珮琦律師



定　　價： 320 元

發行日期： 2023 年 10 月第一版

◎本書以 POD 印製

Design Assets from Freepik.com

# 荀子教你做自己

在偽善社會裡，

收斂、自制與行動力，
儒學大師的完美人生建構法

劉燁，山陽 著

**先秦最後一位儒家巨匠的思想精粹，**
**邁向快樂人生的終極奧義。**

無論如何都不能停止學習──青取之於藍，而青於藍。
適時彎下腰，站直時才能更抬頭挺胸──君子與時屈伸，柔從若蒲葦。
聰明人不是沒有脾氣，只是懂得謙讓對自己更有利──雖有戈矛之刺，不如恭儉之利也。
活得快樂的唯一方法，就是閉嘴──怨人者窮，怨天者無志。

崧燁文

# 序言

春秋戰國，是中國思想史上的第一個黃金時代。諸子百出，百家爭鳴，到荀子這裡終於畫上了圓滿的句號。

荀子博學多才，滿腹經綸，他繼承了儒家學說，並有所發展，且對諸子百家兼收並蓄、博採眾長，建立了自己的一套思想體系，在儒家中自成一派。

荀子的一生和孔子、孟子一樣，懷抱治國宏願和文韜武略周遊列國，以實現自己的政治理想。他曾遊說齊、楚、趙、秦等國，然而事與願違，終未能如願。荀子晚年隱居楚國蘭陵，著書立說，以畢生所學，著《荀子》一書。

《荀子》共三十二篇，係漢代劉向編訂。一般認為，前二十六篇為荀子所著，後六篇為荀子門人所記。綜觀《荀子》全書，視野開闊，內容豐富，體系嚴謹，思想深邃，內容涉及政治、軍事、經濟、教育等眾多方面，充分反映了荀子的思想特點。

荀子是一位樸素唯物論者，他認為「天行有常，不為堯存，不為桀亡」。因此，人的吉凶禍福，並不取決於天。不僅如此，荀子還有一個更大膽的想法——

「制天命而用之」，即人不僅不取決於天，而且可以戰勝天。在「宿命論」流行的戰國時期，荀子能有如此見解，實在難能可貴。

在人性問題上，荀子主張「人性本惡」，與孟子的「人性本善」相對。荀子認為，人的本性是惡的，因此不可能有天生的聖賢，「其善者偽也」，即經過後天的改造才能變善。實際上，荀子的人性論，是從人無休止的欲望的角度出發，從人的否定性的一面來警醒人、鞭策人。在荀子看來，唯有「積善成德」，才能成為品德高尚的人。

在政治上，荀子主張禮治與法治並用。一方面提倡「禮法」，重視「王道」。「禮」是指綱常和倫理道德，荀子認為禮在調節人與人關係上起重要作用；「王道」是指禮義和仁政，荀子繼承了儒家「為政以德」的傳統，認為治國應「平政愛民」，提出「水能載舟，亦能覆舟」。另一方面主張「法後王」，同意用武力兼併天下，用法禁、刑賞治理國家，因此他的一些思想為法家所汲取。

荀子十分注重學習的重要性，認為人生下來都是沒有知識的，只有透過後天學習才能獲得知識。荀子指出「學不可以已。青，取之於藍，而青於藍；冰，水為之，而寒於水」，「學至於行之而止矣」，這些在今天仍不失為至理名言。

荀子，這位先秦儒學的最後一位大師，其智慧、學識由此可見一斑。馮友蘭說：「孟子以後，儒者無傑出之士，至荀卿而儒家壁壘始又一新。」譚嗣同說：「兩千年來之學，荀子也。」梁啟超也說：「自秦漢以後，政治學術，皆出於荀子。」所以，要了解中國傳統文化，不可不知荀子，不能不讀《荀子》。

本書擷取《荀子》原著中的理論精華，從現代生活的角度詮釋了荀子的智慧。全書中論題鮮明，結構嚴謹，行文流暢，說理透澈。全書的每一篇文章，除有理論闡釋外，還選編了古今中外的經典故事進行解說，並附有「點評」加以畫龍點睛，使讀者在輕鬆閱讀的同時，可以快速領悟《荀子》的精髓。

# 荀子生平

**先秦儒學的最後一位大師**

荀子（約西元前三一三年至前二三五年），名況，字卿，戰國末期趙國（今山西省安澤縣）人。荀子是春秋戰國「百家爭鳴」的集大成者，也是先秦繼孟子之後儒家的最後一位大師，是中國古代傑出的唯物論思想家和教育家。

據《風俗通義．窮通》記載，齊宣王時，齊國國勢昌盛，齊宣王為了擴大其政治影響，招賢納士，聚集天下賢士於都城臨淄稷下學宮，如孟子、鄒衍、慎到、田駢、接子等著名學者，稱為列大夫，享受大夫俸祿。此時，荀子年僅十五歲，也來齊國遊學。

西元前二八六年，齊國滅掉了宋國。據《鹽鐵論．論儒》記載，齊王誇耀武功，不崇尚德治，列大夫直言勸諫，不被採納，紛紛離開了齊國。這年，荀子正當而立之年，為齊國祭酒，他也向齊相進諫說：「處勝人之勢，會勝人之道。」指出：當今巨楚在我前面牽繫著，大燕在我後面威逼著，勁魏在我左邊鉤取著……一國策謀，三國乘機進犯，齊國必然四分五裂，國家將有滅亡的危險。荀子的意見未被採納，於是他離開齊國去了楚國。

西元前二八四年，燕、趙、韓、魏、秦五國聯軍攻齊，攻陷了齊國都城臨淄。後齊國大將田單率兵發起反攻，收復失地，於莒城迎齊襄王入臨淄。齊襄王復國之後，汲取了前人的教訓，召集亡散的學士，重整稷下學宮，荀子重遊齊國。這時，由於孟子、田駢等老一輩學者大都作古，慎到、接子不在齊國，荀子憑他的學識和才德，在列夫子中「最為老師」，「三為祭酒」，成為稷下學宮的領袖。

荀子除在齊國講學外，還曾到過秦國。在秦國，荀子考察了秦國的政治、軍事、風俗民情等，並多次謁見秦昭王和秦相范雎。可惜，秦國並不重視儒學，荀子的建議自然未被採納。荀子也曾回到趙國，與臨武君在趙孝成王面前議兵。然而，趙孝成王終未能任用荀子，荀子只好返回齊國。

令人惋惜的是，荀子在齊國的日子並不安定。據《史記．孟荀列傳》記載，齊國有人讒言荀子，迫不得已，荀子只得再次離開齊國，去了楚國。

在楚國，荀子被任命為蘭陵令。但是，荀子任職不久，就有人向楚相春申君進讒，說荀子對楚國而言是個危險。於是，荀子只好辭楚去了趙國，趙國拜其為上卿。後來，楚國有人向春申君進言請荀子回楚，春申君也為自己聽信讒言而後悔，於是派人請回了荀子，復任蘭陵令。

西元前二三八年，春申君為李園所殺，荀子亦被罷官。從此，荀子定居蘭陵，著書立說，終成《荀子》一書，為後世留下了寶貴的精神財富。

# 目錄

# 人定勝天

荀子曰：「天行有常，不為堯存，不為桀亡。」（語出《荀子・天論》）大自然有自己的運行規律，不會因為堯是賢君而存在，也不會因為桀是暴君而滅亡。

天不能主宰人，人可以駕馭自己。人生在世，出身不由己，成功靠自己。要想實現自己的理想，必須勇於奮鬥，不為宿命論所蒙蔽。

「死生有命，富貴在天」，這是宿命論。在人類社會早期，生產力落後，認知水準低下，對自然及其規律所知甚少，因此，對「天」、「命運」誠惶誠恐。

在強權統治的社會，這種宿命論甚至造成了精神鴉片的作用，統治者竭力宣傳它，如周武王伐紂，宣揚「商罪貫盈，天命誅之」；伐紂成功，又宣揚「天體震動，用附我大邑國」。這種宿命論歷代傳承，統治者把自己裝扮成「天子」，天生具有富貴享福的命運，以此來麻痺被統治階級。除此之外，生活中那些懶惰不思進取者、奮鬥失敗不願振作者，也以此來安慰自己。

戰國時期的大思想家荀子，則是批判和反抗這種宿命論的先行者。

荀子在〈天論〉中指出：「天行有常，不為堯存，不為桀亡。」荀子認為，大自然的運行是有規律的，不會因為堯是賢君而存在，也不會因為桀是暴君而滅亡。

接著，荀子分別論述了日月四季的變化、水旱等自然現象，批判了「治亂在天」的思想，提出日月、星辰、時序的氣象變化在夏禹、夏桀的時代是相同的，可見安定、混亂並不在天，而是人為的結果。

荀子曰：「強本而節用，則天不能貧；養備而動時，則天不能病；循道而不貳，則天不能禍。」意思是如果人勤奮耕作，省儉節約，那麼天也不能使其貧窮；如果人注意營養、鍛鍊身體，那麼天也不能使其疾患；如果人按照一定的規律和程序辦事而不出差錯，那麼天也不能使其遭禍。所以說，人的吉凶福禍，並不取決於天，而取決於人做什麼以及如何做。

不僅如此，荀子還有一個更大膽的想法——人不僅不取決於天，而且可以戰勝天。《荀子・天論》中有一段非常精彩的論述：「大天而思之，孰與物畜而制之！從天而頌之，孰與制天命而用之！望時而待之，孰與應時而使之！因物而多之，孰與騁能而化之！思物而物之，孰與理物而勿失之也！願於物之所生，孰與有物之所以成！故錯人而思天，則失萬物之情。」意思是說，推崇上天而思慕它，不如把它視為物體蓄養而控制它！順從上天而頌揚它，不如掌握它的規律而利用它！盼望時節而等待它，不如適應天時而使用它！任憑萬物靠「天」的力量而增多，不如施展人的才能去改變它！意欲萬物為自己使用，不如合理利用萬物而不失去它！仰慕萬物生長的原理，不如掌握萬物生長的規律！所以放棄了人的努力而寄希望於上天的賜予，那就違背了萬物的實際情況。

在兩千多年前的戰國時期，荀子對自然、對人生能有如此深刻的認識，實在難能可貴。

## 【知古通今】

有一個農夫意外地拾到了一顆老鷹的蛋。他把這顆蛋和一些雞蛋一起放到了一隻母雞的巢裡，不久，這顆蛋孵出了一隻幼鷹。

這隻幼鷹長大後，行為舉止跟其他的雞一樣，牠咯咯地叫，有時拍拍翅膀像雞一樣只在低空飛幾尺遠。也像雞一樣，只吃在地上找到種子和昆蟲。

有一天，牠抬頭仰望天空，看到一隻老鷹在萬里晴空中繞著大圈翱翔，在雲中鑽進鑽出，牠問：「那是什麼東西啊？」

一隻公雞用嫌牠少見多怪的口氣說：「那是老鷹，是最偉大的鳥。」

「太厲害了，我希望跟牠一樣。」

那隻公雞說：「別做夢了，我們跟牠不一樣！」

如果幼鷹放棄夢想，那麼牠至死都會認為自己是隻雞，但牠沒有放棄，堅持練習飛翔。雖然多年雞的生活讓牠的翅膀無力、肌肉萎縮，但牠堅持不懈，摔下來，再飛上去。終於有一天牠飛離了雞巢，飛上了藍天，成為了「最偉大的鳥」。

**點評：**

命運不由天注定。所謂命運，就是淪落在雞窩裡的鷹。你願意選擇雞一樣的生活，就會平庸一生、碌碌無為；你願意像鷹一樣展翅翱翔，就會光耀一生、鵬程萬里。

**【延伸閱讀】**

**天有其時，地有其財，人有其治，夫是之謂能參。舍其所以參，而願其所參，則惑矣。**

——《荀子．天論》

上天有它的時序節令，大地有它的財富資源，人類有他的治理方法，這叫做能與自然相互配合。人如果捨棄了能與自然相互配合的治理方法，而只盼望天地的恩賜，那就太糊塗。

**治亂，天邪？曰：日月、星辰、瑞曆，是禹、桀之所同也；禹以治，桀以亂，治亂非天也。**

——《荀子．天論》

社會的安定、動亂是天造成的嗎？回答：日、月、星辰的運行，這在夏禹、夏桀時是相同的；夏禹憑藉這些使社會安定，夏桀憑藉這些卻使社會混亂，可見社會的安定、混亂不是天造成的。

**君子敬其在己者，而不慕其在天者，是以日進也；小人錯其在己者，而慕其在天者，是以日退也。**

——《荀子．天論》

君子重視自身的努力，而不指望上天的恩賜，所以每天都能進步；小人捨棄自身的努力，而指望上天的恩賜，所以每天都在退步。

# 學習是邁向成功的通行證

荀子曰：「學不可以已。青，取之於藍，而青於藍；冰，水為之，而寒於水。」（語出《荀子．勸學》）學習不可以停止。青，從蓼藍中提取，卻比蓼藍更青；冰，由水凝結而成，卻比水更冷。

成功者往往有淵博的學識、獨到的見解、優雅的談吐……而這些均可以由學習而來，所以說，學習是邁向成功的通行證。

荀子十分注重學習的重要性。《荀子．勸學》開篇明義：「學不可以已。」學習不可以停止。

關於學習，荀子有一個形象的比喻：「青，取之於藍，而青於藍；冰，水為之，而寒於水。」青，從蓼藍中提取，卻比蓼藍更青；冰，由水凝結而成，卻比水更冷。這一比喻說明，只要努力學習，後來者一定能居上。

荀子曰：「干、越、夷、貉之子，生而同聲，長而異俗，教使之然也。」吳國、越國、夷族、貉族的人，出生時他們的啼哭聲是相同的，而長大以後習俗卻各不相同，這是因為受教育不同而導致的。換言之，人生下來都是沒有知識的，只有透過後天學習才能獲得。

那麼，人為什麼要獲得知識呢？

荀子在〈勸學〉中有相當精彩的回答：「跂而望矣，不如登高之博見也。登高而招，臂非加長也，而見者遠；順風而呼，聲非加疾也，而聞者彰。假輿馬者，非利足也，而致千里；假舟楫者，非能水也，而絕江河。」沒有知識，就好像僅僅踮起腳跟張望，所見所知仍然很少；有了知識，好像登高望遠，視野特別開闊。有了知識，好像登上高處招手，手臂雖然沒有加長，但遠處的人卻能看見；有了知識，就像順風呼喊，聲音沒有加強，但遠處的人卻能聽見。有了知識，就像坐車騎馬的人，雙腳並不一定善於走路，但卻能夠日行千里；有了知識，就像坐船的人，並不一定善於游泳，但卻能夠橫渡江河。

知識的力量是無窮的。它能讓愚鈍的人變得聰明，讓膽小的人變得有勇氣，讓弱小的人變得強大，讓失敗的人走向成功……知識不分貴賤，對任何人都一視同仁，只要你肯學，它就不會拒絕。

那麼，人又該如何去獲取知識呢？

荀子說：「沒有刻苦鑽研精神的人，在學習時就不會有明顯的智慧。」

荀子又說：「學習時踏踏實實地累積，持久努力，就能鑽研進去，學習一直到死才能夠停止啊！」

在荀子看來，學習在於不斷累積，唯有勤奮好學、持之以恆，才能學有所成。

## 【知古通今】

宋濂字景濂，明朝初年浦江人。官居學士，參加了明初許多重大文化活動，主修《元史》，參與了制定明初典章制度的工作，頗得明太祖朱元璋的器重，被人認為是明朝開國大臣中的佼佼者。

宋濂年幼時，家境十分貧苦，但他苦學不輟。他在〈送東陽馬生序〉中講：「我小的時候非常好學，可是家裡很窮，沒有什麼辦法可以找到書看，所以只能向有豐富藏書的人家去借來看。因為沒錢買不起，借來以後，就趕快抄錄下來，每天拚命地趕時間，計算著到了時間好還給人家。」正是這樣他學到了許多豐富的學識。

有一次，天氣特別寒冷，冰天雪地，北風狂呼，以至於硯台裡的墨都凍成了冰，家裡窮，哪裡有火來取暖？宋濂手指凍得無法屈伸，但仍然苦學，不敢有所鬆懈，借來的書堅持抄好送回去。抄完了書，天色已晚，無奈只能冒著嚴寒，一路跑著把書還給人家，一點也不敢超過約定的還書日期。因為誠實守信，所以許多人都願意把書借給他看。他也因此能夠博覽群書，增長見識，為他以後的成功奠定了基礎。

到了二十歲，宋濂成年了，就更加渴慕聖賢之道，但是也知道自己所在的窮鄉僻壤缺乏名士大師，於是常常不顧疲勞跑到幾百里以外的地方，找自己同鄉中那些已有成就的前輩虛心學習。後來，他覺得這樣學習不是長久之計，於是就到學校裡拜師學習。一個人背著書箱，拖著鞋子，從家裡出來，走在深山之中，寒冬的大風，吹得他東倒西歪。數尺深的大雪，把腳上的皮膚都凍裂了，鮮血直流，他也沒有察覺。等到了學館，人幾乎被凍死，四肢僵硬得不能動彈，學館中的僕人拿著熱水把他全身慢慢地擦熱，用被子蓋好，很長時間以後，他才有了知覺，暖和過來。

為了求學，宋濂住旅館，一天只吃兩頓飯，什麼新鮮的蔬菜、美味的魚肉都沒有，生活十分艱辛。和他一起學習的同學們一個個身穿華服，戴著有紅色帽纓、鑲有珠寶的帽子，腰裡別著玉環，左邊佩著寶刀，右側掛著香袋，光彩奪目，但是宋濂認為那不是快樂，絲毫沒有羨慕他們，照樣刻苦學習，因為學習中有許多足以讓他快樂的東西。他根本沒有把吃的不如人，住的不如人，穿的不如人這種表面上的苦當回事。

正是因為宋濂的勤奮好學他才能成就一番事業。他的那些同學一個個生活得很快樂，又有幾人名留青史呢？

**點評：**

生活中常有人說：「工作太忙，沒時間學習。」其實，這只是懶惰的藉口而已。魯迅曾說過：「時間就像海綿裡的水，只要你擠，總是有的。」以「忙」為藉口逃避學習的人實在令人惋惜，因為至少可以利用看電視、玩網路遊戲、渡假或閒聊的時間讀一些有益的書。

**【延伸閱讀】**

**木直中繩，以為輪，其曲中規，雖有槁暴，不復挺者，使之然也。故木受繩則直，金就礪則利。**

——《荀子．勸學》

木材挺直而合於木匠的墨線，但加火烘烤能彎曲成車輪，它的彎度同圓規畫的相合，儘管再用火烘烤或曝晒，也不會挺直了，這是由於烘烤使它彎曲成這樣的。所以木材經木匠畫墨線加工才能取直，刀劍經在磨刀石上磨礪才會鋒利。

**神莫大於化道，福莫長於無禍。**

——《荀子．勸學》

最大的智慧也比不過融會貫通，最大的幸福也比不上沒有災禍。

**不登高山，不知天之高也；不臨深溪，不知地之厚也；不聞先王之遺言，不知學問之大也。**

——《荀子．勸學》

不登上高山，就不知道天有多高；不親臨深澗，就不知道地有多厚；沒有聽到前代聖王的遺言，就不知道學問的淵博。

**真積力久則入，學至乎沒而後止也。**

——《荀子．勸學》

學習時踏踏實實的累積，持久努力，就能鑽研進去，學習一直到死才能夠停止啊！

荀子在〈勸學〉中說：「不積跬步，無以至千里；不積小流，無以成江海。騏驥一躍，不能十步；駑馬十駕，功在不捨。」

荀子告訴我們，人不可能一出生就具有超群的本領，凡取得成就者，都是後天修煉所得，都是在一點一滴的累積和學習中進步的。

# 學以致用

荀子曰：「學至於行之而止矣。」（語出《荀子．儒效》）學習到了親自實踐這一步才達到了極高的境界。

學習知識的目的在於應用，在於指導生活。學習知識如果不與實踐相聯繫，即便學富五車，也只是知識的奴隸。況且，知識只有與實踐相結合，才能得到檢驗、淘汰、補充和完善。

一天，荀子的弟子毛亨問荀子：

「老師，我聽說楚國有一個姓張的讀書人，他講書本知識時滔滔不絕，頭頭是道，然而，若讓他去處理世事，他卻顯得十分迂腐。

「有一次，他得到一部關於水利方面的書，對書進行了一番苦讀之後，認為自己能讓所有土地變成良田，於是讓人按照他的想法興修水利。結果水從四面八方的渠道流進了村子，把整個村子都淹沒了。

「老師，您說這是什麼緣故呢？」

荀子微笑著說：「聞之而不見，雖博必謬。見之而不知，雖識必妄。」即聽到不如見到，即使表面上很淵博也一定出現謬誤；看見了卻不明白，即使記住了也一定錯誤。

我們的許多經驗、知識都是似是而非的東西。

那麼，我們又該如何去鑑別呢？

荀子曰：「不聞不若聞之，聞之不若見之，見之不若知之，知之不若行之。學至於行之而止矣。行之，明也。」不聽不如聽，聽到了不如看見了，看見了不如知道了，知道了不如實行它。學習到了親自實踐這一步才達到極高的境界。親自去實踐它，就能弄清事理。

換言之，知識只有接受實踐的檢驗，才能成為真知灼見，否則，只能像紙上談兵的趙括一樣，貽笑大方。

荀子的話發人深省，它嘲諷了那些只會死讀書的讀書人，這些書呆子不能對書本知識進行變通，不會進行思考，更別提學以致用了。

學習知識的目的在於應用。如果學而不會用，那麼再好的知識也是一堆廢物。學以致用，不但能夠培養能力，而且還能促進成長。學以致用是學習的另一個境界，要達到這個境界，就需要平時不斷地鍛鍊自己，使自己養成良好的學以致用的習慣。

## 【知古通今】

戰國時，趙國有一位大將名叫趙奢，是與廉頗、藺相如齊名的大臣。因為戰功顯赫，被趙惠文王賜為「馬服君」的稱號。

趙奢的兒子趙括，從小學習兵書，熟讀兵法，與別人談起打仗來，頭頭是道，誰也比不上他。甚至他父親趙奢，也難不住他。可是，趙奢從不誇獎他，趙括的母親覺得奇怪，就問趙奢：「兒子不是兵法不錯嗎？怎麼沒聽過你誇獎他呢？」

趙奢回答說：「唉！你哪裡知道呀，他是紙上談兵，打仗是生死的較量，趙括把它說得太容易了！以後趙王不用他帶兵還好，如果一旦讓他帶兵打仗，非把軍隊毀了不可！」

孝成王在位時，秦國和趙國在長平交戰。那時趙奢已經死了。藺相如重病在床，廉頗率兵迎敵，打退了幾次秦兵的進攻之後，就堅守陣地，不再出戰。這時秦國利用離間計，散布謠言：「秦國最怕的就是趙奢的兒子趙括當將軍！」趙王聽信了謠言，便派趙括代替廉頗。藺相如得知這個消息後，立即上奏趙王，反對趙括任將，他也知道趙括只是個紙上談兵的秀才，不堪大用。

可是趙王主意已定，沒有聽從藺相如的意見。

趙括的母親也反對他領兵出征，趙王召見她，問道：「為什麼不讓你兒子當將軍呢？」

趙括的母親說：「從前趙奢為將軍時，能與士卒同甘共苦，有了賞賜也能與人共享。可是趙括卻使士卒畏懼他，軍吏沒有人敢仰頭看他；有了錢財，買田置地，一點也不像他父親，所以千萬別派他去。」

趙王聽了她的話，不以為然。趙括為將出征，改變了軍規，更換了軍吏，與秦兵交鋒。他自恃才情很高，精通兵法，但他不過是熟讀幾句兵法的秀才，沒有實戰經驗，又不能與士兵同甘共苦，瀝淋腥風血雨。結局又能怎樣呢？

秦軍的大將白起，用了一個假裝敗退的小計策，引趙括上鉤，然後從背後斷了趙軍的糧道。趙軍四十多天得不到糧食，士卒大亂，皆無鬥志，一仗大敗，趙括喪命，損失了四十五萬士兵。

## 點評：

南宋著名詩人陸游曾在〈冬夜讀書示子〉中對他的兒子進行勸勉：「古人學問無遺力，少壯功夫老始成。紙上得來終覺淺，絕知此事要躬行。」學在於致用，否則學到的知識便是無用的東西。

## 【延伸閱讀】

**不聞不若聞之，聞之不若見之，見之不若知之，知之不若行之。學至於行之而止矣。行之，明也，明之為聖人。**

——《荀子．儒效》

不聽不如聽，聽到了不如看見了，看見了不如知道了，知道了不如實行它。學習到了親自實踐這一步才達到極高的境界。親自去實踐它，就能弄清事理，弄清了事理就成聖人了

**聞之而不見，雖博必謬。見之而不知，雖識必妄。知之而不行，雖敦必困。**

——《荀子．儒效》

聽到不如見到，即使表面上很淵博也一定出現謬誤。看見了卻不明白，即使記住了也一定錯誤。知道了卻不實行，即使為人敦厚也一定陷於逆境之中。

# 做人應時常自我反省

荀子曰：「君子博學而日參省乎己，則知明而行無過矣。」（語出《荀子·勸學》）君子學習淵博的知識且每天檢查和反省，就會智慧聰明且行為沒有過錯。

反省是一種心理活動，即把當局者變為旁觀者，把自己變成被審視的對象，站在另外一個人的立場、角度來觀察、評判自己。

荀子曰：「君子博學而日參省乎己，則知明而行無過矣。」君子學習淵博的知識且每天檢查和反省自己，就會智慧聰明且行為沒有過錯。

荀子所說的反躬自省其實是一種做人的態度——做人應時常自我反省。

那麼，為什麼要自我反省呢？

因為人不是完美的，總會有個性上的缺陷、智慧上的不足，而年輕人缺乏社會歷練，常常會說錯話、做錯事、得罪人。反省的目的在於建立一種暢通的監督自我的內在反饋機制。透過這種機制，我們可以及時知曉自己的不足，及時改正不當的人生態度。反省是自我心靈的清潔，是磨礪良好特質的極佳方法。

荀子認為，人不可能時時反省自己，卻能做到「日參省乎己」。其實，一個人有了不正當的意念或做了見不得人的事情，可能瞞得過別人，但絕對騙不了自己。人之所以會做錯事情，不單是外界的誘惑太大，更多的是自己的欲念太強。一個常常自我反省的人，不僅能讓理智戰勝衝動，而且必然知道什麼是自己該做的，什麼是自己不該做的。

反省是一面心鏡，透過它可以洞察自己的心垢。而反省難就難在自己願不願意去看心垢，有沒有勇氣去洗刷它。

反省是認識自我、發展自我、完善自我和實現自我的好方法。我們不妨試著如荀子所說，每天結束時反省一下自己：今天我到底學到了什麼？我有什麼需要改進的？我又有什麼樣的改進？我是否對所做的一切感到滿意？如果我們每天都能改進自己並且過得快樂，必然能夠獲得意想不到的成果。

反省的內容就是對我們的言行捫心自問，這是鄭重的人生問題。每天進行「心靈盤點」，有益於及時知道自己近期的得與失，思考今後改進的策略。

反省的立足點和取向主要是針對自己，省悟自身的不足。這不僅是使自身素質不斷完善的方法，而且也是融洽人際關係的法寶。比如，「念自己有幾分不足，則內心自然氣平」；「先問自己付出多少，再問別人給了多少」；「看自己做錯了什麼，而不是找別人的不足」等，都是較好的反省方法。若能時常這樣去反省，就能使自己心平氣和，善結人緣。

反省的方式可以靈活多樣，至於反省的方法，有人寫日記，有人靜坐冥想，在腦海中把過去的事拿出來省察一遍。

總之，荀子提倡反省，是要我們透過自我反省從思維意識、情感態度、言論行動等方面去深刻認識自己、剖析自己，從而使自己不斷進步，不斷進取。

## 【知古通今】

春秋時期，宋國一度內政不修，動亂不堪。當時的國君宋昭公落得眾叛親離，被迫出逃的下場。

在路上，宋昭公進行了自我反省，他對車伕說：「我知道這次被迫出逃的原因了。」

車伕問：「是什麼呢？」

昭公回答：「以前，不論我穿什麼衣裳，侍從都說我漂亮；不論我有什麼言行，大臣都說我英明。這樣，內外兩方面我都發現不了自己的過失，最終就落得如此下場。」

從此，昭公改弦易轍，注重品德修養。不到兩年，美名傳回宋國。宋人又將他迎回國內，讓他重登王位。他死後，謚為「昭」，「昭」就是明顯，即懂得自我反省、知錯能改的意思。

**點評：**

一個人如果不懂自我反省，就看不到自己的問題，更不會有自救的願望。自我反省在任何人身上都會發生大作用，因為它帶來的不只是智慧，更是積極進取的境界。

## 【延伸閱讀】

**志意修則驕富貴矣，道義重則輕王公矣；內省則外物輕矣。**

——《荀子．修身》

思想意志美好就會傲視富貴，道義深厚就會輕視王公貴族；重視內心的思想修養就會看輕身外之物。

**見善，修然必以自存也；見不善，愀然必以自省也；善在身，介然必以自好也；不善在身，菑然必以自惡也。**

——《荀子．修身》

看見了好的品行，一定要認真地省察自己有沒有這種好的品行；看見了不好的行為，一定要懷著憂懼的心情反躬自問。自己有了好的品行，一定要堅定不移地加以珍視；自己有了錯誤，一定要如同被玷汙了一樣感到厭惡。

# 人不能貪圖安逸

荀子曰：「嗟爾君子，無恆安息。」（語出《荀子．勸學》）君子啊！沒有永恆的安逸。

人不能貪圖安逸。貪圖安逸，人就沒有雄心壯志，害怕艱苦的生活，懼怕磨難，面對挫折時容易放棄自己的志向，整天沉溺於安穩的生活，陶醉於快樂的享受，根本不可能磨練出堅強的意志，而且還可能因為貪圖享樂而招致災禍。

人生能有多久？不過百年時光。天地是暫居的旅店，光陰是永遠的過客。如果沒有警覺，一味縱情享樂，就會樂極生悲，像秋風過後草木凋零一般淒涼。

貪圖安逸，等於自毀前程。一旦人處於安穩快樂的環境中，就會忘記憂患的存在，消磨了自己的意志，不求上進，得過且過，哪裡還談得上什麼發憤圖強？所以，古人把貪圖安逸縱情享樂比作是飲用毒酒，味道雖然甘美，喝下去卻是要死人的。

荀子借用《詩經》中的一句話提醒我們：「嗟爾君子，無恆安息。」君子啊！沒有永恆的安逸。

荀子是言行一致的君子，他這樣說，也是這樣做的。荀子自十五歲起，懷抱治國宏願，文韜武略，周遊列國，渴望得到君王的賞識，以施展自己的才華和抱負。然而事與願違，他的政治理想始終未能實現。但他在學術上的成就卻得到了肯定，在列大夫中「最為老師」，被尊稱為卿，曾在齊國三次擔任稷下學宮主講。到了晚年，他仍然不貪圖安逸，從事教學。其一生學生頗多，其中最著名的當數傑出的思想家韓非和政治家李斯。他著書立說，即我們看到的《荀子》。

其實，無論是誰，只要貪圖安逸，都會毀掉自己的進取之心，從而毀掉自己的人生。

不貪圖安逸，首先要珍惜時光，在有限的人生之中做更多有意義的事情。人生短暫，只顧貪圖享樂，終將一事無成！

不貪圖安逸，還要積極進取，否則就會像《論語》中孔子說的那樣：「吃飽穿暖，安逸地住著卻沒有受教育，就與禽獸相差無幾了。」飽食終日，無所事事，自然會意志消沉，甚至有可能蛻化成社會的害蟲，為人們所不齒。

## 【知古通今】

三國時，劉備曾經和劉表坐在一起，當他去廁所回來時，傷心地流下了眼淚。劉表感到奇怪，問他原因。劉備說：「以往身體不離馬鞍，大腿上的肥肉都消下去了；現在不再騎馬，肥肉又長出來了。光陰如流水，老年就要來臨了！可是功業還沒有建立，我因此感到悲傷。」

晉朝陶侃，字士行，本來是鄱陽人，後搬到廬江的潯陽。陶侃早年孤單貧困，范逵向廬江太守推薦他，做了主簿，後來升為廣州刺史。他每天早晨把一百個磚頭搬到屋外，傍晚再搬入屋內。人們問他原因，他回答說：「我正要為收復中原出力，過於悠閒安逸，恐怕擔當不了此任，所以要經常勞動。」後來陶侃統領八個州，聲名顯赫。

**點評：**

劉備和陶侃都認識到了不貪圖安逸才能成大事的道理，所以他們才自覺地進行自我約束。曹操戎馬一生，他在〈短歌行〉中也寫道：「對酒當歌，人生幾何？譬如朝露，去日苦多。」

**【延伸閱讀】**

嗟爾君子，無恆安息。

——《荀子．勸學》

君子啊！沒有永恆的安逸。

南方有鳥焉，名曰蒙鳩，以羽為巢，而編之以髮，繫之葦苕，風至苕折，卵破子死。巢非不完也，所繫者然也。西方有木焉，名曰射干，莖長

**四寸，生於高山之上，而臨百仞之淵。木莖非能長也，所立者然也。**

——《荀子．勸學》

南方有一種鳥兒，名叫蒙鳩——即鷦鷯，牠用自己的羽毛築巢，並用毛髮編織起來，繫在蘆葦的花穗上，風一吹蘆葦桿便折斷了，巢裡的鳥蛋就被摔破，幼鳥跌死。這不是因為巢築得不完善，而是由於所繫的蘆葦折斷才這樣的。西方有一種草木，名叫射干，莖長四寸，生長在高山上，並且面對著百丈深淵，並不是因為射干的莖能變長，而是由於它所生長的地方使它這樣的。

# 謹慎交友

荀子曰：「君子居必擇鄉，遊必就士。」（語出《荀子．勸學》）君子居住必然選擇鄉里，交遊必然接近賢士。

《易經》云：「比之匪人，不亦傷乎！」你靠近了不該靠近的人，怎麼能不傷到自己呢？因此，交友必須謹慎，切不可濫交，要結交益友，而不要和那些品行不端的人結交。

荀子曰：「君子居必擇鄉，遊必就士。」君子居住必然選擇鄉里，交遊必然接近賢士。

那麼，君子為什麼這麼做呢？

荀子說，是為了防止被邪惡的東西汙染，而接近正直的思想。

荀子善用比喻，他在〈勸學〉中形象地寫道：

「蓬草生長在麻叢中，不用扶持就能長直；白沙混雜在黑色的泥土裡，就會像黑土一樣的黑。蘭槐芳香的根叫白芷，如果用酸臭的髒水浸泡它，君子不願意接近它，老百姓也不願意佩戴它，這並不是因為它的本質不美好，而是因為被髒水浸泡的結果。」

正所謂「近朱者赤，近墨者黑」，接觸什麼樣的人往往就會成為什麼樣的人。因此，交友必須謹慎。

**結交益友，遠離損友**

荀子繼承了孔子的思想，認為交友時，一定要明確自己的標準，結交正直、誠信、知識廣博的人，而遠離諂媚逢迎、表面奉承背後誹謗、花言巧語的人。

總之，一定要結交品行端正、心地善良、樂於助人、勤奮上進的人。這樣的人是益友，一生中都會對你有很大的幫助。

## 多交必濫

荀子還提醒，交友不在多，而在於精。

一個人的精力是有限的，如果不加選擇，一味地以多交友為榮，則會整日忙於應酬，把大部分的精力放在與朋友的周旋上，必然影響工作和生活。

再者，結交的人多了，也必然影響到對朋友的鑑別，如果所結交的人中有品行不端或居心不良者，很可能給自己帶來危害。

## 君子之交淡如水

儒家《中庸》上有：「君子之道，淡而不厭」。荀子也贊成這個交友之道，主張「君子之交淡如水」。

君子的交友之道，如淡淡的流水，長流不息，淵遠流長。除此之外，還要「簡而文」、「溫而理」，即簡略而文雅，溫和且合情理。

## 【知古通今】

曾國藩帶領湘軍圍剿太平天國之時，清廷對其是一種極為複雜的態度：不用這個人吧，太平天國聲勢浩大，無人能敵；用吧，一則是漢人手握重兵，二則曾國藩的湘軍是他一手建立的子弟兵，怕對清廷形成威脅。在這種思想指導下，清廷對曾國藩的任用經常是用你辦事，不給高位實權。苦惱的曾國藩急需朝中重臣為自己撐腰說話，以消除清廷的疑慮。

忽一日，曾國藩在軍中得到胡林翼轉來的肅順的密函，得知這位精明幹練的顧命大臣在西太后面前推薦自己出任兩江總督。曾國藩大喜過望，咸豐帝剛去世，太子年幼，顧命大臣雖說有數人之多，但實際上是肅順獨攬權力，有他為自己說話，再好不過了。

曾國藩提筆想給肅順寫封信表示感謝。但寫了幾句，他就停下了。他知道肅順為人剛愎自用，很有些目空一切的味道，用今天的話來說，就是有才氣也有脾氣。他又想起西太后，這個女人現在雖沒有什麼動靜，但絕非常人，以他多年的閱人經驗來看，西太后心志極高，且權力欲極強，又極富心機。肅順這種專權的做法能維持多久呢？西太后會和肅順合得來嗎？

思前想後，曾國藩沒有寫這封信。

後來，肅順被西太后抄家問斬。在眾多官員討好肅順的信件中，獨無曾國藩的隻言片語。

## 點評：

交友應該是一項十分嚴格的事情，一定要認真對待，絕不可輕率。在與對方交往的過程中，要注意觀察其思想、興趣、愛好、特質和行為，看他是否值得結交。如此看來，曾國藩是深諳交友之道的人。

## 【延伸閱讀】

蓬生麻中，不扶而直；白沙在涅，與之俱黑。蘭槐之根是為芷，其漸之，君子不近，庶人不服。其質非不美也，所漸者然也。故君子居必擇鄉，遊必就士，所以防邪僻而近中正也。

——《荀子．勸學》

蓬草生長在麻叢中，不用扶持就能長直；白沙混雜在黑色的泥土裡，就會像黑土一樣的黑。蘭槐芳香的根叫白芷，如果用酸臭的髒水浸泡它，君子不願意接近它，老百姓也不願意佩戴它。這並不是因為它的本質不美好，而是因為被髒水浸泡的結果。所以，君子居住必然選擇鄉里，交遊必然接近賢士。用這種方法防止被邪惡的東西汙染，而接近正直的思想。

# 言多必失

荀子曰：「言有招禍也。」（語出《荀子．勸學》）言語多時會招來災禍。

言多必失，話一出口，不假思索，匆忙之中妄下結論，所造成的影響，是幾百句、幾千句話也彌補不了、修正不了的。一言既出，駟馬難追。

為人處世說話必須謹慎。

荀子曰：「言有招禍也。」言語多時會招來災禍。

正所謂：「言多必失。」一個人總是滔滔不絕地講話，說得多了，話裡自然地會暴露出許多問題。比如你對事物的態度，你對事態發展的看法，你今後的打算等，會從談話中流露出來，被你的對手所了解，從而制定出相應的策略來戰勝你。而且，你的話多了，其中自然會涉及到其他人。

由於所處的環境不同，人的心理感受不同，而同一句話由於地點不同、語氣不同，所表達的情感也不盡相同，別人在傳話的過程中也難免會加入他個人的主觀理解，等到你談話的內容被談話對象聽到時，可能已經大相逕庭，勢必造成誤解、隔閡，進而形成仇恨。另外，人處在不同的狀態下，講話時心情不同，講話的內容也會不同：心情愉快的時候，看事看人也許比較符合自己的心思，故而讚譽之言可能會多；心情不愉快，講起話來不免會憤世嫉俗，講出許多過頭的話，招來很多麻煩。

「喜時之言多失信，怒時之言多失禮」。荀子很早就認識到「禍從口出」的真理。

那麼，如何避免言語招來的禍患呢？

是要少說話，多聽聽他人的意見和主張，虛心向有才能的人學習，才能以他人之長補己之短。

是講話要慎重，不要妄發言論，信口雌黃，讓人覺得你不知天高地厚。

是講話要注意時間、地點、場合和講話的對象。若不管三七二十一，炫耀自己在某一方面有學識有見解，亂發議論，這樣會傷害別人的自尊心，也會影響人際關係。

是要注意講話內容的選擇，該講的則講，不該講的不要到處亂講。

## 【知古通今】

南北朝時，賀若敦為晉的大將，自以為功高才大，不甘心居於同僚之下，看到別人做了大將軍，唯獨自己沒有被晉升，心中十分不服氣，口中多有抱怨之辭。

不久，他奉調參加湘州之戰，打了個勝仗之後，全軍凱旋，這應該算是為國家又立了一大功吧，他自以為此次必然要受到封賞，不料由於種種原因，反而被撤掉了原來的職務，為此他大為不滿，對傳令使大發怨言。

晉公宇文護聽了以後，十分震怒，把他從中州刺史任上調回來，逼他自殺，臨死之前他對兒子賀若弼說：「我有志平定江南，為國效力，而今未能實現，你一定要繼承我的遺志。我是因為這舌頭把命都丟了，這個教訓你不能不記住呀！」說完後，拿起錐子，狠狠地刺破了兒子的舌頭，想讓他記住這血的教訓。

光陰似箭，斗轉星移，轉眼幾十年過去了，賀若弼做了隋朝的右領大將軍，他沒有記住父親的教訓，常常為自己的官位比他人低而怨聲不斷，自認為當個宰相也是應該的。不久，還不如他的楊素卻做了尚書右僕射，而他仍為將軍，未被提拔，他氣不打一處來，不滿的情緒和怨言便時常流露出來。

後來一些話傳到了皇帝那裡，賀若弼被逮捕下獄。皇帝楊堅責備他說：「你這個人有三太猛：嫉妒心太猛；自以為是，自以為別人不是的心太猛；隨口胡說目無長官的心太猛。」因為他有功，不久也就放了。他還不吸取教訓，又對其他人誇耀他和皇太子之間的關係，說：「皇太子楊勇跟我之間，情誼親切，連高度的機密，也都對我附耳相告，言無不盡。」

後來楊勇在隋文帝那裡失勢，楊廣取而代之為皇太子，賀若弼的處境可想而知。

隋文帝得知他又在那裡大放厥詞，就把他召來說：「我用高熲、楊素為宰相，你多次在眾人面前放肆地說『這兩個人只會吃飯，什麼也不會做，這是什麼意思？』言外之意是我這個皇帝也是廢物不成？」賀回答說：「高熲是我的老朋友，楊素是我舅舅的兒子，我了解他們，我也確實說過他們不適合擔當宰相的話。」這時因他言語不慎，得罪了不少人，朝中一些公卿大臣怕受株連，都揭發他過去說的那些對朝廷不滿的話，並聲稱他罪當處死。

隋文帝見了對賀若弼說：「大臣們對你都十分的厭煩，要求嚴格執行法度，你自己尋思可有活命的道理？」賀若弼辯解說：「我曾憑陛下神威，率八千兵渡長江活捉了陳叔寶，希望能看在過去的功勞的份上，給我留條活命吧！」隋文帝說：「你將出征陳國時，對高熲說：『陳叔寶被削平，問題是我們這些功臣會不會飛鳥盡，良弓藏？』高熲對你說：『我向你保證，皇上絕對不會這樣。』是吧？等到消滅了陳叔寶，你就要求當內史，又要求當僕射。這一切功勞過去我已特別重賞了，何必再提呢？」賀若弼說：「我確實蒙受陛下特別的重賞，今天還希望特別的賞我活命。」此時他再也不攻擊別人了。隋文帝考慮了一些日子，念他勞苦功高，只把他的官職撤消了。

**點評：**

《忍經》云：「白珪之玷尚可磨，斯言之玷不可為。齒頰一動，千駟莫追。噫，可不忍歟！」意思是說，白玉破損了，還可以透過磨礪來修復，可一個人的言語失當，就沒有辦法去補救。古人曾感嘆：「一言即出，駟馬難追。」怎能不忍住自己的多嘴多舌呢？

## 【延伸閱讀】

**言有招禍也，行有招辱也。君子慎其所立乎?!**

——《荀子．勸學》

言語多有時會招來災禍，行為不慎會招來羞辱，所以君子對自己的立足點一定要慎重小心呀！

**肉腐出蟲，魚枯生蠹。怠慢忘身，禍災乃作。強自取柱，柔自取束。**

**邪穢在身，怨之所構。施薪若一，火就燥也。平地若一，水就濕也。草木疇生，禽獸群焉，物各從其類也。**

——《荀子．勸學》

肉腐爛後就會生蛆蟲，魚枯死後就會生出蛀蟲，懈怠散慢到忘了自己的程度，災禍就要發生了。堅硬的東西必然會被人拿來做立柱，柔軟的東西必然會被人用來捆東西。自己的身上有邪惡汙穢的東西，就一定會招來人們對你的怨恨。堆放的柴草好像一樣，可是火總是先燒乾燥的。平坦的土地看起來好像一樣，可是水總是向低窪的地方流。草和樹叢生在一起，飛鳥和野獸總是同類聚居在一起，這是因為任何東西總是隨從同類事物。

# 鍥而不捨，金石可鏤

荀子曰：「鍥而不捨，金石可鏤。」（語出《荀子·勸學》）刻一件東西如果不放棄，就連堅硬的金屬和石頭也能雕刻出花紋。

一個人想成就任何事業，都要持之以恆，只有這樣才能取得成功。

一時的熱情成不了大器，滴水穿石需要持久，鐵杵成針需要堅持，要想實現目標，唯有持之以恆。

孟子擔任過稷下學宮的主講，他這樣教誨荀子：

「做一件事猶如挖一口井，挖掘到九仞深的時候，仍看不到泉水，便輕易放棄，那先前的努力便付之東流。」

挖井的目的，不外乎是想挖出泉水，沒有泉水，目的便沒有達到，倘若就此打住，棄而不掘，只能是半途而廢。孟子用掘井的比喻告誡荀子：做事要持之以恆，不可半途而廢。

荀子也成了稷下學宮的主講，荀子這樣告誡韓非：

「不從半步一步的路程開始累積，就不能到達千里以外的地方；不匯聚小流，就沒有辦法形成江河及大海。千里馬跳躍一次，也不能到十步那麼遠。劣馬連續十天能走很遠的路程，功勞在於牠不放棄。刻一件東西如果半途而廢，就連腐朽的木頭也不能折斷，刻一件東西如果持之以恆，就連堅硬的金屬和石頭也能雕刻出花紋。」

荀子曰：「蹞步而不休，跛鱉千里；累土而不輟，丘山崇成。」半步半步走而不停止，跛了腳的鱉也能走到千里之外；堆積泥土而不中斷，丘山終能堆成。「跛鱉千里」、「丘山崇成」，都是堅持不懈的結果。

荀子提醒我們，做任何事情唯有持之以恆才能取得最後的勝利。而一個沒有恆心的人，往往會淺嘗輒止、半途而廢，最終什麼事情也完成不了。

## 【知古通今】

諾貝爾，西元一八三三年出生於瑞典斯德哥爾摩一個發明家的家庭，通曉俄文、瑞典文，還有英、法、德文。在聖彼得堡，他初次見到硝化甘油，硝化甘油的爆炸性引起他極大的興趣，從此，他便開始對炸藥進行艱苦的研究。

諾貝爾努力尋找硝化甘油爆炸的引爆物，經歷了許多失敗，以致於他的父親和哥哥嘲笑他固執，他不急躁，不灰心，耐心地分析失敗的原因，經過鍥而不捨地反覆試驗和細緻分析，諾貝爾終於發現了用少量的一般火藥導致硝化甘油爆炸的方法，由此他第一次獲得了瑞典專利權。

西元一八六七年秋，他開始用雷酸汞做引爆劑，失敗了幾百次。成功的那一天，「轟」的一聲巨響，諾貝爾的實驗室被送上了天，他自己也被炸得鮮血淋漓。以鮮血為代價，換得了成功，由此，他發明了雷管。

更可怕的事情發生在斯德哥爾摩諾貝爾住宅附近的實驗室，硝化甘油的爆炸使從事實驗的五個人喪生，諾貝爾當時不在實驗室，得以倖免於難。這次事故，使他極為悲痛，對他的毅力和理智都是一次嚴峻考驗。許多人開始對他的研究進行責難，連他的親人也勸他放棄這危險的實驗，但諾貝爾絕不願半途而廢，他決心完成對硝化甘油在爆破工程上實際應用的研究，使炸藥能更好地為人類造福。在他的不懈努力下，硝化甘油終於可以運用於實際，並很快有了廣泛的市場。

**點評：**

半途而廢是成功者的大忌。任何事情的完成都不會一帆風順，總會有許多困難，只有保持持之以恆的決心，堅定不移地貫徹始終，才能最終到達成功的彼岸。

## 【延伸閱讀】

故不積跬步，無以至千里；不積小流，無以成江海。騏驥一躍，不能十步；駑馬十駕，功在不捨。鍥而捨之，朽木不折；鍥而不捨，金石可鏤。

——《荀子．勸學》

不從半步一步的路程開始累積，就不能到達千里以外的地方，不匯聚小流，就沒有辦法形成江河及大海。千里馬跳躍一次，也不能到十步那麼遠。劣馬連續十天能走很遠的路程，功績在於它不放棄。刻一件東西如果又放棄它，就連腐朽的木頭也不能折斷，刻一件東西如果不放棄，就連堅硬的金屬和石頭也能雕刻出花紋來。

# 遠離浮躁

荀子曰：「蟹六跪而二螯，非蛇之穴無可寄託者，用心躁也。」（語出《荀子・勸學》）螃蟹有六隻腳和兩個大鉗子，可是如果沒有蛇、蟮的洞穴，牠就沒有安身之處，這是因為牠浮躁而不專心的緣故。

做事戒急躁，急躁則必然心浮，心浮就無法深入到事物的內部去仔細研究和探討事情發展的規律，無法認清事物的本質。心浮氣躁，辦事不穩，差錯自然會多。

荀子在〈勸學〉中說：

「蚯蚓沒有銳利的爪牙、強壯的筋骨，但卻能鑽入地裡吃泥土，鑽到地下很深的地方喝泉水，這是因為牠用心專一的緣故；螃蟹有六隻腳和兩個大鉗子，可是如果沒有蛇、蟮的洞穴，它就沒有安身之處，這是因為它浮躁而不專心的緣故。」

在荀子看來，人若心浮氣躁，靜不下心來做事，將一事無成。

事情往往就是這樣，你越著急，就越不會成功。因為著急會使你失去清醒的頭腦，結果在你奮鬥的過程中，浮躁占據著你的思維，使你遭受失敗。因此，必須遠離浮躁。

遠離浮躁，則需要做到以下幾點：

**不可好高騖遠**

好高騖遠，指那種不切實際地追求過高或過遠目標的心態。好高騖遠者總是盯著很多很遠的目標，大事做不來，小事又不做，最終空懷夢想，一無所成。一個人能力有大小，要根據能力大小去做事，確定目標，確立志向。如果客觀條件不允許，那麼自己就該實事求是，確定合適的發展方向。否則，一味追求高遠，不考慮可行性，就永遠也不可能成功。

## 不必心煩意亂

無論做什麼事情，心煩意亂之下是難以有所作為的。為了不煩，我們還得耐煩一些，靜下心來，正確地認識自己，冷靜地把握時機，以長遠的目光選擇適合自己的目標。

## 腳踏實地

當目標確定以後，就不能性急，而要一步一個腳印地前行。唯有腳踏實地，才能做好每一件事，也才能成就自己的事業。

## 將浮躁變為渴望

如果能把浮躁的心態稍稍收斂，使它變成一種渴望，一種對成功的渴望，那麼，這種渴望將非常有用，它將帶你走向成功。

荀子提醒我們，要想有所成就，必須遠離浮躁。應當知道，凡事都有一定的規律、一定的步驟，欲速則不達。遠離浮躁就是要踏實、謙遜、沉著。

事實上，當你控制了浮躁，你才會吃得了成功路上的苦；才會有耐心與毅力一步一個腳印地向前邁進；才不會因為各種各樣的誘惑而迷失方向；才會制定一個接一個的小目標，然後一個接一個地達到它，最終走向大目標。

## 【知古通今】

有個小和尚，每天早上負責清掃寺廟院子裡的落葉。

清晨起床掃落葉實在是一件苦差事，尤其在秋冬之際，每一次起風時，樹葉總隨風飄落。

每天早上都需要花費許多時間才能清掃完樹葉，這讓小和尚頭痛不已。他一直想要找個好方法讓自己輕鬆些。

後來有個和尚跟他說：「你在明天打掃之前先用力搖樹，把落葉通通搖下來，後天就可以不用掃落葉了。」

小和尚覺得這是個好辦法，於是隔天他起了個大早，使勁地猛搖樹幹，這樣他就可以把今天跟明天的落葉一次掃乾淨了。一整天小和尚都非常開心。

第二天，小和尚到院子一看，他不禁傻眼了。院子裡如往日一樣是落葉滿地。

老和尚走了過來，對小和尚說：「傻孩子，無論你今天怎麼用功，明天的落葉還是會飄下來。」

小和尚終於明白：凡事不能心浮氣躁，唯有腳踏實地才能把事情做好，這才是正確的人生態度。

## 點評：

無論辦什麼事都不可能毫不費力地成功，急於求成，只能是害了自己。遠離浮躁確實不易，需要有頑強的毅力，才能做到這一點，但只要有決心、有信心就一定能夠做到。

## 【延伸閱讀】

蚓無爪牙之利，筋骨之強，上食埃土，下飲黃泉，用心一也；蟹六跪而二螯，非蛇之穴無可寄託者，用心躁也。

——《荀子．勸學》

蚯蚓沒有銳利的爪牙、強壯的筋骨，但卻能鑽入地裡吃泥土，鑽到地下很深的地方喝泉水，這是因為牠用心專一的緣故；螃蟹有六隻腳和兩個大鉗子，可是如果沒有蛇、蟮的洞穴，牠就沒有安身之處，這是因為牠浮躁而不專心的緣故。

荀子經常彈琴，以此修身養性、遠離浮躁。

浮躁，即心浮氣躁，是踏實、沉靜的反面。遠離浮躁，就是要心無旁騖，專心致志。

# 永遠不要自滿

荀子曰：「學不可以已。」（語出《荀子．勸學》）學習不可以停止。學無止境，學習不能驕傲自滿，否則，很難學到更新更多的知識。做人的道理與此相同。自滿使人沾沾自喜，從而止步不前，甚至倒退。

韓非很聰明，是荀子非常喜歡的弟子之一。

經過一段時間的學習，韓非認為自己已經懂得很多，可以離開老師去輔佐君王了。

韓非將自己的想法告訴了荀子，荀子沒有直接表達自己的意見，而是向韓非講了一個故事：

孔子到魯桓公廟中去參觀，見到一個傾斜易覆的器物，就向守廟的人問道：「這是什麼器物呢？」

守廟的人回答說：「這是君主放在座位的右邊來警戒自己的器物。」

孔子說：「我聽說這種放在座位右邊的器物，空著時要傾斜，注入一半的水就平正，放滿了水又會翻倒。」

孔子又回過頭來對他的學生說：「往裡面灌水吧！」

孔子的學生便舀水往器物裡倒，倒到一半時，器物就端立著，倒滿了，器物就翻倒了。空著時，器物就傾斜著。

於是孔子大聲嘆息道：「唉！哪有滿了而不傾覆的呢？」

韓非聽完了荀子的話，臉變得通紅，知道這是老師在批評自己驕傲自滿呢！

荀子正色道：「學不可以已。」學習不可以停止。

韓非立即向老師作了自我批評，從此謙虛好學。

自滿使人滿足已有的成績，自鳴得意，自以為是，從此止步不前。驕傲自滿，會使人喪失進取之心。

荀子提醒我們，千萬不能有自滿之心。過分自我感覺良好是一種無知，它雖然使人有傻瓜般的幸福感，讓人得一時之快，但實際上常常有損於名聲。

然而，我們在生活中經常會遇到這樣一種人，他們總喜歡指出別人的缺點，說人家這做得不合適，那也做得不夠，似乎他什麼都行，對什麼都可以說出一個大道理來。其實，這只是一種自滿的表現，他們之所以擺出一副「萬事通」的面孔來，就是怕被別人藐視，才用這種方式來顯耀自己，以此來提高自己的地位，可是這樣做的結果只會讓人厭惡。

## 【知古通今】

南隱是日本明治時代著名的禪師。

有一天，一位大學教授特地來向南隱問禪，南隱以茶水招待，他將茶水倒入這個來訪者的杯中，杯滿之後他還繼續倒入，這位教授眼睜睜地看著茶水不停地溢出杯外，直到再也不能沉默下去了，終於說道：「已經溢出來了，不要倒了。」「你的心就像這個杯子一樣，裡面裝滿了你自己的看法和主張，你不先把自己的杯子倒空，叫我如何對你說禪？」南隱意味深長地說。

## 點評：

南隱禪師教導的「把自己的杯子倒空」，不僅是佛學的禪義，更是人生的至理名言。一個人如果自滿，覺得自己什麼都會，就必然導致什麼都裝不下，什麼都學不進去，就像杯滿茶水溢出來一樣。

## 【延伸閱讀】

孔子觀於魯桓公之廟，有欹器焉。孔子問於守廟者曰：「此為何器？」守廟者曰：「此蓋為宥坐之器。」孔子曰：「吾聞宥坐之器者，虛則欹，中則正，滿則覆。」孔子顧謂弟子曰：「注水焉！」弟子挹水而注

**之。中而正，滿而覆，虛而欹。孔子喟然而嘆曰：「吁！惡有滿而不覆者哉！」**

——《荀子．宥坐》

孔子到魯桓公廟中去參觀，見到一個傾斜易覆的器物，就向守廟的人問道：「這是什麼器物呢？」守廟的人回答說：「這是君主放在座位的右邊來警戒自己的器物。」孔子說：「我聽說這種放在座位右邊的器物，空著時要傾斜，注入一半時水就平正，放滿了水又會翻倒。」

孔子又回過頭來對他的學生說：「往裡面灌水吧！」孔子的學生便舀水往器物裡倒，倒到一半時，器物就端立著，倒滿了，器物就翻倒了。空著時，器物就傾斜著。於是孔子大聲嘆息道：「唉！哪有滿了而不傾覆的呢？」

# 心動不如行動

荀子曰：「道雖小，不行不至；事雖小，不為不成。」（語出《荀子．修身》）路途雖然很近，但不走就不會到達；事情雖然很小，但不做就不會成功。

心動不如行動。雖然行動不一定成功，但不行動必定失敗。

人有兩種能力，思維能力和行動能力，沒有達到自己的目標，往往不是因為思維能力差，而是因為行動能力弱。

荀子曰：「道雖小，不行不至；事雖小，不為不成。」路途雖然很近，但不走就不會到達；事情雖然很小，但不做就不會成功。

這個看似人人皆知的道理，在許多人身上並沒有引起足夠的重視。他們常常把失敗歸於外部因素，而不是從自身找原因。其中很重要的一條是：這些人常常是幻想大師，面對那些看不見、摸不著的東西心動不已，總以為光憑自己的意願就能實現人生理想，就能過上自己想過的生活，就能成為一個被人羨慕的人。歸根究柢，他們之所以沒有成功，就在於他們都是「心動專家」，而不是「行動大師」。

有這樣一個有趣的故事：

古時，在四川的偏遠地區有兩個和尚，一個貧窮，一個富裕。

有一天，窮和尚對富和尚說：「我想到南海去，你看怎麼樣？」

富和尚說：「你憑什麼去呢？」

窮和尚說：「我一個水瓶、一個飯缽就足夠了。」

富和尚說：「我多年來就想租條船沿著長江而下，現在還沒做到呢，你怎麼能做到？！」

第二年，窮和尚從南海歸來，把到過南海的事告訴富和尚，富和尚深感慚愧。

窮和尚和富和尚的故事，說明了一個簡單的道理：說一尺不如行一寸。

其實，心動並沒有錯，錯的是許多人只有心動而沒有行動，因此常常是竹籃打水一場空。當然，也有些人是想得多做得少，這些人只比那些純粹的「心動專家」強一點而已。

在荀子看來，一百次心動，不如一次行動。行動才會產生結果，行動才有可能成功。任何目標、計畫，唯有付諸行動才有意義。

## 【知古通今】

一年夏天，一位來自薩諸塞州的鄉下小夥子登門拜訪年事已高的愛默生。小夥子自稱是一個詩歌愛好者，從七歲起就開始進行詩歌創作，但由於居所偏僻，一直得不到名師的指點，因仰慕愛默生的大名，故千里迢迢前來尋求文學上的指導。

這位青年詩人雖然出身貧寒，但談吐優雅，氣度不凡。老少兩位詩人談得非常融洽，愛默生對他非常欣賞。

臨走時，青年詩人留下了薄薄的幾頁詩稿。

愛默生讀了這幾頁詩稿後，認定這位鄉下小夥子在文學上將會前途無量，決定憑藉自己在文學界的影響大力提攜他。

愛默生將那些詩稿推薦給文學刊物發表，但反響不大。他希望這位青年詩人繼續將自己的作品寄給他。於是，老少兩位詩人開始了頻繁的書信來往。

青年詩人的信一寫就長達幾頁，大談特談文學問題，熱情洋溢，才思敏捷，表明他的確是個天才詩人。愛默生對他的才華大為讚賞，在與友人的交談中經常提起這位詩人。青年詩人很快就在文壇有了一點小小的名氣。

但是，這位青年詩人以後再也沒有給愛默生寄來詩稿，信卻越寫越長，奇思異想層出不窮，言語中開始以著名詩人自居，語氣也越來越傲慢。

愛默生開始感到了不安。憑著對人性的深刻洞察，他發現這位年青人身上出現了一種危險的傾向。

通信一直在繼續。愛默生的態度逐漸變得冷淡，成了一個傾聽者。

很快，秋天到了。

愛默生去信邀請這位青年詩人前來參加一個文學聚會。他如期而至。

在這位老作家的書房裡，兩人有一番對話：

「後來為什麼不寄稿子給我了？」

「我在寫一部長篇史詩。」

「你的抒情詩寫得很出色，為什麼要中斷呢？」

「要成為一個大詩人就必須寫長篇史詩，小情小愛是毫無意義的。」

「你認為你以前的那些作品都是小情小愛嗎？」

「是的，我是個大詩人，我必須寫大作品。」

「也許你是對的。你是個很有才華的人，我希望能盡早讀到你的大作。」

「謝謝！我相信我的作品很快就會公諸於世。」

文學聚會上，這位被愛默生所欣賞的青年詩人大出風頭。他逢人便談他的偉大作品，表現得才華橫溢，鋒芒畢露。雖然誰也沒有拜讀過他的大作，即便是他那幾首由愛默生推薦發表的小詩也很少有人拜讀過，但幾乎每個人都認為這位年輕人必將成大器。否則，大作家愛默生能如此欣賞他嗎？

轉眼間，冬天到了。

青年詩人繼續給愛默生寫信，但從不提起他的作品。信越寫越短，語氣也越來越沮喪，直到有一天，他終於在信中承認，長時間以來他什麼都沒寫。以前所謂的大作品根本就是子虛烏有之事，完全是他的空想。

從此以後，愛默生就再也沒有收到這位青年詩人的來信了。

**點評：**

拿破崙說：「想得好是聰明，計畫得好更聰明，做得好是最聰明又最好。」成功要有明確的目標，這沒有錯，但這只相當於給你的汽車加滿了油，弄清了前進的方向和線路，要想抵達目的地，還得把車開動起來，並保持足夠的動力。

## 【延伸閱讀】

蹞步而不休，跛鱉千里；累土而不輟，丘山崇成；厭其源，開其瀆，江河可竭；一進一退，一左一右，六驥不致。彼人之才性之相縣也，豈若跛鱉之與六驥足哉？然而跛鱉致之，六驥不致，是無他故焉，或為之或不為爾！道雖邇，不行不至；事雖小，不為不成。其為人也多暇日者，其出入不遠矣。

——《荀子．修身》

半步半步走而不停止，跛了腳的鱉也能走到千里之外；堆積泥土而不中斷，丘山終能堆成；堵住源頭，開通溝渠，就是長江黃河也可以流乾；一會兒進一會兒退，一會兒左一會兒右，就是六匹駿馬拉車也到不了終點。那些人們的才能資質即使相當懸殊，也不會像跛腳的鱉與六匹駿馬那樣懸殊吧？但是，跛腳的鱉能到走千里之外，六匹駿馬卻到達不了，這沒有其他的緣故，只不過是一個去做了，一個根本不去做罷了。路途雖然很近，但不走就不會到達；事情雖然很小，但不做就不能成功。那些活在世上常常閒暇無事的人，他們就與六匹駿馬相差無幾。

# 勇於接受別人的批評

荀子曰：「非我而當者，吾師也。」（語出《荀子．修身》）批評我而又恰當的人，是我的老師。

「人非聖賢，孰能無過」。有過，被人批評便是正常的事。雖然被人批評常常使自己顏面無光，但對於別人善意的批評，我們應虛心接受。

人往往就是這樣：得到稱讚，心裡就感覺舒服；受到批評，要麼生氣，要麼毫無耐性。

荀子曰：「非我而當者，吾師也。」批評我而又恰當的人，是我的老師。對於別人正確而又恰當的批評，我們應勇於接受。接受批評，證明自己已經認識到了錯誤，並且決心改正。

在荀子看來，被人批評並不是壞事，批評使我們認識到了錯誤，避免重蹈覆轍，批評使我們變得聰明。

概括而言，面對批評，我們應注意以下幾點：

**理解別人**

生活中，我們會遇到喜歡我們的人，也會遇到不喜歡我們的人。同樣，我們會和自己喜歡的人在一起，也會與不喜歡的人相處。我們無法要求我們的眼睛看到的都是美麗，也無法要求所有人都喜歡自己。明白了這點，也就理解了別人批評和反對的正常性，面對批評自然平靜。

**接受批評**

沒有一個人完美得幾乎沒有一點錯誤。如果別人的批評正確而合理，我們就應心悅誠服地接受。認真對待別人的意見，吸取精華，改進自我。

**表現寬容**

往往涉及到個人利益，有人會偏激地反對和否定你。如果遇到這種情況，不是客觀公正地看待你，那麼就用理解和寬容去接受，並為他的無知而感到幼稚。當然，面對不合理不公正的批評，你也可以向對方提出來，但要在正確的時間以正確的方法適當的向對象提出。否則，會使人誤解你不虛心、受不得半點批評。

荀子曰：「好善無厭，受諫而能誡，雖欲無進，得乎哉？」永遠不滿足地去追求美好的品行，而且又能警惕自己接受別人的規勸，這樣的話，即使不想進步，可能嗎？

## 【知古通今】

十九世紀時，法國著名畫家貝羅尼，有一次到瑞士去渡假，但他每天仍然帶著畫架到各地去寫生。

有一天，他在日內瓦湖邊用心畫畫，旁邊來了三位英國女遊客，看了他的畫，便在一旁指手畫腳地批評起來，一個說這裡不好，一個說那裡不對，貝羅尼都一一修改過來，離開時還跟她們說了聲「謝謝」。

第二天，貝羅尼有事到另一個地方去，在車站看到昨天那三位英國女遊客，正交頭接耳不知在議論些什麼。過一會兒，那三位女遊客看到了他，便朝他走來，問他：「先生，我們聽說大畫家貝羅尼在這裡渡假，所以特地來拜訪他。請問你知不知道他現在在什麼地方？」貝羅尼朝她們微微彎腰，回答說：「不敢當，我就是貝羅尼。」

三位女遊客十分驚訝，想起昨天的不禮貌，一個個臉紅得像蘋果。

**點評：**

才識、學問越高的人，往往在態度上反而越謙卑，希望自己能精益求精，更上一層樓。正因為此，他們往往具有容人的風度和接受批評的雅量。

## 【延伸閱讀】

非我而當者，吾師也；是我而當者，吾友也；諂諛我者，吾賊也。故君子隆師而親友，以致惡其賊。好善無厭，受諫而能誡，雖欲無進，得乎哉？小人反是。致亂，而惡人之非己也；致不肖，而欲人之賢己也；心如虎狼，行如禽獸，而又惡人之賊己也。諂諛者親，諫爭者疏，修正為笑，至忠為賊，雖欲無滅亡，得乎哉？

——《荀子．修身》

批評我而又恰當的人，是我的老師；讚揚我而又正確的人，是我的朋友；阿諛奉承我的人，是我的敵人。所以，君子尊敬老師，親近朋友，憎恨敵人。永遠不滿足地去追求美好的品行，而且又能警惕自己接受別人的規勸，這樣的話，即使不想進步，可能嗎？小人與此相反，他們昏亂胡為，卻憎恨別人批評自己；他們行為惡劣，卻想讓別人稱讚自己賢良；心像虎狼一樣兇狠，行為像野獸一樣殘忍，卻厭惡別人把自己視為禍害。親近阿諛奉承自己的人，疏遠直言規勸自己的人，把批評糾正自己錯誤的話當作是在譏笑自己，把規勸自己極其忠誠的話看作陷害自己，這樣的話，即使不想滅亡，可能嗎？

# 棄惡揚善

荀子曰：「人之性惡，其善者，偽也。」（語出《荀子・性惡》）人的本性是惡的，那些善的表現，是人的後天作為。

人性中有許多不美好的成分，如邪惡、殘暴、冷酷、奸詐、貪婪、嫉妒、狂傲……所以說，「人之性惡」也無可厚非。其實，人所需要做的不在於分清人的本性是善是惡，而在於如何棄惡揚善。

人的本性是善是惡，幾千年來爭論不休，至今未有定論。

告子曰：「人性之不分善與不善也，猶如水之無分於東西也。」告子的話不無道理，人只要敢於面對自己，就會發現人在某種意義上既是天使又是魔鬼。

孟子主張「人性本善」，即人與生俱來的本質是好的，只是後來受外物的蒙蔽而產生了邪惡之心。其實，孟子是從人的肯定性一面來鼓勵人、安慰人。

荀子主張「人性本惡」。荀子曰：「人之性惡，其善者，偽也。」人的本性是惡的，那些善的表現，是人的後天作為。

在《荀子．性惡》中，荀子有更詳細的論述。

荀子說：「古今天下所說的善，是指符合禮儀法度，遵守社會秩序；所說的惡，是指違背禮儀法度，不遵守社會秩序，這也就是善與惡的區別。人的本性怎麼能生來就是符合禮儀法度、遵守社會秩序的呢？如果是這樣的話，那又為什麼還要禮儀法度，還要有聖王來制定禮儀法度呢？人之所以想為善，正是因為人性本惡，就像缺乏資財的人嚮往豐厚，醜陋的人嚮往美麗一樣。現在人們努力學習禮儀法度，正是因為缺少它。人的本性不是美的，是生來好利的。假如兄弟之間分割財產，如果依著人貪財好利的本性的話，那麼兄弟之間也會相互爭奪；如果用禮儀道德來教化他們，就算是兩個陌生人也會相互退讓財利。由此看來，貪財好利並且希望得到財利，這才是人的本性啊！」

荀子所說的「惡」，是指人與生俱來的種種生理和心理的過度和無限制的欲望，人的欲望是無限的，其中包含了許多不美好的成分，因此稱「人性本惡」也無可厚非。其實，荀子是從人的否定性的一面來警醒人、鞭策人。

實際上，孟子的「人性本善」與荀子的「人性本惡」具有相同之處，即棄惡揚善。

沒有惡，就無所謂善；沒有善，亦無所謂惡。惡與善相比較而存在，相鬥爭而發展。正因為有惡的存在，人們才越加感受到善的可愛，從而激發人們積極向上、勇往直前地去追求真、善、美；同樣，正因為有善的存在，人們才越加感受到惡的可憎，從而激發人們毫不留情地去同假、惡、醜作鬥爭。

然而，直到今天，惡還未從人們身上退去，還在發生作用。因此，我們要隨時準備同心理的、生理的、行為的、物質的、精神的惡作鬥爭，做一個勇於正視惡而戰勝惡的強者，而絕不屈服於惡甘當惡的俘虜。

## 【知古通今】

洛克斐勒出身貧寒，在他創業初期，人們都誇他是個好青年。當黃金像貝斯比亞斯火山流出的岩漿似的流進他的金庫時，他變得貪婪、冷酷。賓夕法尼亞州油田地帶的居民深受其害。有的受害者做出他的木偶像，親手將「他」處以絞刑。無數充滿憎惡和詛咒的威脅信湧進他的辦公室。連他的兄弟也十分討厭他，而特意將兒子的遺骨從洛克斐勒家族的墓園遷到其他的地方。他說：「在洛克斐勒支配下的土地內，我的兒子也無法安眠。」

在洛克斐勒五十三歲時，疾病纏身，人變得像個木乃伊，醫生們向他宣告了一個可怕的事實：他必然在金錢、煩惱、生命三者中選擇其一。這時，他才開始省悟到是貪婪的魔鬼控制了他的身心。他聽從了醫生的勸告，退休回家，開始學打高爾夫球，上劇院去看喜劇，還常常跟鄰居閒聊。他經過一段時間的反省，開始考慮如何將巨大的財富捐給別人。

起初，這並不是一件容易的事，他捐給教會，教會不接受，說那是腐朽的金錢。但他不顧這些，繼續熱衷這一事業。他聽說密西根湖畔一家學校因資不抵債而被迫關閉，他立即捐出數百萬美元而促成當今國際知名的芝加哥大學的誕生。

洛克斐勒還創辦了不少福利事業，幫助黑人。

隨著時間的推移，人們漸漸地原諒了他，開始用另一種眼光來看他。他造福社會的「天使」行為，不但受到人們的尊敬和愛戴，還給他帶來用錢買不到的平靜、快樂、健康和長壽，他在五十三歲時已瀕臨死亡，結果卻以九十八歲高齡辭世。

## 點評：

多行善事，或許別人不會報答你的善舉，但至少不會給你帶來禍患。行善的人在心理上容易心安理得，幫助別人，自己也常處於快樂之中，這本身就是對你的善報。反之，多行惡事沒有不遭到報應的，這就是「多行不義必自斃」。

## 【延伸閱讀】

今人之性，生而有好利焉，順是，故爭奪生而辭讓亡焉；生而有疾惡焉，順是，故殘賊生而忠信亡焉；生而有耳目之欲有好聲色焉，順是，故淫亂生而禮義文理亡焉。然則，從人之性，順人之情，必出於爭奪，合於犯分亂理而歸於暴。故必將有師法之化，禮義之道，然後出於辭讓，合於文理，而歸於治。用此觀之，然則人之性惡明矣，其善者偽也。

——《荀子．性惡》

現在人的本性，生下來就是貪利的，順著這種本性，爭奪就會發生而謙讓就會喪失；人生下來就有嫉妒憎恨的本性，順著這種本性，就會出現傷害忠良的人，而忠誠信實就會喪失；人生下來就有耳目的欲望，就有對聲色的喜愛，順著這種天性，淫亂就會產生，而禮義制度就會喪失。因此，放縱人的本性，順著人的性情，必然引起爭奪，卻與違背等級名分，擾亂社會秩序相吻合，最終導致暴亂。所以必定要有君師法制的教化，禮義的引導，然後才會出現謙讓，才會與禮義秩序相吻合，最終達到社會安定。由此看來，人的本性是惡的，這是很明顯的，善是人後天的作為。

# 不被外物所支配

荀子曰：「傳曰：『君子役物，小人役於物。』」（語出《荀子．修身》）古語曾說：「君子能支配身外之物，小人被身外之物支配。」人應該是自己需要的主人，是自己欲求之物的主人。但如果人貪得無厭、欲壑難填，就會被身外之物所奴役，甚至因此招致災禍。

荀子說：「貪財好利並且希望得到財利，這是人的本性。」又說：「資財缺乏的嚮往豐厚，醜陋的嚮往美麗，狹小的嚮往寬大，貧窮的嚮往富足，低賤的嚮往高貴，如果本身不具備，必然要追求擁有。」

追求擁有，而沒有一個終點，就容易被外物所奴役。

所以，荀子借用古語中的一句話說：「君子役物，小人役於物。」之所以如此，終因一個「貪」字在作怪。貪無止境，會給自己帶來災禍；反之，不貪婪，就不會有危害。

荀子告誡我們，人的欲望是無盡的，過分的欲望便是貪婪。人一旦貪心過重，就會心術不正，就會被貪欲所圍，離開事物本來之理去行事，就會將事情做壞做絕，大禍也就隨之而來。所以，我們必須摒棄貪婪之心。

## 樹立正確的價值觀

一個人首先要培養正確的價值觀，一個有正確價值觀的人，必然是一個有著自我約束力的人，同時他也就知道自己需要什麼，不需要什麼。其次，要培養正確的判斷力。一個有正確判斷力的人，懂得什麼是美，什麼是醜；什麼是善，什麼是惡。相應地，他也就懂得努力去追求美與善，而盡可能拋棄醜與惡，這樣自然就避免了貪婪。

## 選擇淡泊

人都有欲望，貧窮的人想變得富有，低賤的人想變得高貴，默默無聞的人想變得舉世聞名，沒有受過讚譽的人想得到榮譽，這本無可厚非，但問題在於不管追求什麼總要適可而止。世界上，美好的東西實在太多，我們總是希望得到盡可能多的東西，其實欲望太多，反而會成為累贅，還有什麼比擁有淡泊的心胸，更能讓人充實滿足的呢？選擇淡泊，便能摒棄貪婪。

## 知足常樂

知足，並不是指對美好的生活失去信心和追求，而是維持心理的平衡，保持心情的寧靜，在物質享受上不至於過分奢侈，量體裁衣，一切量力而為。知足，能使人將有限的精力投入到事業中去；知足，才能常樂。

荀子曰：「志意修則驕寶貴矣，道義重則輕王公矣；內省則外物輕矣。」思想意志美好就會傲視寶貴，道義深厚就會輕視王公貴族；重視內心的道德修養就會看輕身外之物。

荀子提醒我們，摒棄貪婪，不為外物所支配，強調以自律來實現自我節制，注重內心的道德修養，杜絕並摒棄貪得無厭的欲望，從而維持自己的高潔人品，增長智慧。像這樣的人，就是君子了。

## 【知古通今】

春秋時，晉國有一個當權的貴族叫智伯。他名叫智伯，其實一點也不聰明，相反，卻是個蠻橫、貪婪的人。他自己有很大一塊封地，卻不知足。有一次，他平白無故地向魏宣子索要土地。

魏宣子也是晉國的一個貴族，他很討厭智伯的這種行為，不肯給他土地。魏宣子有一個門客叫任章，很有心計。任章對魏宣子說：「您不如給智伯土地。」

魏宣子不理解，問：「我憑什麼白白地送給他土地呢？」

任章回答說：「智伯無理求地，一定會引起其他人的恐懼，貴族們都會討厭他；他如此利欲薰心，一定會不知滿足，到處伸手，這樣便會引起整個天下的憂慮。您給了他土地，他就會更加驕橫起來，以為別人都怕他，他也就更加輕視他的對手，而更肆無忌憚地騷擾別人。那麼其他人就會因為害怕他、討厭他而聯合起來對付他，那他便不能這樣長久下去了。」

任章說到這裡，頓了一下，見魏宣子點頭稱是，便又接著說：「《周書》上說，『將要打敗他，一定要暫且給他一點幫助；將要奪取他，一定要暫且給他一點甜頭』，說的就是這個道理。所以，我說，您還不如給他一點土地，讓他更驕橫起來。何況，您現在不給他土地，他就會把您當作他的靶子，向您發動進攻。您還不如讓天下人都與他為敵，他便成了眾矢之的。」

魏宣子非常高興，立刻改變了主意，割讓了一塊土地給智伯。

智伯嘗到了不勞而獲的甜頭，接著，便伸手向另一個貴族索要土地。貴族不答應，他便派兵攻打他，包圍了貴族所在的城池。這時，魏宣子與其他貴族聯合起來，趁機從外面攻打智伯。裡應外合，內外夾擊，智伯便滅亡了。

## 點評：

人一旦貪心過重，就什麼事情也辦不好，受貪欲的影響，總是奢望自己能夠多占多得、不勞而獲，稍不如意，便氣恨不已，只看到眼前的利益，有損人格不說，同時也會失去長遠的利益。

## 【延伸閱讀】

**志意修則驕寶貴矣，道義重則輕王公矣；內省則外物輕矣。傳曰：「君子役物，小人役於物。」此之胃矣。**

——《荀子．修身》

思想意志美好就會傲視寶貴，道義深厚就會輕視王公貴族；重視內心的思想修養就會看輕身外之物。古語曾說：「君子支配身外之物，小人被身外之物支配。」說的就是這種情況。

**所賤於桀、跖、小人者，從其性，順其情，安恣睢，以出乎貪利爭奪。**

——《荀子．性惡》

人們之所以鄙視桀、跖那樣的小人，正是因為他們放縱自己本性，依順自己情欲，任意胡作非為，因而表現出貪利和爭奪。

荀子曰：「志意修則驕寶貴矣，道義重則輕王公矣。」思想意志美好就會傲視寶貴，道義深厚就會輕視王公貴族。

荀子十分注重內在品德修養，認為只有重視品德修養，才能看輕外物，而不為外物所奴役。

# 專心致志才能成功

荀子曰：「目不能兩視而明，耳不能兩聽而聰。」（語出《荀子．勸學》）眼睛不能同時看清楚兩種東西，耳朵不能同時聽清楚兩種聲音。不管做什麼事，沒有堅定的信仰，朝三暮四，變化無常，其結果只能是一事無成、徒勞無功。

荀子曰：「目不能兩視而明，耳不能兩聽而聰。」

意思是說，眼睛不能同時看清楚兩種東西，耳朵不能同時聽清楚兩種聲音。唯有聚精會神地專注於一件事情，專心致志地去努力，才有獲得成功的機會。

在〈勸學〉中，荀子分別從求學與做事的角度說明了這一點：

求學需要專心致志

荀子曰：「無冥冥之志者，無昭昭之明。」沒有專心致志的思想，就不能洞明事理。

在荀子看來，求學需要專心致志，不能分心過多，否則再怎麼勤奮學習也不可能學好。

然而，生活中就是有這樣一些人，他們今天學習書法，明天學習音樂，一會兒覺得哲學智慧高深，一會兒又覺得數學思路明晰。然而，在每一種學問上都如蜻蜓點水，淺嘗輒止。樣樣都知道一點，卻又都知之不深。看似知識淵博，其實術業不專，學問不精，絲毫不值得恭維。

讀書學習，追求博學是一件好事，但是一定要注意學一門要精一門，專心致志，才能探究到深刻精妙的境界。

## 做事需要專心致志

荀子曰：「無惛惛之事者，無赫赫之功。」沒有埋頭苦幹的精神，就沒有顯赫的功績。

在荀子看來，做事的道理與求學的道理相同，要想成就一番事業，就必須專心致志。

然而，有些人卻急於求成，急功近利，不專注於自己的目標，卻關心著別人的成功，不量體裁衣，卻人云亦云，今天做點這個，明天做點那個，到頭來，只能一事無成。

荀子提醒我們，不必為自己沒有超人的智慧和才華而煩惱，因為，你只要執著於一個目標，專心致志地前行，也一樣會取得成功。

其實，世界上許多成大事者都是一些資質平平的人，而不是才智超群、多才多藝的人。因為，那些看似愚鈍的人有一種頑強的毅力；有一種在任何情況下都堅如磐石的決心；有一種不受任何誘惑，不偏離自己既定目標的專注力。正是這種專心致志的精神使平庸者最終獲得成功，而所謂的聰明人恰恰缺乏這種專心致志的精神而最終導致失敗。

實際上，一個人的時間有限，資源有限，能力有限，想要樣樣都精，門門都通，絕不可能辦到。如果想在某一方面做出什麼成就，就一定要牢記荀子的教誨——專心致志，這樣才有可能獲得成功。

## 【知古通今】

西晉武帝司馬炎太康年間，都城洛陽的人們爭著買紙。原來有一個叫左思的青年人，寫了著名的〈三都賦〉，人們被〈三都賦〉華美的詞句，賦中所描寫的迷人景物所打動，紛紛傳抄。古代紙全是手工生產，數量十分有限，由於許多人搶著買紙抄賦，紙價飛漲，販賣紙張的商人都發了財。成語「洛陽紙貴」就是這樣來的。

左思並非生自名門顯貴之家，母親早亡，父親左熹原來是一個小吏，以後升為太原相、弋陽太守，他非常期望兒子成人後能光宗耀祖，所以對左思著意培養。可是，左思幼年時不很聰明，學過書法、音樂和兵書，都沒有什麼成就。他父親對他很失望，認為他沒有什麼出息了。一次，家中有客來訪，父親對客人說：「一代不如一代，我兒現在尚不如我年輕時，恐日後也難有作為。」這話對左思刺激很大，他暗下決心，一定要做出一番事業來。於是，埋頭苦讀，放棄雜念，時刻想著「不鳴則已，一鳴驚人」。

左思是臨淄人，這裡過去是齊國的都城，他用一年的時間寫成〈齊都賦〉，拿出來給親友們看，大家都說好。初次的成功，使左思信心倍增，立志要寫出更好的作品來。當時，西晉滅吳不久，鄴、成都、建業是三國鼎立時魏、蜀、吳三國的都城，還遺留著當年的繁華與興盛。左思受班固〈兩都賦〉、張衡〈西京賦〉的啟發，以鄴、成都、建業為素材，創作出〈三都賦〉。

西元二七二年，晉武帝聽說左思的妹妹左蔡是一個舉世無雙的女才子，把她召進宮去封為修儀。左思在妹妹進宮後，也把家搬到京城洛陽。他決心寫好〈三都賦〉，但又感到自己所見所聞不博，便向晉武帝提出，請求做一名管理圖書和著作事務的祕書郎，晉武帝答應了。這樣，凡是宮中收藏的有關這三個都城的圖籍和資料，他都能盡情閱讀。

左思一心想著如何寫好〈三都賦〉，他不但趴在書案上想，吃飯喝茶時想，而且走路散步，甚至在夢中也想。他在飯桌、床頭、廁所以及亭園樓台邊，都放著筆墨紙硯。只要想出一個妙詞好句，就趕緊記下來。吃飯時想到，把碗筷放下來改寫；夢中想到，就起身點燈修改。這樣，洋洋灑灑一萬餘言的〈三都賦〉，歷經十個寒來暑往，終於寫成了。

〈三都賦〉是由〈蜀都賦〉、〈吳都賦〉和〈魏都賦〉三篇獨立而又相連結的賦組成。賦中有三個假設人物：東吳王孫、西蜀公子、魏國先生，透過他們三人之間的傾訴，寫出三個名都的概況、歷史、特產、風土人情和各自的政治、軍事、經濟、文化概貌。全賦辭藻壯麗，文句優美，陳鋪山水物產，皆富麗堂皇，堪稱鴻篇巨製。

〈三都賦〉開始問世，當時並沒有引起人們的重視。於是左思找到著名的學者皇甫謐去品題。皇甫謐閱讀後擊掌叫好，欣然作序。著作郎張載、中書郎劉逵分別為〈三都賦〉作了注解。這樣一來，〈三都賦〉立即蜚聲文壇。司空張華讚歎說：「此賦可以與班固的〈兩都賦〉、張衡的〈西京賦〉相媲美，讀之後餘韻無窮，時間久了體會更新。」經張華這麼一說，豪家貴室競相傳抄〈三都賦〉，於是洛陽紙貴。左思十年的辛苦創作，終於得到了承認。

**點評：**

朝三暮四，為了既得的眼前利益，盲目改變自己人生的方向，跳來跳去，得到的只是一點蠅頭小利，失去的卻是做人的意志與尊嚴。左思十年終成名賦，正是他專心致志、不懈努力的結果。

## 【延伸閱讀】

無冥冥之志者，無昭昭之明；無惛惛之事者，無赫赫之功。行衢道者不至，事兩君者不容。目不能兩視而明，耳不能兩聽而聰。蛇無足而飛，鼠五技而窮。《詩》曰：「尸鳩在桑，其子七兮；淑人君子，其儀一兮；其儀一兮，心如結兮。」故君子結於一也。

——《荀子．勸學》

沒有專心致志的思想，就不能洞明事理；沒有埋頭苦幹的精神，就沒有顯赫的功績。徘徊歧路的人，到不了目的地；同時侍奉兩個國君的人，不會被兩個國君所容納。眼睛不能同時看清楚兩種東西，耳朵不能同時聽清楚兩種聲音。蛇沒有腳卻能飛行，鼠有五種生存技能卻陷入困窘。《詩經》說：「布穀鳥在桑樹上築巢，不停地哺育牠的七隻幼鳥。那些善人和君子呀，執義如一，處事公正。執義如一，處事公正，專心一致，堅定不移。」因此，君子的思想應做到專一。

釣魚需要專心致志，同樣，做任何事情都要專心致志。

荀子曰：「無冥冥之志者，無昭昭之明；無惛惛之事者，無赫赫之功。」沒有專心致志的狀態，就不能洞明事理；沒有埋頭苦幹的精神，就沒有顯赫的功績。

# 貧而志廣，富而體恭

荀子曰：「君子貧窮而志廣，富貴而體恭。」（語出《荀子．修身》）

君子即使窮困潦倒但志向遠大，即使榮華富貴但謙恭有禮。

人窮了，就容易志短，貧而志廣的人，是君子；人富了，就容易驕橫，富而不驕的人，亦是君子。

俗語云：「人窮志短，馬瘦毛長。」人一貧窮，自覺底氣不足，見了有錢有勢的人，往往覺得低人一等。

但是，荀子卻說：「君子貧窮而志廣。」君子即使窮困潦倒但志向遠大。換言之，真正有遠大志向的人，是不會因為貧窮而改變的。

關於「貧而志廣」，荀子非常讚賞原憲，他曾不止一次為他的弟子講原憲的故事，以激勵他們。

春秋時，原憲住在魯國，一丈見方的房子，蓋著茅草；用桑枝做門框，用蓬草做成門；用破甕做窗戶，用破布隔成兩間；屋頂漏雨，地面潮濕，他卻端坐在那裡彈琴。

子貢駕著馬車，穿著白大褂，紫紅的裡子，小巷子容不下高大的馬車，他便走著去見原憲。

原憲戴頂破帽子，穿著破鞋，倚著藜杖在門口與子貢交談。

子貢見原憲落魄的樣子，便笑著問：「呵！先生生了什麼病嗎？」

原憲回答說：「我聽說，沒有錢叫做貧，有學識而無用武之地叫做病，現在我是貧，不是病。」

子貢聽後，臉上露出羞愧的表情。

荀子告誡韓非、李斯等弟子，子貢自以為了不起，聽了原憲對於貧窮的看法，使他羞愧不已。因為他自己實際上有病——心病，不能從高層次看待貧窮的問題，也忍受不了貧窮的生活，更不理解原憲處於窮困之中卻胸懷大志。

荀子認為，貧窮並不可怕，可怕的是「貧而無志」，也就是，沒有遠大志向，精神上的貧窮才是真正的貧窮。

事實也的確如此，對一個人來說，可怕的不是貧窮，而是自己對貧窮的妥協，志向的喪失。一個人如果沒有志向這個「擎天柱」的支撐，其靈魂大廈必將會面臨倒塌，他也就會隨之胡思亂想，更可怕的是因此而走上邪路，那麼，他將永無翻身之日，永遠處於貧窮之中。

在荀子看來，「貧窮而志廣」固然可貴，但「寶貴而體恭」也不失為君子的風範。

人富貴了，就容易產生驕橫之心，富而不驕的人，真的很少，主要是因為人不能隱藏富貴，總想著顯富，而得到一種心理上的滿足。

殊不知，因富而驕，不可一世，恃財欺人，往往會引發怨恨，招致禍端。再者，也易引起他人的妒嫉，或是壞人的覬覦，產生劫富之心。

其實，富貴本身並沒有錯，錯就錯在富貴而不能謙恭有禮。富貴者要克制自己的驕橫、貪欲，做到富而好禮、富而仁義。這樣，就不會有什麼過錯了。

## 【知古通今】

沈萬三是明朝初年一個著名的大富翁，他原名沈富。

沈萬三竭力向剛剛建立的明王朝表示自己的忠誠，拚命地向新政權輸銀納糧，討好朱元璋，想給他留個好印象。朱元璋不知是想捉弄捉弄沈萬三呢，還是真想利用這個巨富的財力，曾經下令要沈萬三出錢修築金陵的城牆。沈萬三負責的是從洪武門到水西門一段，占金陵城牆總工程量的三分之一。可沈萬三不僅按照品質提前完工，而且還提出由他出錢犒賞士兵。

沈萬三這樣做，本來也是想討好朱元璋，但沒想到弄巧成拙。朱元璋一聽，當下火了，他說：「朕有雄師百萬，你能犒賞得了嗎？」

沈萬三沒聽出來朱元璋的話外之音，面對如此詰難，他居然毫無難色，表示：「即使如此，我依然可以犒賞每位將士銀子一兩。」

朱元璋聽了大吃一驚。在與張士誠、陳友諒、方國珍等武裝割據集團爭奪天下時，朱元璋就曾經由於江南豪富支持敵對勢力而吃盡苦頭。現在雖已立國，但國強不如民富，這使朱元璋不能容忍。如今沈萬三竟敢僭越，想替天子犒軍，但他沒將怒意馬上表露出來，只是沉默了一會兒，冷冷地說：「軍隊朕自會犒賞，這事你就不必操心了。」

朱元璋決定治治這沈萬三的驕橫之氣。

一天，沈萬三又來大獻殷勤，朱元璋給了他一文錢。朱元璋說：「這一文錢是朕的本錢，你給我去放債。只以一個月作為期限，初二日起至三十日止，每天取一對合。」所謂「對合」是指利息與本錢相等。也就是說，朱元璋要求每天的利息為百分之百分，而且是利上滾利。

沈萬三雖然滿身珠光寶氣，但腹內空空，財力有餘，智慧不足。他心想這有何難！第二天本利兩文，第三天四文，第四天才八文嘛。區區小數，何足掛齒！於是沈萬三非常高興地接受了任務。可是，他回到家裡再一細算，沈萬三不由得傻眼了：雖然到第十天本利總共也不過五百一十二文，可到第二十天就成了五十二點四二八八萬文，而第三十天也就是最後一天，總數竟高達五億多文，要交出五億多文錢，沈萬三只能傾家蕩產了。

後來，沈萬三果然傾家蕩產，朱元璋下令將沈家龐大的財產全數抄沒後，又下旨將沈萬三全家流放到雲南邊地。

**點評：**

有錢，所以氣壯；有錢，所以自以為有誇耀的資本，這是富而驕橫的一種表現。沈萬三意欲討皇上歡心，自誇豪富，結果適得其反。因此，我們必須明白：富不能顯，富不能誇，為富要自持，為富有謙恭，這才是長久保持富貴的道理。

## 【延伸閱讀】

**良農不為水旱不耕，良賈不為折閱不市，士君子不為貧窮怠乎道。**

——《荀子．修身》

好的農民不會因為水澇乾旱而不耕種，好的商人不會因為虧本而不到市場經商，士人和君子不會因為貧窮而不遵守道義。

**君子之求利也略，其遠思也早，其避辱也懼，其行道理也勇。**

——《荀子．修身》

君子對謀求私利很淡泊，他對問題的思考有預見，他謹慎小心地避開災禍，他會勇敢地去做合乎道理的事情。

**君子貧窮而志廣，隆仁也；富貴而體恭，殺勢也。**

——《荀子．修身》

君子即使窮困潦倒但志向遠大，這是因為崇尚仁愛；君子即使榮華富貴但謙恭有禮，這是因為不以勢凌人。

荀子曰：「君子貧窮而志廣。」君子即使貧困潦倒但志向遠大。其實，物質上的貧窮並不可怕，可怕的是精神上的貧窮。只要敢於面對貧窮、挑戰貧窮，就一定能戰勝貧窮。

# 揚長避短易獲成功

荀子曰：「無用吾之所短，遇人之所長。」（語出《荀子・大略》）不要用自己的短處，去應對別人的長處。

能夠利用自己的長處，避免自己的短處，善於變化，充分發揮自己的聰明才智，使自己處於有利地位，就容易獲得成功。

荀子曰：「無用吾之所短，遇人之所長，故塞而避所短，移而從所長。」

意思是說，不要用自己的短處，去應對別人的長處。所以，遇到阻礙時就要迴避自己的短處，一有舉動，就要盡量發揮自己的長處。

揚長避短，即發揚長處，避開短處，是取得成功的較好方法。

「田忌賽馬」的故事是最好的例證之一。

有一天，齊王要田忌和他賽馬，規定每個人從自己的上、中、下三等馬中各選一匹來賽，並約定，每有一匹馬取勝可獲千兩黃金，每有一匹馬落後要付千兩黃金。當時，齊王的每一等次的馬比田忌同等次的馬都要強，因此，如果田忌用自己的馬與齊王同等次的馬比，則田忌必敗無疑。但是結果田忌並沒有輸，反而贏了一千兩黃金。這是怎麼回事呢？原來，在賽馬之前，田忌的謀士孫臏給他出了一個主意，讓田忌用自己的下等馬與齊王的上等馬比，用自己的上等馬與齊王的中等馬比，用自己的中等馬與齊王的下等馬比。田忌的下等馬當然會輸，但是上等馬和中等馬都贏了。

還是同樣的馬匹，由於調換了一個比賽的出場順序，就取得了轉敗為勝的結果。之所以如此，正是因為田忌運用了揚長避短的策略。

我們每個人都有自己的短處，也都有別人不具備的長處。充分發揮自己的長處，就容易取得成功。即使是能力不強，或者智力、體力上有缺陷的人，也有他人所不及的長處，一樣可以透過努力獲取成就。

然而令人惋惜的是，生活中有這樣一種人，他們往往沒有將自己的才幹發揮在他們能做得最好的工作上，而是將他們的才幹用錯了地方。這也就是為什麼許多人本應獲取成功，而實際上卻碌碌無為的原因。

如果撇開了自己最擅長的工作不做，便等於拋棄了自己所擁有的最重要的競爭優勢。在別的工作上，即使自己努力克服弱點，至多也不過使自己得到一個「業餘專家」的美稱。

荀子並不贊成這樣做，他主張在自己擅長的領域中力求專精。由此就要求我們注意以下幾點：認清自己真正的才能；以自己最擅長的方面為基礎，去謀求最佳的發展；不斷學習，不斷吸收新的知識，與時俱進，充實和提高自己。

## 【知古通今】

加拿大有個人叫瓊尼．馬汶。他的父母都是從事體力勞動的，他們縮衣節食，想送兒子上大學。馬汶唸到高中二年級時，所有的人都發現他的智力明顯低於其他的同學。雖然他用了幾倍的努力去學習功課，卻仍是跟不上大家的進度。老師研究了他的情況後，明確地指出了他的弱點，讓他明白，學習這些知識，對他已經不適合了，再堅持下去，可能只會白白浪費時間。

馬汶想到父母寄於他身上的希望，感到很傷心。然而他明白這是事實，於是他沒有繼續上學。他嘗試過許多工作，但他的低智商注定了他在許多工作中都無法做得跟常人一樣。他也很難找到一個適合自己的職業，更不用想如何取得事業上的成就了。後來，他只好去幫人家修剪花草，整理花圃。恰恰是在他不留心的地方，表現出了他的特長。他照料的花草長得出奇地繁茂美麗，他幫人布置的花圃，有別具一格的藝術性。

有一次，馬汶從市政廳後門經過，他看到路邊有一塊堆滿垃圾的場地。他向市政廳建議，讓他來把這塊空地改建成花園，而且不要政府的任何費用。

不久，市政廳的後邊出現了一個美麗的小花園，蔥綠的草坪，彎曲的小路，幽靜的樹蔭和整齊的叢林，大家都驚奇地發現了一個勤勞而有才幹的園藝師。

經過二十多年的努力，瓊尼·馬汶終於成為加拿大著名的園藝師。他的低智商注定了他不能學會力學、微積分等方面的知識，不能上大學，可是他最終使自己成了一名優秀的園藝師，同樣地使年邁的父母為他感到驕傲。

**點評：**

毫無疑問，人的先天條件是有差別的，有的人天資聰穎，有的人天生反應遲緩；有的人用一小時就能學會的知識，對另一些人也許花一天也學不會。要承認這種先天的差別。一個人越早發現和正確判斷自己能力的水準，就越能找到自己所處的最佳位置。及早做出正確判斷，把精力用於其他方面，也許能成為某個領域的佼佼者。

## 【延伸閱讀】

**無用吾之所短，遇人之所長，故塞而避所短，移而從所長。**

——《荀子・大略》

不要用自己的短處，去應對別人的長處。所以，遇到阻礙時就要迴避自己的短處，一有舉動，就要盡量發揮自己的長處。

# 與時屈伸的處世之道

荀子曰：「君子與時屈伸，柔從若蒲葦，非懾怯也。」（語出《荀子．不苟》）君子適應時勢能屈能伸，柔順得像蒲葦一樣，這不是出於膽小怕事。

一個人聰明能幹，在環境好的情況下，可以盡情發揮；可在環境惡劣時，如果聰明過分顯露，就可能招致災禍。環境惡劣時，應該將聰明隱藏起來，從而有效地保護自己，減小外界的阻力，不露聲色地做些踏踏實實的事情。

荀子十分讚賞寧武子，認為他那種聰明的表現別人還能做到，而他在亂世中為人處世的那種包藏心機的愚笨表現則是別人難以做到的。

寧武子是春秋時衛國有名的大夫，姓寧，名俞，武是他的諡號。

寧武子經歷了衛國兩代的變動，由衛文公到衛成公，兩個朝代國家局勢完全不同，他卻安然做了兩朝元老。

衛文公時，國家安定，政治清明，他把自己的才智全都發揮了出來，是個智者。

衛成公時，政治黑暗，社會動亂，他仍然在朝中做官，卻表現得十分愚蠢魯鈍，好像什麼都不懂。但就在這愚笨外表的掩飾下，他為國家做了不少事情。

荀子曾不止一次讚歎寧武子的那種不惜裝愚來做利國利民之事的智慧。從這個意義上講，寧武子是不折不扣的為人處世的高手。

荀子曰：「君子與時屈伸，柔從若蒲葦，非懾怯也。」君子適應時勢能屈能伸，柔順得像蒲葦一樣，這不是出於膽小怕事。

人應根據時勢，需要屈時就屈，需要伸時就伸。屈於應當屈的時候，是智慧；伸於應當伸的時候，也是智慧。屈是保存力量，伸是光大力量；屈是隱匿自我，伸是高揚自我。屈伸之道是一種智者的處世智慧，沒有一定的修養是難以做到的。

當然，荀子提醒我們在惡劣的環境裡柔順得像蒲葦一樣，不是向環境屈服，不是真的渾渾噩噩，更不是改變自己的信念和操守，而是以退為進，以愚守智，不去做無謂的犧牲，不去授人以柄，而是麻痺對方，養精蓄銳，等待時機。

在現實生活中，大的政治環境、社會環境是正常的，清明的，但也難免遇到小環境不好的情況。比如，有的公司人際關係很複雜。在這種情況下，你不妨「愚鈍」一些，不去說三道四，不鋒芒畢露，不四處樹敵，不捲入人際關係的是非之中。如果實在不行，三十六計，走為上計。再如，生活中發現了壞人壞事，不要魯莽地硬碰硬，而是要冷靜以對，透過有利於保護自己的渠道與壞人壞事作鬥爭。

事實上，荀子並不是教我們耍詐，而是教我們在惡劣的環境中如何既堅持正義，又保護自己。

荀子借用《詩經》中的話總結說：「左之左之，君子宜之；右之右之，君子有之。」該向左就向左，君子能適應它；該向右就向右，君子也能適應它。荀子說，為人處世達到這樣的境界，也就掌握了與時屈伸的處世之道了。

## 【知古通今】

有一位圖資系的碩士研究生，被分到一家研究所工作，從事標準化文獻的分類編目工作。他認為自己是學這個的，自認為比那些原班人馬懂得多，剛上班時，主管也擺出一副「請提意見」的派頭，這種氣度讓他受寵若驚，於是工作伊始，他便提出了不少意見，上至主管的工作作風與方法，下至工作程序、機制與發展規劃，都一一綜列了現存的問題與弊端，提出了周詳的改進意見，主管點頭稱是，群眾也不反駁。

可結果呢，不但沒有一點改變，他反倒成了一個處處惹人嫌的人，他被掌握實權的某個主管視為狂妄、驕傲乃至神經病，一年多竟沒有安排他具體做什麼大事，都是做無關緊要的瑣碎小事。

後來，一位同情他的老太太悄悄對他說：「小劉哇，我當初也同你一樣，使我一輩子抬不起頭，你還是換個單位吧，在這裡你把所有的人都得罪了，別想有出息。」

於是，這位研究生只好炒主管的魷魚，跳槽了。

臨走時，主管拍著他的肩膀說：「太可惜了！我真不想讓你走，還準備培養你當我的接班人哩！」那位研究生一邊玩味著「太可惜」三個字，一邊苦笑著離開了。

**點評：**

大巧若拙，大勇若怯，為人處世善於隱藏者，比之鋒芒畢露者，不知高明多少倍。故事中的青年，正是由於不懂得屈伸之道，才忘記了謙遜和隱藏鋒芒，最終自己害了自己。

**【延伸閱讀】**

君子崇人之德，揚人之美，非諂諛也；正義直指，舉人之過，非毀疵也；言己之光美，擬於舜、禹，參於天地，非誇誕也；與時屈伸，柔從若蒲葦，非懾怯也；剛強猛毅，靡所不信，非驕暴也。以義變應，知當曲

**直故也。**

——《荀子．不苟》

君子推崇他人的德行，讚揚他人的美德，這不是出於阿諛奉承；公正地、坦率地指出他人的錯誤，這不是出於誹謗和挑剔；客觀地、中肯地表白自己光明磊落，與虞舜夏禹相比擬，與蒼天大地相參合，這不是出於虛誇狂妄；適應時勢能屈能伸，柔順得像蒲葦一樣，這不是出於膽小怕事；剛強、勇敢而又堅毅，沒有能使他屈服的時候，這不是出於驕橫殘暴。這是由於君子依照禮義適應時勢變化，懂得是非曲直的緣故。

**《詩》曰：「左之左之，君子宜之；右之右之，君子有之。」此言君子能以義屈信，變應故也。**

——《荀子．不苟》

《詩經》中說：「該向左就向左，君子能適應它；該向右就向右，君子也能適應它。」這裡所說的就是君子能依禮義屈伸進退，隨機應變。

# 培養溫和敦厚的品德

荀子曰：「《詩》曰：『溫溫恭人，維德之基。』」（語出《荀子．君道》）《詩經．大雅．抑》中說：「溫柔敦厚，是道德的根本和基礎。」溫柔，溫和柔順；敦厚，樸實厚道。溫柔敦厚，原指態度溫和、樸實厚道，後也泛指待人溫和厚道。溫柔敦厚是我們每一個人都應具備的品德。

早在《詩經》、《尚書》、《論語》等先秦典籍中，就有關於君子溫柔敦厚品德的論述。

荀子繼承了這一思想，認為溫柔敦厚是君子人格的主要特徵。荀子在說明天子的品格和作為時，就曾引用《詩經．大雅．抑》中的話：「《詩》曰：『溫溫恭人，維德之基。』」認為溫柔敦厚，是道德的根本和基礎。

在荀子看來，作為道德和理想人格的一個重要標準，君子應該將溫柔敦厚作為自己的內在特質。

那麼，溫柔敦厚的品德又是怎樣的呢？

荀子在〈不苟〉中說：「君子寬而不僈，廉而不劌，辯而不爭，察而不激，直立而不勝，堅強而不暴，柔從而不流，恭敬謹慎而容。」

意思是說，君子寬和卻不怠慢，有稜角卻不刺傷人，善於論辯卻不強辭奪理，明察卻不偏激，正直卻不盛氣凌人，堅強卻不殘暴，溫順卻不隨波逐流，恭敬謹慎卻大度。

荀子在〈不苟〉中又說：「君子大心則敬天而道，小心則畏義而節；知則明通而類，愚則端慤而法；見由則恭而止，見閉則敬而齊；喜則和而理，憂則靜而違；通則文而明，窮則約而詳。」

也就是說，君子志向遠大時就要順應天地的自然規律，志向小的時候就要謹慎地遵守禮義的約束；聰明而且處事精明觸類旁通，愚笨就能端正忠厚而且守法；受到重用就能做到謹慎地進退，不被重用就會遵守禮義而且自愛；高興時能和順而且守禮義，憂愁時能默默地迴避；顯達時談吐高雅而且精明，窮困時能語言簡約而詳盡。

荀子認為，在順境時，君子能恭恭敬敬而不輕舉妄動；在逆境中，君子能警惕莊重，恬靜守理。

荀子還指出，君子應該愛憎分明，即「隆師而親友，以致惡其賊」，應該光明磊落，錚錚鐵骨，即「君子崇人之德，揚人之美，非諂諛也；正義直指，舉人之過，非毀疵也……剛強猛毅，靡所不信，非驕暴也。」

此外，荀子認為，君子能夠「與時屈伸，柔以若蒲葦」，能夠兼收並蓄，「君子賢而能容罷，知而能容愚，博而能容淺，粹而能容雜。」

總之，做人必須培養自己溫和敦厚的品德。具備了這一品德，才能在順境、逆境之中沒有憂愁·；才能凡事順利沒有阻礙·；才能一生幸福沒有災禍。

## 【知古通今】

西元一八三五年，摩根先生成為一家名叫「伊特納火災」的小保險公司的股東，因為這家公司不用馬上拿出現金，只需在股東名冊上簽上名字就可成為股東。這正符合當時摩根先生沒有現金卻想獲得收益的情況。很快，有一家在伊特納火災保險公司投保的客戶發生了火災。按照規定，如果完全付清賠償金，保險公司就會破產。股東們一個個驚慌失措，紛紛要求退股。

摩根先生斟酌再三，認為自己的信譽比金錢更重要，他四處籌款並賣掉了自己的住房，低價收購了所有要求退股的股份。然後他將賠償金如數付給了投保的客戶。一時間，伊特納火災保險公司聲名鵲起。已經身無分文的摩根先生成為保險公司的所有者，但保險公司已經瀕臨破產。無奈之中他打出廣告，凡是再到伊特納火災保險公司投保的客戶，保險金一律加倍收取。

不料客戶很快蜂擁而至。原來在很多人的心目中，伊特納火災保險公司是最講信譽的保險公司，這一點使它比許多有名的大保險公司更受歡迎。伊特納火災保險公司從此崛起。

許多年後，摩根成了美國華爾街的金融大亨。

**點評：**

成就摩根家族的並不僅僅是一場火災，而是比金錢更寶貴的信譽。信譽是純樸厚道之人自然的表現之一。純樸厚道是一個人寶貴的德行。純樸厚道的人會得到別人的信任，純樸厚道的人少有災難，即使遇到了不可抗拒的災害，他也會因為自己的純樸厚道而遇難呈祥。

**【延伸閱讀】**

君子之學也，入乎耳，箸乎心。

——《荀子．勸學》

君子的學習，把學到的知識輸入耳中，記在心中。

**君子行不貴苟難，說不貴苟察，名不貴苟傳，唯其當之為貴。**

——《荀子．不苟》

君子的行為不以不符合禮儀的難事為貴，學說不以不符合禮儀的言論為貴，名聲不以不符合禮儀的流傳為貴，而只以他的行為、學說、名聲合乎禮儀為貴。

荀子曰：「君子寬而不僈，廉而不劌，辯而不爭，察而不激，直立而不勝，堅強而不暴，柔從而不流，恭敬謹慎而容。」

君子寬和卻不怠慢，有稜角卻不刺傷人，善於論辯卻不強辭奪理，明察卻不偏激，正直卻不盛氣凌人，堅強卻不殘暴，溫順卻不隨波逐流，恭敬謹慎卻大度。

# 不憑自己的好惡行事

荀子曰：「《書》曰：『無有作好，遵王之道；無有作惡，遵王之路。』」（語出《荀子．修身》）《尚書．洪範》中說：「不憑自己的愛好行事，要按君王制定的禮法去做；不憑自己的憎惡行事，要按君王制定的禮法去做。」

我們應懂得控制自己的七情六欲，不憑自己的好惡行事。否則，憑自己的愛好行事，容易玩物喪志，甚至淪喪道德；憑自己的憎惡行事，容易被人怨恨，甚至招致災禍。

荀子曰：「君子之能以公義勝私欲也。」君子能用公義戰勝私欲。

那麼，君子是如何做的呢？

荀子借用《尚書．洪範》中的一句話說：「不憑自己的愛好行事，要按君王制定的禮法去做；不憑自己的憎惡行事，要按君王制定的禮法去做。」

**不憑自己的愛好行事**

古人云：「好酒好財好琴好笛好馬好鵝好鍛好屐，凡此眾好，各有一失。」即嗜好酒、財、琴、笛、馬、鵝、鍛造、鞋子等，愛好這些的人，都有所失。

人皆有愛好，愛好有低俗和高雅之分。低俗的愛好，如好酒、好財、好色等；高雅的愛好，如好琴、好笛、好棋等。低俗的愛好會給自己帶來災禍，這很容易理解。而高雅的愛好為什麼會給自己帶來損失呢？原因在於玩物喪志。

例如：鶴本是一種珍禽，牠形態高潔，鳴聲清越，一直是福壽的象徵，也為歷代名人雅士所喜愛。春秋時，衛國國君衛懿公愛鶴，本不失為一種高雅的行為，但作為一國之君，他愛鶴甚於愛民，是非不分，人物兩忘，乃至於政務廢弛，民眾離心，最後竟導致亡國喪身。可見，再高雅的愛好，若愛之過甚，也會招來災禍。

愛好本身並不是壞事，壞就壞在愛好過了頭，失去了分寸，甚至沉醉其中，走火入魔。不憑自己的愛好行事，即要理智地對待自己的愛好，做自己愛好的主人，而不被自己的愛好所奴役。

## 不憑自己的憎惡行事

憎惡，常常是指憎惡某人。

我們憎惡一個人，或因其品行不端，有違我們認可的道德規範；或是觸犯了我們自身的利益，冒犯了我們。

古人云：「道不同不相為謀。」這是對的。但是，道不同則冷眼相對或老死不相往來，就有失厚道了。

吳國大將呂蒙年少時未讀過書，每陳大事，只有以口代筆。江夏太守蔡遺因此很看不起他，並經常在孫權面前說呂蒙的壞話。等到孫權要呂蒙推薦優秀官員時，呂蒙卻推薦了蔡遺。

呂蒙便是不憑自己的憎惡行事的典範，孫權說呂蒙不是一勇之夫，而是一個國士。

以公正之心憎惡他人的人，定是仁者；出於私心而憎惡他人的人，一定會被他人仇恨。

再者，即使你出於公正之心憎惡他人，也得注意分寸，如果憎惡過度，使他無地自容，迫不得已，他就會釀成大禍。如此說來，與其憎恨他人，倒不如原諒他、尊敬他。你今天對他表示善意，也就有可能免去他對許多人的傷害，更可能因此而影響他和改變他。

## 【知古通今】

三國時，有兩個人是孫權很不喜歡的。一個是張昭，一個是虞翻。孫權雖然不喜歡這兩個人，卻並不因此而抹殺他們的優點。在能發揮他們長處的時候，他立即想起他們，並把他們放到適當的位置上。

張昭性情剛硬，常常倚老賣老，當眾與孫權抗爭，「辭氣壯厲，義形於色」，使孫權下不了台。所以，一段時間孫權沒有讓他上朝。

一天，蜀國有使者來，當朝誇耀蜀國的功德，當時群臣之中卻沒有一個人能夠出來與他抗議爭辯的。於是孫權感嘆說：「如果張公在這裡，這人即使不屈服也會感到垂頭喪氣，哪裡還能自我誇耀呢？」第二天，孫權就派人慰問張昭，並親自請張昭入朝。

虞翻自恃有才，狂放不羈，屢次對孫權無禮。孫權忍無可忍，將他流放到交州。

後來，孫權派兵往遼東作戰，因海風襲擊，損傷嚴重。他很後悔這一決策，於是在命令中說：「古時趙簡子稱，諸君之唯唯諾諾，不如周舍的有話直說。虞翻忠貞正直，善於把想說的話說出來，是我國的周舍。如果他在這裡，就一定能說服我取消這次出征。」於是，孫權派人去交州慰問虞翻，並指示說，虞翻如果還活著，就讓他坐船回都城；如果虞翻已經逝世，就送喪回他家，讓他的兒子入朝為官。

## 點評：

孫權是有度量、能容人的人，不以一己之好惡而放棄人才。相比之下，現在的許多領導者，恐怕還不具備孫仲謀的這種雅量。

## 【延伸閱讀】

**行而供冀，非漬淖也；行而俯項，非擊戾也。偶視而先俯，非恐俱也。然夫士欲獨修其身，不以得罪於比俗之人也。**

——《荀子．修身》

走路時小心翼翼，並不是怕陷入泥淖；低著頭走路，並不是怕撞上什麼。兩人相對而視卻先低下頭去，並不是懼怕對方。這是因為有知識的士人想要修養自身品德，不去得罪世俗之人。

**老老，而壯者歸焉；不窮窮，而通者積焉；行乎冥冥而施乎無報，而賢、不肖一焉。人有此三行，雖有大過，無其不遂乎？**

——《荀子．修身》

尊敬老人，而青年、壯年就會來歸附；不輕視、侮辱處於困境中的人，而那些顯達的人就會聚攏來；暗中做好事而且不圖回報，而有才能的人和無才能的人就會相聚在一起。人如果有了這三種品行，即使有大的過失，老天爺還會讓他毀滅嗎？

# 防微杜漸

荀子曰：「禍之所由生也，生自纖纖也。」（語出《荀子．大略》）災禍產生的地方，往往是細微之處。

千里之堤潰於蟻穴，禍亂皆根源於被忽略的細微之處。因此，必須做到防微杜漸。

荀子在〈勸學〉中說：「積土成山，風雨興焉；積水成淵，蛟龍生焉；積善成德，而神明自得，聖心備焉。故不積跬步，無以至千里；不積小流，無以成江海。」

意思是說，將土堆積起來能形成高山，風雨就會在那裡興起；將水匯聚起來形成深淵，蛟龍就會在那裡誕生。累積好的行為可以形成美好的品德，就會聰穎睿智，聖賢的思想境界便具備了。因此，不從一步一步的路程開始累積，就不能到達千里以外的地方；不匯聚小流，就沒有辦法形成江河及大海。

一切事物都是由小到大發展而來，都有一個由量的累積到質的變化的過程。因此，不能對小事情有所疏忽，應該慎對微小的變化。

荀子在〈大略〉中進一步說道：「禍之所由生也，生自纖纖也。是故君子蚤絕之。」災禍產生的地方，往往是細微之處。所以，君子要及早地消除它產生的原因。

在荀子看來，要想遠離災禍，就必須做到防微杜漸。

涓涓細流可以穿透岩石，參天大樹是由嫩芽小樹逐漸長成。人們常因忽略微小的細節，而造成禍患。如果從小的方面著手，在禍患還在萌芽時注意防止並消除它，就能夠安定，情況就會好轉。

概括而言，荀子所說的「防微杜漸」表達了兩層含義：其一是防止對微小的忽略，其二是杜絕在漸漸中演變。「微」即細小，就像螻蟻洞穴很小，一般不引人注意。但是，蟻穴的危害卻極大。在河水上漲時，因蟻穴會發生管湧，堤堰內部被淘空而發生潰決事故。「漸」即慢慢地，是一種從量變到質變的過程，這種過程慢得不易使自己感知，也不易使別人察覺。但「漸」是一種足以致命的慢性病，初始階段並無疼痛，但等達到一定程度時，往往已病入膏肓，回天乏術，後悔晚矣！

防微杜漸不易做到，但只要保持謹慎，正如《易經》所說：「君子乾乾，夕惕若，厲無咎。」那麼，即使在厄難中也能自保無虞。

## 【知古通今】

《史記．扁鵲傳》中有這樣一個故事：

扁鵲，戰國時勃海郡鄭地人，原名秦越人。「扁鵲」一詞原本為古代傳說中能為人解除病痛的一種鳥，秦越人醫術高超，百姓敬他為神醫，便稱他為「扁鵲」，漸漸地，就把這個名字用在秦越人的身上了。

扁鵲雲遊各國，為君侯看病，也為百姓除疾，名揚天下。他的醫術十分全面，無所不通。在邯鄲聽說當地人很尊重婦女，他便做了婦科醫生；在洛陽，因為那裡的人很尊重老人，他就做了專治老年病的醫生；秦國人最愛兒童，他又在那裡做了兒科大夫。無論在哪裡，他都因高超的醫術深受人們的歡迎。

有一次，扁鵲來到了齊國，蔡桓公知道他名聲很大，便宴請扁鵲。扁鵲見到蔡桓公後，說：「大王有病，就在肌膚之間，不治會加重的。」蔡桓公不相信，而且很不高興。

十天後，扁鵲再去見他，說道：「大王的病已經到了血脈，不治會加重的。」蔡桓公仍不信，而且更加不悅。

又過了十天，扁鵲又見到蔡桓公時說：「大王的病已到了腸胃，不治會更重。」蔡桓公十分生氣，轉頭便走。

十天又過去了，這次扁鵲一見到蔡桓公，就趕快避開了。蔡桓公十分納悶，便派人去問。扁鵲說：「病在肌膚之間時，可用熨藥治癒；在血脈，可用針灸、砭石的方法達到治療效果；在腸胃時，借助火劑湯的力量也能達到。可病到了骨髓，就無法醫治了。現在大王的病已在骨髓，我無能為力了。」

果然，五天後，蔡桓公身患重病，忙派人去找扁鵲，而扁鵲已經離開了齊國。不久，蔡桓公便病死了。

## 點評：

「扁鵲見蔡桓公」的故事告訴我們，凡事都應防微杜漸，把問題消滅於萌芽之中。否則，當問題變得不可收拾的時候，只能後悔莫及。

## 【延伸閱讀】

**凡物有乘而來。**

——《荀子．大略》

任何事物的出現，都有其原因。

**言之信者，在乎區蓋之間。疑則不信，未問則不立。**

——《荀子．大略》

說話可信的人，在於他把事物明確的與不明確的情況都搞清楚了。還有疑惑的，就不去說，沒有請教過的，也不去說。

**流言滅之，貨色遠之。禍之所由生也，生自纖纖也。是故君子蚤絕之。**

——《荀子．大略》

流言蜚語要撲滅它，貨財女色要遠離它。災禍產生的地方，往往是細微之處。所以，君子要及早地消除它產生的原因。

**曾子食魚，有餘，曰：「泔之。」門人曰：「泔之傷人，不若奧之。」曾子泣涕曰：「有異心乎哉？」傷其聞之晚也。**

——《荀子．大略》

曾子吃魚，有剩餘的，說：「用米汁把牠浸漬起來。」他的學生說：「用米汁浸漬的魚會傷害人的身體，不如晒乾牠。」曾子流著淚說：「難道我有別的用意嗎？」他傷心自己聽到這種不同的意見太遲了。

**人之所以為人者，何已也？曰：「以其有辨也。」**

——《荀子．非相》

人之所以為人，是什麼原因呢？回答是：因為人對事物有辨別能力。

**欲觀千歲，則數今日；欲知億萬，則審一二；欲知上世，則審周道；欲知周道，則審其人所貴君子。故曰：「以近知遠，以一知萬，以微知明。」此之謂也。**

——《荀子．非相》

想要考察千年前的事情，那麼就要仔細地觀察現在的事；想要知道無數的事，就要仔細研究一兩件事；想要知道上古社會的情況，那麼就要研究現在周朝的社會情況；想要知道周朝的社會情況，那麼就要考察周朝所尊重的君子。所以說：「由近處能知道遠處，由少數知道眾多，由隱微能知道顯著。」說的就是這個道理。

# 不以貌取人

荀子曰：「形相雖惡而心術善，無害為君子也；形相雖善而心術惡，無害為小人也。」（語出《荀子．非相》）形體相貌雖然醜陋但內心思想與處世方法好，不會妨礙他成為君子；形體相貌雖然美好但內心思想與處世方法惡，也不能掩飾他是個小人。

人有內在與外表之分，一個人的相貌只是他外在的表現。如果以貌取人，只看表面，把表面的東西放大取代全部，那麼，對人的評價就難免出現偏差。

荀子在〈非相〉中，針對當時社會上流行的「相人之術」，做了大膽大的批駁。

在荀子看來，以貌取人，不可取。歷史上，許多有才德的人都是相貌平平，甚至其貌不揚。

荀子舉例說：「堯個子高，舜個子矮，周文王個子高，周公姬旦個子矮，孔子個子高，冉雍個子矮。以前，衛靈公有個大臣叫公孫呂，身高七尺，臉長三尺，額寬三寸，鼻子、眼睛、耳朵全在這又長又窄的臉上，奇醜無比，但他名震天下。楚國的孫叔敖，是河南期思地方的鄉村人，短髮禿頂，左手長，身體比車前的橫木還矮，但卻能使楚國稱霸諸侯。楚大夫葉公子高，矮小瘦弱，走路時好像連自己的衣服都撐不起來，但白公勝在楚國作亂時，令尹子西和司馬子期都在戰亂中死去，葉公子高卻帶兵占領楚國，殺了白公勝，平定了楚國的戰亂，易如反掌，他的仁義、功績、名聲一直到後世都顯赫不衰。」

荀子指出：「相形不如論心，論心不如擇術。形不勝心，心不勝術。」觀察人的形體相貌不如考察人的內心思想，考察人的內心思想不如看其所採取的處世方法。形體相貌不如內心思想重要，內心思想不如處世方法重要。

那麼，為什麼這麼說呢？

荀子回答說：「術正而心順之，則形相雖惡而心術善，無害為君子也；形相雖善而心術惡，無害為小人也。」處世方法正確而內心思想又能與其一致，那麼形體相貌雖然醜陋但內心思想與處世方法好，不會妨礙他成為君子；形體相貌雖然美好但內心思想與處世方法惡，也不能掩飾他是個小人。

接著，荀子強調，人的吉凶禍福與人的形體相貌無關。

荀子曰：「君子之謂吉，小人之謂凶。故長短、小大、善惡形相，非吉凶也。」

在荀子看來，正是因為內心思想和處世方法的不同，其結果，道德高尚的君子往往會吉利些，而品行惡劣的小人則往往會凶險些。所以，人的高矮、胖瘦、美醜等形體相貌，並不能決定人的吉凶。

換言之，荀子認為，人的吉凶禍福，並不取決於人的形體相貌，也不取於上天鬼神，而是由人的內心思想和處世方法共同決定的。

荀子的言論、思想，對於那一時代迷信「相人之術」的人們來說，無疑是當頭棒喝。對於我們今天的人而言，也是振聾發聵。首先，我們在評價一個人時，不能以貌取人，不能只看他的高矮、胖瘦和美醜，更重要的是看他的思想、品德、志向和處世之道。其次，我們應該明白，我們的吉凶禍福並不是由上天注定，而是由我們自己造成。

## 【知古通今】

有一天，一對老夫婦來到哈佛大學，女的穿著一套褪色的條紋棉布衣服，她的丈夫穿著布製的便宜西裝。他們沒有事先預約就直接拜訪哈佛校長。

校長的祕書在片刻間就斷定，這兩個鄉下人根本不可能與哈佛有業務來往。

先生輕聲地說：「我們要見校長。」

祕書很不禮貌地說：「他整天都很忙。」

女士回答說：「沒關係，我們可以等。」

過了幾個鐘頭，祕書一直不理他們，希望他們能知難而退。然而，他們卻一直等在那裡。

祕書終於決定通知校長：「也許他們跟您講幾句話就會走開。」

校長不耐煩地同意了。

女士告訴校長：「我們有一個兒子曾經在哈佛讀過一年書，他很喜歡哈佛，他在哈佛的生活很快樂。但是去年，他出了意外而死亡，我丈夫和我想要在校園裡為他立一座紀念物。」

校長並沒有被感動，反而覺得可笑，粗聲地說：「夫人，我們不能為每一位曾讀過哈佛而死亡的人建立雕像。如果這樣做，我們的校園看起來會像墓園一樣。」

女士很快解釋道：「不是，我們不是要立一座雕像，我們想要捐一棟大樓給哈佛。」

校長仔細看了一下這對夫婦身上的條紋棉衣及粗布西裝，然後吐一口氣說：「你們知道建一棟大樓要花多少錢嗎？我們學校的大樓超過七百五十萬美元。」

這時，這位女士沉默了。校長很高興，總算可以把他們打發了。

這時只見這位女士轉向她丈夫說：「只要七百五十萬就可以建一座大樓？那我們為什麼不建一座大學來紀念我們的兒子呢？」

她的丈夫點頭同意。

就這樣，史丹佛夫婦離開了哈佛，到了加州，建造了史丹佛大學來紀念他們的兒子。

**點評：**

喜歡以貌取人的人，看問題喜歡只看表面。他們缺乏對事物深入認識的耐心和意識，他們過分相信自己的眼睛，而眼睛通常只能看到表面的東西。

**【延伸閱讀】**

且徐偃王之狀，目可瞻焉；仲尼之狀，面如蒙；周公之狀，身如斷菑；皋陶之狀，色如削瓜；閎夭之狀，面無見膚；傅說之狀，身如植鰭；伊尹之狀，面無須麋。禹跳，湯偏，堯、舜參眸子。從者將論志意、比類文學邪？直將差長短，辨美惡，而相欺傲邪？

——《荀子．非相》

西周徐國的君主偃王的相貌，眼睛可以看到自己的額頭；孔子的相貌，臉如同戴了驅鬼的面具；周公姬旦的相貌，身體如同乾枯的樹樁；舜的司法官皋陶的相貌，臉色如同削了皮的青綠色的瓜；周文王的大臣閎夭的相貌，臉上長滿了鬍鬚，多得看不見皮膚；商王武丁的大臣傅說的相貌，身形駝背，如同彎曲的魚鰭；商湯的大臣伊尹的相貌，臉上沒有鬍鬚和眉毛。夏禹瘸腿，商湯跛足，堯和舜眼中兩個瞳仁相重，這些著名人物都有缺陷。那麼，觀察人，是考察他們的志向，比較品評他們的學識呢？還是只區分他們的高矮，分辨他們的美醜，而相互欺騙、看不起呢？

**古者，桀、紂長巨姣美，天下之傑也；筋力越勁，百人之敵也。然而身死國亡，為天下大僇，後世言惡，則必稽焉。是非容貌之患也，聞見之不眾，論議之卑爾！**

——《荀子．非相》

古代，夏桀、商紂王魁梧英俊，是天下有名的美男子；他們身體強健，足以力敵百人。但是，他們人死了，國家滅亡了，成了天下最恥辱的人，後世談到壞人，就必定拿他們作例證。這並不是因容貌造成的禍患啊，而是他們的見聞不多，思想品德卑下造成的。

# 流言止於智者

荀子曰：「語曰：『流丸止於甌臾，流言止於智者。』」（語出《荀子・大略》）俗話說：「流動的彈丸在瓦器中就會停止，流言蜚語在明白的人那裡就會平息。」

所謂流言，即沒有根據的話。愚笨的人往往輕信流言，為之勃然大怒；聰明的人會動腦筋思考，讓流言不攻自破。

荀子曰：「流言滅之。」流言蜚語要撲滅它。流言，顧名思義，是種輕佻的語言形式，飄忽不定且不負責任，利用人們的好奇心、窺探欲而生存。它在人的嘴巴、耳朵間游弋、變幻、生長、腐潰。

荀子憎恨流言，他主張不輕信流言。

荀子曰：「流言止於智者。」流言蜚語在明白的人那裡就會平息。

人們之所以輕信流言，是因為不了解實際情況，從而為流言所蒙蔽。

荀子說：「對是非有疑問，就用過去的事情來衡量它，就用眼前的事情來檢驗它，就用公正的心來考察它，流言蜚語就會平息，惡毒的攻擊就會消失。」

用事實來檢驗，用心去思考，再惡毒的流言也會不攻自破。

生活中，我們難免會聽到流言，這就要求我們不輕信、不傳播流言，讓流言蜚語在我們這裡停止。

事實上，與我們關係最為親密的是直接針對我們的流言，這往往讓我們煩惱，甚至使我們不知所措，那麼，又該如何對待這種流言蜚語呢？

## 要消除畏懼心理

人活在世上，總免不了被他人議論。重要的是，自己不被氣勢洶洶的流言嚇倒。在流言面前不知所措，甚至敗下陣來，那是懦夫的行徑。強者不為流言所動，無論面對多大的壓力，都不畏懼，更不會對生活失去開拓和進取的勇氣。

## 要學會獨立思考

想在流言蜚語中站穩腳跟，堅定自己的信念，就需要有獨立思考的能力，有自己的主見。因此，你應該對流言進行一番分析，看看其中是否有一點合理的東西，但是，如果完全被流言所左右，就會被搞得暈頭轉向。同時，多想想自己應該成為一個什麼樣的人，而不是總是去想自己在別人眼中是什麼形象。只有這樣，你才能勇往直前朝著自己的目標前進。

## 要有寬廣的胸懷

受到流言蜚語的襲擊，自尊心受到傷害，當然是一件很痛苦的事情。在這種處境中，非常容易產生報復的心理。對此，你必須用理智支配自己的感情，學會用寬容的態度去對待別人，「以德報怨」，這樣，不僅自己提高了修養，而且大多數旁觀者會理解你，流言的製造者也會為自己的行為而感到羞愧。

## 【知古通今】

一年，孔子和他的弟子在陳國和蔡國交界的地方斷糧七天，子貢費了許多周折才買回了一石米。

子貢讓顏回與子路在破屋的牆下做飯，自己去井邊打水。子貢在井邊打水時，無意間看見顏回從做飯的鍋裡抓了一些米放在了嘴裡，子貢非常生氣，便跑去問孔子：「仁人廉士也改變自己的節操嗎？」

孔子說：「改變節操還叫仁人廉士嗎？」

子貢說：「像顏回，能做到不改變報操嗎？」

孔子說：「是的。」

於是，子貢便把自己看到的事情告訴了孔子。

孔子說：「我相信顏回是個仁人，你雖如此說，我仍不會懷疑他，這裡面必定有緣故。你等等，我問問他。」

孔子把顏回叫到身邊說：「日前我夢見先人，大概是啟發佑助我。你把做好的飯端進來，我想祭奠他。」

顏回對孔子說：「剛才有灰塵掉進飯裡，留在鍋裡不乾淨，丟掉又可惜，我就把它吃了，不可以用來祭奠了。」

孔子說：「是這樣啊！那我們一起吃吧！」

顏回出去以後，孔子環顧了一下身邊的弟子說：「我相信顏回不是從今天開始的。」

過了一會兒，孔子似有所悟，又對他的弟子們說：「應當信賴的是眼睛，但是眼睛有的時候仍然不足以信賴，應當憑藉的是心，可是心有的時候仍然不足以憑藉，弟子們記住吧，了解一個人不是一件簡單的事情啊！」

**點評：**

孔子的話值得我們深思，親眼看見的都不一定是真的，更何況那些道聽途說的事情呢？不假思索地胡亂猜疑是流言的根源。

## 【延伸閱讀】

流言滅之。

——《荀子．大略》

流言蜚語，要撲滅它。

語曰：「流丸止於甌臾，流言止於智者。」此家言邪學之所以惡儒者也。是非疑，則度之以遠事，驗之以近物，參之以平心，流言止焉，惡語死焉。

——《荀子．大略》

俗話說：「流動的彈丸在瓦器中就會停止，流言蜚語在明白的人那裡就會平息。」這就是各派學說、各種異端邪說憎恨儒者的原因。對是非有疑問，就用過去的事情來衡量它，就用眼前的事情來檢驗它，就用公正的心來考察它，流言蜚語就會平息，惡毒的攻擊就會消失。

# 做一個誠實的人

荀子曰：「君子養心莫善於誠，致誠則無它事矣。」（語出《荀子・不苟》）君子修養身心沒有比誠實更好的了，做到誠實就再也沒有其他的事了。

誠實是一種智慧，是一種美德，是開啟人們心靈的鑰匙。唯有誠實待人，才能得到別人的信任。

荀子曰：「君子養心莫善於誠。」君子修養身心沒有比誠實更好的了。

荀子認為，誠實是人最重要的品行之一，是為人的根本。

誠實是指在自己在別人面前問心無愧。誠實也是對於一個人的行為和恰當的人際關係的一種意識。擁有誠實的人，就不會虛偽和做作，不會使別人產生迷惑和不信任感。誠實有助於形成完整統一的生活，因為誠實的人內在與外在是完全一致的。誠實就是說你所想，做你所想。這就是言行一致，心口如一。

荀子說：「天地是至大的了，不誠實就不能化育萬物；聖人是睿智的了，不誠實就不能感化萬民；父子是最親的了，不誠實就會相互疏遠；國君是至高無上的了，不誠實就顯得卑下。所以，誠實是君子的操守，是政事的根本。」

誠實是最好的策略。誠實的人也許無法讓所有的人都喜歡他，但至少可以讓大多數人都信任他。誠實的人日久天長會逐漸具有寬容博大的胸懷，周圍充滿微笑和友愛；心地純潔的人會漸漸養成自律的習慣，周圍充滿寧靜和平的氛圍。

荀子說：「保持誠實，就會得到。」其實，誠實本身就是一種獎勵。誠實的人，從不擔心向誰撒了什麼謊，無須憂慮會被揭穿，所以，他們可以集中心力，做一些有意義的事情。

荀子還說：「捨棄誠實，就會失去。」與誠實相對的是欺騙。撒個小謊原本是毫無惡意的，但久而久之會成為一種習慣，成為理所當然。小的謊言需要大的謊言來掩飾。然後，謊言就會越扯越大。一個不誠實、喜歡撒謊的人，會失去高貴的特質，也會失去別人對他的信任。

所以，做人必須誠實。生活中，經常回顧一下自己的所作所為，是否能為自己的誠實而自豪？如果不能，應該好好反思一下，想一想，為什麼做出一些不誠實的行為和舉動？這麼做值得嗎？如果當時坦誠以待，事情的結果會不會更好？能從錯誤中學習，並說服自己成為一個誠實的人，荀子說，這樣的人就是一個君子了。

## 【知古通今】

在中國歷史上，誠實善良的人比比皆是，漢代洛陽有名的賢惠女子樂羊子之妻便是其中之一。

一天，樂羊子的妻子到地裡去工作了，只有樂羊子的妹妹在家。她看見鄰居家的一隻母雞跑到自己家的菜園裡，於是就想：嫂子待我像親妹妹一樣，並且為了哥哥的學業整日操勞，一年到頭也吃不上幾次肉，不如殺了這雞燉給嫂子吃，給嫂子補補身子。於是，她就把那隻母雞殺了。

傍晚，樂羊子的妻子從田裡工作回來，看到碗裡的雞肉，就問：「妹子，咱們家的雞一隻也不少，這是哪來的雞肉啊？」

樂羊子的妹妹不敢欺騙嫂子，就如實回答了。

嫂子聽了之後說：「我們雖然窮，但是無論如何也不能拿別人的東西。想一想，這也是人家辛辛苦苦養來生蛋的雞，我們怎麼能白吃呢？」說著就到自己家的雞柵欄裡抓了一隻最大的母雞，送到鄰居家，並且向鄰居道歉。

樂羊子的妹妹被嫂子誠實守節、不貪圖小便宜的品德感動了，不但向嫂子承認了錯誤，還在心裡暗暗發誓，以後一定要向嫂子學習，做一個誠實正直的人。

還有一次，樂羊子在路上撿到一塊金子，就高高興興地拿回家把它交給了妻子。妻子問：「這金子是哪裡來的？」

樂羊子說：「是在路上撿的。」

妻子說：「這是別人的東西，我們不能要。」

樂羊子辯解道：「反正也找不到主人了，留下也沒關係。」

妻子嚴肅地說：「別人的就是別人的，即使是人家不小心丟掉，被你撿來了也不能就把它當做自己的東西。我聽說，有志氣的人連泉水叫『盜泉』的水都不喝，誠實廉潔的人對於撿來的東西也不會要。如果你為了貪圖小利，把這塊金子留下了，就是不誠實的表現。你得到了這塊金子，卻丟失了誠實守節、廉潔自律的高尚品行。」

樂羊子聽了覺得非常慚愧，就把金子扔到野地裡去了。

## 點評：

誠實的人總是以真實的一面出現在世人面前，不管面對什麼人，也不管什麼時候，所以誠實的人總能贏得普遍的信任。反之，不誠實有可能欺騙一時，但長期下去，狐狸尾巴肯定會露出來，而且從此失去人們的信賴，實在是得不償失。

## 【延伸閱讀】

**善之為道者，不誠則不獨，不獨則不形，不形則雖作於心，見於色，出於言，民猶若來從也，雖從必疑。**

——《荀子．不苟》

善於感化改變人的君子是這樣的：不誠實，就不能慎獨；不能慎獨，行動上就表現不出來；行動上表現不出來，那麼即使發自內心，表現在臉色上、吐露在言調中，人們仍然不會順從他；即使順從了他，也必定心存疑慮。

**唯所居以其類至，操之則得之，捨之則失之。操而得之則輕，輕則獨行，獨行而不捨則濟矣。濟而材盡，長遷而不反其初，則化矣。**

——《荀子．不苟》

只要立身誠實，並將它推行到同類事物上，便能得到誠實。保持誠實，就會得到；捨棄誠實，就會失去。保持而又得到了，就容易感化他們；感化了他們，那麼慎獨的作風就會流行；慎獨的作風得到流行而且堅持不懈，那麼人們的誠實就養成了。誠實養成了，人們的才能就能得到最大的發揮，並且永遠趨向於誠實而不會返回到當初不誠實的本性上去，這樣他們就徹底被感化了。

# 學會包容

荀子曰：「君子賢而能容罷，知而能容愚。」（語出《荀子・非相》）

君子賢能而能包容無能的人，聰慧而能包容愚昧的人。

海納百川，有容乃大。做人應學會包容。一個寬宏大量、與人為善的人，肯定會被他人接納和尊敬。

荀子曰：「君子賢而能容罷，知而能容愚，博而能容淺，粹而能容雜。」

君子賢能而能包容無能的人，聰慧而能包容愚昧的人，知識淵博而能包容知識淺薄的人，思想純潔而能包容思想複雜的人。

**包容是一種智慧**

與人交往，重要的是學習他人的長處。而對他人的短處，應持包容的態度。如果因為別人某一方面不如自己，就不與他交往，那麼永遠也處理不好人際關係。

**包容是一種氣度**

包容他人的過失，也就給了他一次改過自新的機會。「廉頗與藺相如」的故事告訴我們，包容有化干戈為玉帛的奇妙效果。

**包容是一種修養，一種境界**

面對他人的過錯，耿耿於懷，睚眥必報，帶來的是心靈的負累，真正的智者會選擇一份包容，一份泰然。越王句踐「十年生聚，十年教訓」，終於能夠興師復仇，一雪前恥。他可以忍受臥薪嘗膽的苦楚，卻在滅吳後下令誅盡吳國宗室。他懂得隱忍，卻不懂得包容。齊王韓信未發跡時有過「胯下之辱」，卻在功成名就之後，見到當初侮辱自己的無賴，能不計前嫌任命他為巡城校尉。從這個角度而言，韓信的人格要比句踐的更高尚。

## 包容可以贏得人緣

學會包容他人，就是學會了包容自己。包容他人對自己有意無意的傷害，是令人欽佩的氣概；包容他人對自己的敵視、仇恨，是人格至高的袒露。

總之，我們應學會包容。對一般人也好，對親人朋友也罷，每個人都應善待他人、包容他人，這樣，人與人之間就會呈現出一派和諧美好的景象。

荀子曰：「蕩蕩乎，其有以殊於世也。」君子的胸懷多麼寬廣啊！這就有了與世人的不同之處。

是否做到包容，是君子與普通人最大的區別之一。

當然，荀子所說的包容，不是無是非、無原則，不是姑息、縱容，而是使人擺脫斤斤計較的心態，開闊凡事耿耿於懷的心胸。

## 【知古通今】

趙惠文王時，藺相如為趙國丞相，廉頗為趙國將軍。

廉頗對藺相如很不服氣，心想：他藺相如僅憑一張嘴，官職竟比我還高。而我廉頗戎馬一生，攻城拔寨，英勇無敵，戰功赫赫。他憑什麼做相國呢？！我一定要找機會羞辱他一番。

廉頗要羞辱藺相如的話傳了出去，並且傳到了藺相如耳中。藺相如不但沒有生氣，反而處處躲著廉頗，有時上朝也稱病不去，以免和廉頗見面。

廉頗得知此事後，很是得意洋洋。

一次藺相如帶門客出去，看見廉頗的車過來，忙命駕車之人把自己的車退回來。藺相如的門客實在忍無可忍，便對藺相如說：「我們捨身相陪相國，不圖名利，只因相國為人忠厚、賢能，可如今相國如此膽小怕事，見到廉頗就躲起來，這種做法連百姓都感到恥辱，何況您一位堂堂的相國呢？！我等不才，請求離開！」

藺相如趕緊擺手，對門客說：「你們說廉將軍與秦王比，誰厲害？」

門客說：「當然是秦王厲害了！」

藺相如說：「天下諸侯都怕秦王，而我卻敢當面指責他，和他分庭抗禮。我連秦王都不怕，能怕廉將軍嗎？我之所以這樣做，是因為我知道秦國不敢侵犯趙國，是因為有廉將軍和我二人同在。若兩虎相鬥，必有一傷，秦國必然會乘機攻打我們，我之所以忍讓廉將軍，是為了趙國啊！」

門客們這才恍然大悟，更加敬佩藺相如了。

後來這些話傳到了廉頗耳裡，廉頗想：藺相如這般深明大義，為了國家安危，不和我斤斤計較。而我卻三番五次要找機會羞辱他，只貪圖一時之快，不顧趙國江山社稷。我和藺相如相比，真是天壤之別啊！

一天，藺相如正在房中讀書，一門客匆匆跑來，說道：「廉將軍來了！」

藺相如不知廉頗有何事，便起身相迎。

到了外邊，藺相如愣住了。只見廉頗上身赤裸著，背上綁一根荊條，見到藺相如倒身便拜，說道：「我廉頗心胸狹隘，不知相國待人如此寬宏大量。自愧不如，今日特來負荊請罪，請相國處置。」

藺相如趕忙用手相扶，說道：「廉將軍，快快請起，快快請起。」

從此，廉頗與藺相如成了刎頸之交。二人一文一武，將相併攜，共同輔佐趙王治理天下。

**點評：**

古人云：「唯寬可以容人，唯厚可以載物。」是告訴我們，做人要學會包容。包容，就是要做到寬宏而有氣度，不計較、不追究。包容是一種發自心靈深處的內在修養，是一種良好習慣的自然表露。我們只有真正敞開胸襟，做到包容待人，才能夠獲得更多真情，擁有更多快樂。

**【延伸閱讀】**

**蕩蕩乎，其有以殊於世也。**

——《荀子．不苟》

君子的胸懷多麼寬廣啊！這就有了與世人的不同之處。

君子賢而能容罷，知而能容愚，博而能容淺，粹而能容雜，夫是之謂兼術。詩曰：「徐方既同，天子之功。」此之謂也。

——《荀子．非相》

君子賢能而能包容無能的人，聰慧而能包容愚昧的人，知識淵博而能包容知識淺薄的人，思想純潔而能包容思想複雜的人，這就叫做兼收並蓄的方法。《詩經．大雅．常武》中說：「徐部落的人已經歸順，這是天子胸懷博大的功勞。」說的就是這個道理。

# 臨危不亂，處變不驚

荀子曰：「物至而應，事起而辨」。（語出《荀子・不苟》）事情來了能應對自如，事情發生了能妥善處理。

人的一生，很多時候都風平浪靜並不會有太大的變故，但也會不可避免地遇到危險和緊急的情況。往往這個時候，一個人如何行事，就能反映出他修養的高低。

荀子曰：「物至而應，事起而辨。」

意思是說，事情來了能應對自如，事情發生了能妥善處理。

生活中，我們不可避免地會遇到一些突發事件，當你遇到緊急的事情時，是否能像荀子所說的那樣，能夠做到臨危不亂，隨機應變呢？

事實上，我們大多數人都做不到這一點，即使是芝麻小事，也慌慌張張、冒冒失失，就像天要塌下來似的。

完全沒有必要這樣，任何時候都不能夠亂了陣腳，你越緊張就越想不出辦法，反而會讓問題變得更加複雜，甚至衍生出更多不必要的麻煩。

在荀子看來，面對突如其來的事情，我們要做的第一件事，便是將情緒穩定下來，這樣才能鎮定地想出解決的方法。

毋庸置疑，臨危不亂，處變不驚，是一種能力的表現，是一種智慧與博學的體現，是一種儒雅的大將風度。在任何時候，我們都應該以一種平和的心態來面對各種緊急情況，只有這樣，我們才能夠把事情處理得妥當圓滿。

一個臨危不亂、處變不驚的人，在遇到變亂之時會勇敢地面對現實，從容不迫地接受一切，而不是喪失鬥志，聽天由命。

荀子反對「天命論」，主張「人定勝天」。他認為，人那種悠閒鎮定的心態和行為，並不是天生就有的，而是後天修養的結晶。缺少了這種修養，遇變亂之事，就會一敗塗地；擁有了這種修養，則會鎮定自若地處事應變。

荀子還具有長遠的眼光，他認為，在無變亂時，就要有提防之心，居安思危，如此，才能防止意外變故的發生。

## 【知古通今】

東晉時期，前秦的苻堅率領百萬之師，躊躇滿志地聲稱投鞭可以斷流，揮師南下，欲一舉滅晉。

在這股強大軍事勢力的逼迫下，東晉的許多將領相繼敗退，大家多心存畏懼。此時，唯宰相謝安處變不驚，他派姪子謝玄率八萬晉軍去迎敵。當謝玄向謝安問計時，謝安鎮定自若地說了一句：「一切均已作了安排。」

謝玄不敢多問。回去後，仍然不放心，於是又派張玄再次前往謝安處問計。

謝安見到張玄，依然不談軍事，要張玄陪他下棋，並以一座房子作為賭注。平日裡下棋，是謝安輸給張玄的多，但當時張玄為軍情而憂懼，心神不定，很快就輸給了謝安。

棋畢，謝安就外出遊玩，至夜方歸，然後召集眾將領，分派任務，面授機宜。正因為謝安的鎮定自若與從容應對，極大地穩住了東晉的軍心，再加上軍事布置得當，用計正確。於是，在其後的淝水之戰中，晉軍以少勝多，終使前秦官兵陷入了「風聲鶴唳，草木皆兵」的崩潰境地。

謝玄率軍打敗了前秦軍隊後，捷報很快就送到了謝安的手中。當時，謝安正與賓客下棋，他看了捷報後，並沒有露出任何的喜色，只是繼續下棋。賓客問他發生了何事，他才慢慢地答道：「小夥子們已經打敗了賊軍。」

## 點評：

從謝安兩次安然下棋的場景中，不難看出他是一個膽識過人的人。臨危不亂，處變不驚，而同時又能審時度勢，運籌帷幄，泰然自若，這樣便能處理好所面臨的棘手問題。

## 【延伸閱讀】

**有通士者……上則能尊君，下則能愛民，物至而應，事起而辨，若是則可謂通士矣。**

——《荀子．不苟》

世上有通達的人……對上能尊重君主，對下能愛護民眾，事情來了能應對自如，事件發生了能妥善處理，能像這樣就可以稱得上通達的人。

**有公士者……不下比以暗上，不上同以疾下，分爭於中，不以私害之，若是則可謂公士矣。**

——《荀子．不苟》

世上有公正的人……不在下面結黨營私而蒙蔽君主，不向上面迎合趨奉而嫉害民眾，對問題分辨爭論，不因為個人私利去陷害對方，能像這樣就可以稱得上公正的人。

荀子曰：「物至而應，事起而辨。」事情來了能應對自如，事情發生了能妥善處理。

生活中，許多人在遇到危急的情況時，總是以激烈的情緒來應對，但事實上，這樣不僅不能解決問題，反而會使問題變得更加複雜。所以，面對突如其來的事情，我們首先要做的是保持鎮定。

# 禍福相倚

荀子曰：「禍與福相鄰。」（語出《荀子・大略》）禍患往往與幸福相鄰。

禍福相倚。懂得這個道理的人，遇到災禍不畏懼，鎮定自若；遇到好事也不欣喜若狂，善於克制自己的感情。

荀子曰：「敬戒無忌。慶者在堂，弔者在閭。禍與福鄰，莫知其門。」意思是說，要嚴肅謹慎毫不懈怠。有時慶賀的人還在堂上，弔喪的人已經在門前了，禍患往往與幸福相臨，人們有時甚至還不知道禍福產生的原因。

福與禍是事物的兩個方面，是不可分割的。福也好，禍也罷，有時就發生在瞬間，福禍的對立和轉化也往往是一念之差。人生在世如果不懂得這其中的道理，就會受到福禍的捉弄。

比如說，人生中有很多事情常會變得撲朔迷離，讓人茫然失措、誠惶誠恐或是迷失方向，而在很多時候又會出現峰迴路轉。當你正躊躇滿志、洋洋得意時，卻突然遭遇一盆冷水，澆得你失魂落魄；當你正在低迷徘徊或是沮喪消沉時，卻突然柳暗花明意外獲得成功，讓你欣喜若狂。

福禍相依蘊涵了物極必反的哲理。物極必反是指事物發展到極致時，就會向相反方向轉化。

**從福到禍**

人在得意忘形之際，往往看不見近身的災難。的確，生活就是這樣，當它一臉和氣地對你時，你往往覺得事事都順，一筆可觀的款項塞進腰包的感覺，就像是喝了蜜一樣，透心的甜。隨之你可能就忘乎所以了，殊不知，張狂過後該是怎樣的結局？！要知道「福」的負面就是「禍」，過於張狂了，「禍」也許就會隨之而至，那時，你是否能夠經得起這福去禍至的壓力呢？

淡化利欲是應對不測的萬全之策。凡事看淡些，看輕些，別貪一時之歡。好事降臨時要記住居安思危的道理，淡泊利欲的誘惑才是處世的自然之理。要做到淡泊、睿智、以平常心待之，這樣，當不幸降臨時，你才能應對自如，才不會被突然降臨的不幸壓倒。

**從禍到福**

常在河邊走，怎會不濕鞋。每個人在生活中都會遇到意外的打擊或失敗。考驗一個人真正的品格和能力，就是看他如何面對失意的日子。如果他放大不愉快，那麼他將度日如年，舉步維艱；如果他藐視困難，積極應對，則很快走出困境。

因此，面對禍最重要的是態度：摒棄對於造成「禍」之根源和責任的糾纏，面對禍患，積極應對，妥善處理，或許我們可以因「禍」得「福」，因為危機往往是危險在前，機遇隨後。

荀子「福禍相依」的理論，包含著深刻的人生道理。

睿智的荀子是在提醒我們，在遭受禍患時，不為禍患所嚇倒，要有戰勝禍患的信心；在享受幸福時，也需小心謹慎，不為幸福所迷惑，始終如一地按照做人做事的準則去行事。

## 【知古通今】

《淮南子．人間訓》中有這樣一個故事：

戰國時，有位老人住在與胡人相鄰的邊塞地區，來來往往的過客都尊稱他為「塞翁」。

有一天，塞翁家的馬在放牧時走失了一匹。鄰居們得知這一消息後，紛紛表示惋惜。可是，塞翁卻不以為然，他反而釋懷地勸慰大夥兒：「丟了馬，當然是件壞事，但誰知道它會不會帶來好的結果呢？」

幾個月後，那匹迷途的老馬竟從塞外跑了回來，並且還帶回了一匹胡人的駿馬。於是，鄰居們又一齊來向塞翁道賀，並誇他在丟馬時有遠見。然而，這時的塞翁卻憂心忡忡地說：「唉！誰知道這件事會不會給我帶來災禍呢？」

塞翁家平添了一匹胡人的駿馬，使他們的兒子喜不自禁，於是便天天騎馬兜風，樂此不疲。終於有一天，塞翁的兒子因得意忘形，竟從飛馳的馬背上摔了下來，摔傷了一條腿，造成了終生殘疾。善良的鄰居們聞訊後，趕緊前來慰問，而塞翁卻還是那句老話：「誰知道它會不會帶來好的結果呢？」

一年以後，胡人大舉入侵中原，邊塞戰況緊急，身強力壯的青年都被徵去當兵了，結果十之八九都在戰場上送了命。而塞翁的兒子卻因為跛腿，得以免服兵役，所以保全了性命。

## 點評：

這個故事在世代相傳的過程中，漸漸地濃縮成了一句成語：塞翁失馬，焉知非福。它說明好事與壞事都不是絕對的，在一定的條件下，壞事可以引出好的結果，好事也可能會引出壞的結果。

## 【延伸閱讀】

敬戒無忌。慶者在堂，吊者在閭。禍與福鄰，莫知其門。豫哉！豫哉！萬民望之。

——《荀子．大略》

要嚴肅謹慎毫不懈怠。有時慶賀的人還在堂上，弔喪的人已經在門前了，禍患往往與幸福相鄰，人們有時甚至還不知道禍福產生的原因。要有預見啊！要有預見啊！千千萬萬的百姓仰望著你。

# 做一個守信的人

荀子曰：「君子恥不信，不恥不見信。」（語出《荀子．非十二子》）君子恥於自己沒有信用，而不恥於別人不信任自己。

言不由衷，不守信用，往往是招致怨恨的原因。唯有守信，才會被人信任。言必有信是做人的起碼準則之一。

君子具有許多優秀的特質，而守信亦為要素之一。

荀子說：「君子能做到使人相信，但不能使人一定相信自己。」

荀子還說：「君子恥於自己沒有信用，而不恥於人不信任自己。」

做人要守信。所謂守信，即「言必信」，也就是說，講話一定要嚴守信用，不食言，對自己所說的話要承擔責任和義務，取信於人。

所以，對根本做不到的事情，不要許諾；一旦答應別人的事情，就要千方百計、不遺餘力地去兌現。當然，如果經過再三努力也辦不成事情，則應誠懇地向對方說明原因，表示歉意。

除輕諾寡信之外，好耍小聰明，玩弄手腕者也大多失信於人。這樣的人也許可以一時欺騙蒙哄某些無經驗者，可以得利於一時，賺到一筆，撈到一把。可是第二次或第三次，他一旦被識破，別人就不會再相信他了。他必將得不償失。

有這樣一個故事：有個養猴子的人對猴子說：「我早上給你們三個橡實，晚上給四個。」猴子聽了都生氣。養猴人轉動腦筋，馬上再對猴子們耍出一個小聰明來：「好了，別生氣了。我早上給你們四個橡實，晚上給三個。」猴子就高興起來了。

這些猴子高興，大概只是暫時受蒙蔽所致。天長日久，聰明的猴子自然會悟出養猴人的狡詐和卑鄙。從此不再相信他，並且仇恨他。那時候，養猴人可就要自認倒楣了。

像這樣的狡詐的人，最終必然失信於人。失信於人，荀子將此視為人生最嚴重的問題。

君失信於臣，必然奸臣增多，朝政混亂；官失信於民，必然民心不平，國無寧日；國家賞罰失信，必然犯罪者增多，效勞者減少；經商者失信於人，經常出售仿冒品和劣質商品，門可羅雀，大概是它必然的下場；交友失信，必然陷入煢煢孑立，形影相弔的境地；父母失信於孩子，必然使孩子變成一個虛偽不誠實的人……

荀子提醒我們，失信於人，不僅顯示其人格卑劣，品行不端，而且是一種只顧眼前利益不顧將來，只顧短暫不顧長遠的愚蠢行為，終將百事不成。

## 【知古通今】

東漢時，汝南郡的張劭和山陽郡的范式同在京城洛陽讀書，學業結束，他們分別的時候，張劭站在路口，望著長空的大雁說：「今日一別，不知何年才能相見……」說著，流下淚來。范式拉著張劭的手，勸解道：「兄弟，不要傷悲。兩年後的秋天，我一定去你家拜望老人，同你聚會。」

兩年後的秋天某日，落葉蕭蕭，籬菊怒放，長空一聲雁叫，牽動了張劭的情思，不由自言自語地說：「他快來了。」說完趕緊回到屋裡，對母親說：「媽媽，剛才我聽見長空雁叫，范式快來了，我們準備準備吧！」

「傻孩子，山陽郡離這裡一千多里，范式怎麼會來呢？」他媽媽不相信，搖頭嘆息：「一千多里路啊！」

張劭說：「范式為人正直、誠懇、極守信用，不會不來。」

老媽媽只好說：「好好，他會來，我去準備準備。」

其實，老人並不相信，只是怕兒子傷心，寬慰寬慰兒子而已。

等到約定的日子，范式果然風塵僕僕地從山陽趕到了汝南。老媽媽激動地站在一旁直抹眼淚，感嘆地說：「天下真有這麼講信用的朋友！」

范式重信守諾的故事一直為後人傳為佳話。

## 點評：

「一諾千金，一言九鼎」、「一言既出，駟馬難追」等都是強調一個「信」字。中國人歷來把守信作為為人處世、齊家治國的基本原則。自古以來，人們便歡迎和讚頌講信用的人而譴責和唾棄無信用的人。

## 【延伸閱讀】

**有慤士者……庸言必信之，庸行必慎之，畏法流俗，而不敢以其所獨甚，若是則可謂慤士矣。**

——《荀子．不苟》

世上有誠信的人……說一句平常的話一定誠實可信，做一件平常的事一定謹慎小心，害怕效法平凡的流俗，也不敢以自己的特別愛好自以為是，像這樣就可以稱得上誠信的人。

**有小人者……言無常信，行無常貞，唯利所在，無所不傾，若是則可謂小人矣。**

——《荀子．不苟》

世上有小人……說話常常不可信，行為常常無原則，只要是有利可圖的地方，就沒有不使他傾倒的，像這樣就可以稱得上小人了。

**君子能為可貴，不能使人必貴己；能為可信，不能使人必信己……故君子恥不修，不恥見汙，恥不信，不恥不見信。**

——《荀子．非十二子》

君子能做到使人尊重，但不能使人一定尊重自己；能做到使人相信，但不能使人一定相信自己……所以，君子恥於自己品德不好，而不恥於自己被人汙衊；恥於自己沒有信用，而不恥於人不信任自己。

# 如何面對「懷才不遇」

荀子曰：「君子恥不能，不恥不見用。」（語出《荀子．非十二子》）

君子恥於自己沒有才能，而不恥於自己不被重用。

想有所作為，一定要有真才實學，切忌將時間和精力耗費在怨天尤人上。要相信，是金子總會發光的。

荀子從十五歲開始懷抱治國宏願、文韜武略，周遊列國，渴望得到君王的賞識，以施展其才能抱負。然而，事與願違，他的政治理想始終未能實現。

儘管如此，荀子仍然深信孔子的那句話：「不患人之不己知，患其不能也。」不怕別人不了解自己，只怕自己沒有能力。

荀子在教導他的弟子韓非、李斯時也說：「君子恥不能，不恥不見用。」君子恥於自己沒有才能，而不恥於自己不被重用。

然而，今天許多人的想法恰恰與荀子的相反——「恥於不見用，而不恥於不能」。他們總是在埋怨自己不被重用，卻從未想過自己的能力如何？

生活中，那些總覺得自己懷才不遇的人，應該先從自身找原因，思考一下自己是否存在著以下問題。

**才藝不夠專精**

不怕別人不知己，就怕技不如人。自認為自己才華出眾，才高八斗，其實還相差甚遠，真要給些實際問題，還真解決不了。許多剛出校門不久的人常會遇見這樣的問題，總認為領導不重視自己，很想一展身手，然而一旦領導交給些任務時就會出現兩種情況：一是手足無措，不知道該如何做；二是盲目認為該怎麼做，結果一做就錯。

## 影響才能發揮的要素不具備

大致有四方面：第一，德不足，「德，才之資也」，德是才的資本，厚德方能載物，如果只有才而缺德，是很難發揮出「才」的優勢的；第二，人際關係緊張，導致讓自己才能發揮作用的成本非常高；第三，自己與環境文化不能融合，導致自己與集體不合拍，與集體文化對抗，失敗的肯定是自己，這不僅僅是能力發揮大小的問題，還是自己能否適應和生存下來的問題；第四，身體健康的原因。

## 自己的知識不能與時俱進

這個時代變化太快了，知識更新和技術更新都非常快，一個人自己過去掌握的熟練技能很可能轉眼間就無用武之地了，而自己還渾然不覺，仍到處炫耀自己的才技，還酸腐地自稱懷才不遇。因此，學習是非常必要的，只有持續地學習新知識、掌握新技能，才能永保自己的才華青春。

## 【知古通今】

傑克的學習成績很好，畢業後卻屢次碰壁，一直找不到理想的工作。他覺得自己懷才不遇，對社會感到非常失望。他為沒有伯樂來賞識他這匹「千里馬」而憤慨，甚至因傷心而絕望。

懷著極大的痛苦，傑克來到大海邊，打算就此結束自己的生命。

正當他即將被海水淹沒的時候，正在散步的老瑪利救起了他。老瑪利問他為什麼要走絕路。

傑克說：「我得不到別人和社會的承認，沒有人欣賞我，所以覺得人生沒有意義。」

老瑪利從腳下的沙灘裡撿起一粒沙子，讓傑克看了看，隨手扔在了地上。然後對他說：「請你把我剛才扔在地上的那粒沙子撿起來。」

「這根本不可能！」傑克低頭看了一下說。

老瑪利沒有說話，他從自己的口袋裡掏出一顆晶瑩剔透的珍珠，隨手扔在了沙灘上。然後對傑克說：「你能把這顆珍珠撿起來嗎？」

「當然能！」

「那你就應該明白自己的境遇了吧？你要認識到現在你自己還不是一顆珍珠，所以你不能苛求別人立即承認你。如果要別人承認，那你就要想辦法使自己變成一顆珍珠才行。」

傑克低頭沉思，半晌無語。

**點評：**

珍珠才能自然地把自己和普通沙子區別開來。有的時候，你必須知道自己只是普通的沙粒，而不是晶瑩剔透的珍珠。你要出人頭地，就必須要有出類拔萃的才華才行。

**【延伸閱讀】**

君子能為可用，不能使人必用己……故君子恥不能，不恥不見用。

——《荀子．非十二子》

君子能做到被人任用，但不能使人一定任用自己……所以，君子恥於自己沒有才能，而不恥於自己不被重用。

# 崇尚節儉的美德

荀子曰：「強本而節用，則天不能貧。」（語出《荀子・天論》）如果人勤奮耕作，省儉節約，那麼天也不能使其貧窮。

節儉是一種美德。節儉，不僅能累積財富，還能培養人艱苦奮鬥的精神、奮發向上的特質。

荀子曰：「強本而節用，則天不能貧。」如果人勤奮耕作，省儉節約，那麼天也不能使其貧窮。

節儉是一種美德，一種智慧，更是一種寶貴的精神。節儉，有助於一個人修身養性、陶冶情操。

古人省儉節約的例子很多。

晏嬰出身齊國的世家，曾經輔佐三個君主，因為節儉而在齊國名聲很大。晏嬰吃飯時沒有多少肉，妻妾不穿綢緞，祭祀先人的時候，豬肩蓋不住盛器。所以《禮記．禮器》中說：「晏嬰祭祀他的祖先，祭牲盛不滿肉器，穿著洗過許多次的衣服上朝。」

與節儉相對的是奢侈。奢侈之風一有，人的思想就會受到侵蝕，貪欲也會越來越大，那麼災禍也會接踵而來了。須知由儉入奢易，從奢入儉難。

關於節儉，與荀子同論者頗多。

老子云：「夫我有三寶，持而寶之：一曰慈，二曰儉，三曰不敢為天下先。」老子把節儉視為持身處世的法寶之一。

孔子云：「奢則不孫，儉則固。與其不孫也，寧固。」奢侈顯得傲慢，節儉顯得寒酸。與其傲慢，寧可寒酸。

墨子云：「節儉則昌，淫佚則亡。」節儉就會昌盛，淫奢就會滅亡。

《忍經》云：「以儉治身，則無憂；以儉治家，則無求。」用節儉來修身養性，就不會有大的憂患；用節儉來治理家務，就不會有過多的請求。

節儉的人，過著簡單樸素的生活，於人無求，於己無愧，不為物欲所羈絆，就可以把整個身心投入到所追求的事業中去。很難想像，一個窮奢亟欲、揮金如土的人會有崇高的理想和艱苦創業的精神。

當然，荀子所說的節儉並非吝嗇，它是一種自我約束，以一種簡樸的生活來達到一種快樂的精神境界。其人生價值的追求，在於充盈的內心世界和對社會的貢獻。

## 【知古通今】

洛克斐勒的企業精神，從該集團創始人約翰．戴維森．洛克斐勒的創業過程看，有一點是很突出的，就是注重勤儉，換句話說，勤儉致富是其企業精神。

洛克斐勒一世的父親叫威廉·洛克斐勒，他在美國是一位小商販，販賣一些小藥品，後來也沿街叫賣石油。洛克斐勒一世在父親的影響下，從小就養成了勤勞的習慣，並且學習到一些經商的手法，這對他日後的成功有很大影響。

洛克斐勒一世出生於西元一八三九年，他雖然進入學校讀書的機會不多，但善於把握時間學習，閱讀了大量的書籍，所以腦子變得十分機敏。到了十多歲時，他已考慮自己如何創業致富了。為了尋找致富之路，他決定將辛辛苦苦打工賺到的五美元用來購買書籍，以圖從書本中找到致富方法。

一天，他在一份晚報上看到了出售一本書為《發財祕訣》的巨幅廣告，他連夜趕到書店去購買這本求之不得的書。拿回家後，他急忙拆開包裝嚴密的《發財祕訣》，哪知書內空無他物，整本書內僅印有「勤儉」兩個大字。洛克斐勒大失所望，並十分生氣，一下把書扔到地上，並準備到書店找老闆算帳，控告他及作者騙人。但當時時間已晚，他估計書店已關門了，所以，決定第二天去。

那天晚上洛克斐勒一世輾轉不能入睡，起初是對書的作者和書店生氣，怒斥他們為什麼要以如此簡單的二字印書騙人，使他辛苦得來的五美元血汗錢浪費在這「騙術」上！後來，夜已深了，他的火氣也慢慢降下來。他想，為什麼作者僅用兩個字出版一本書呢？為什麼又選用「勤儉」這兩個字呢？想呀想，越想越覺得「勤儉」兩字有味道，越想越領悟到該書作者的用意，越想越覺得勤儉是人生立世致富的根本渠道，他終於醒悟了。

想到這裡，天已亮了，他趕緊把書從地上撿起來，深深地吻了一下，然後端正地擺在他臥室的書桌上，作為他奮鬥創業的座右銘。從此，他努力去打工，埋頭苦幹，每天掙來的錢，除了部分交給家裡外，其餘一分也不亂花，全部積蓄起來，準備用做以後創業之用。

洛克斐勒如此堅持了五年，辛辛苦苦地賺了八百美元，他就是用這筆錢開創了他的事業。

**點評：**

堅實的財富是需要努力和節儉才能追求到的，同時也需要時間和毅力。依照世界一般利率來粗略估算，如果每天儲蓄一元，八十八年後就可以達到一百萬元。正因為這種有耐性、有毅力的精神，很多人便由此得到了許多意想不到的賺錢機會。如果洛克斐勒一世不以五年時間勤奮工作節儉儲蓄，那麼他就不能獲得八百美元為創業的資本，因而也不可能成為石油大王。

## 【延伸閱讀】

**足國之道，節用裕民，而善臧其餘。節用以禮，裕民以政。**

——《荀子．富國》

讓國家富足的方法，節約費用使人民富裕，而且把多餘的東西儲藏起來。節約使用要按照禮法，並且採取政治措施使百姓富裕。

**知節用裕民，則必有仁義聖良之名，而且有富厚丘山之積矣。此無它故焉，生於節用裕民也。**

——《荀子．富國》

懂得實施節約用度使百姓富裕的方針，那麼就一定會有仁義聖德賢良的名聲，而且會有豐厚得像山丘一樣的累積。這沒有其他的原因，是從節約費用使百姓富裕中產生。

不知節用裕民則民貧，民貧則田瘠以穢；田瘠以穢，則出實不半，上雖好取侵奪，猶將寡獲也；而或以無禮節用之，則必有貪利糾之名，而且有空虛窮乏之實矣。此無它故焉，不知節用裕民也。

——《荀子．富國》

不懂得節約用度使百姓富裕，那麼百姓就會貧窮，百姓貧窮那麼土地就會貧瘠而且荒蕪；田地貧瘠荒蕪，那麼田地中出產的糧食還不到平常的一半，就是君主喜歡侵奪民財，仍然得到的很少；有時不按照禮法節約使用它，那麼一定會有貪圖私利大肆搜刮的壞名聲，而且會出現費用空虛缺乏的現象。這沒有別的原因，是因為不懂得採取節約費用使百姓富裕的方法。

荀子生活十分節儉。

節儉是一種特質，需要始終堅守。古人云：「儉，德之共也；侈，惡之大也。」

節儉是中華民族的傳統美德，也是一個人品德高尚的表現。

# 如何面對誹謗

荀子曰：「君子不恐於誹。」（語出《荀子．非十二子》）君子不為誹謗所嚇倒。

誹謗，即無中生有，說人壞話，毀人名譽。生活中，小人常常因為妒嫉他人的成就，而誹謗他人。智者懂得如何面對誹謗，因此便不會懼怕誹謗。

據《史記》記載，荀子在齊國期間，齊國有人進讒誹謗荀子，於是荀子離開了齊國，去了楚國。荀子在楚國被任命為蘭陵令。但不久，又有人誹謗荀子，說他對楚國來說是個危險。所以，荀子又辭楚去了趙國。

幾遭誹謗，修養極好的荀子並不在乎。荀子說：「君子恥於自己沒有才能，而不恥於自己不被重用。」荀子還說：「君子不會為誹謗所嚇倒。」

誹謗的確害人不淺。尤其，當一個人有了聲望和成就的時候，這種情況往往環繞良久而不消失。

無端誹謗他人的人，是小人。小人妒嫉他人的成就，想盡一切辦法，造謠中傷。那麼，我們該如何面對誹謗呢？

**要善於克制自己**

當聽到有人對自己進行誹謗時，一定會產生一系列強烈的情緒反應，進而會打破原來的心理平衡，因此要盡量避免在這時馬上採取行動。你應該等心裡的情緒風暴過去以後，再作下一步打算。面對他人的誹謗之辭，如果你一時說不清真相，不妨先迴避一下。不加理會的惡意中傷很快就會平息。

疏泄由於遭人誹謗而引起的消極情緒

疏泄消極情緒有兩類方式：一類是順其自然，一類是自我控制。順其自然的方式包括用眼淚來宣泄，或獨自在心裡進行對話，求得疏導。自我控制的方式是運用自制力把消極情緒轉移，如聽音樂、看電影、郊遊、畫畫等。透過這些活動，能使心理平衡得到恢復。

**不要到處向別人表明自己是「清白無辜」的**

這樣做等於在擴散關於自己的謠言。當然，你可以找一個或幾個你最信任的人，講明事情的真相，共同分析造成誤解的原因，然後再找出消除誤解的方法。

**進行自我檢查**

進行自我檢查，消除易被他人成為攻擊對象的隱患。一般說來，當你被提升到某一重要位置時，當你有所成就時，當你觸犯了某些人的根本利益時，你都可能成為謠言攻擊的「靶子」，成為被人誹謗的對象。對此，既要在思想上有準備，沉著應付從暗處飄出的謠言，又要特別謹慎，搞好人際關係。

**學會容忍**

對於那些無關緊要的誹謗，要採取容忍的態度，不去理睬。容忍為澄清事實真相提供了時間和機會，容忍的效果往往超過解釋與憤懣。做到以上幾點，你便能面對誹謗而冷靜待之，而不會被誹謗嚇倒。

## 【知古通今】

《新唐書》中講到一則武則天與狄仁傑的故事：

武則天稱帝後，任命狄仁傑為宰相。

有一天，武則天問狄仁傑：「你以前任職於汝南，有極佳的政績表現，也深受百姓歡迎。但現在卻有一些人總是誹謗誣陷你，你想知道詳情嗎？」

狄仁傑立即告罪：「陛下如認為那些誹謗誣陷是我的過失，我當恭聽改正；若陛下認為並非我的過失，那是臣之大幸。至於到底是誰在誹謗誣陷，如何誣陷，我都不想知道。」

武則天聞之大喜，推崇狄仁傑的確是一位仁師長者，具有寬人嚴己高風亮節的風範。

**點評：**

一味糾纏於是非或一味探究涉及是非的人，都只能使自己身心疲憊，方寸盡失，是得不償失的。因此說，狄仁傑是智者，他能讓自己置身事外。

## 【延伸閱讀】

**君子不誘於譽，不恐於誹，率道而行，端然正己，不為物傾側，夫是之謂誠君子。《詩》云：「溫溫恭人，維德之基。」此之謂也。**

——《荀子．非十二子》

君子不為榮譽所誘惑，也不為誹謗所嚇倒，依據道義而行事，嚴肅地端正自身，不為外物而傾倒，這就稱作是真君子。《詩經．大雅．抑》中說：「溫和謙恭的人，唯以道德為根本。」就是說的這樣的人。

# 見人不可全拋一片心

荀子曰：「堯問於舜曰：『人情何如？』舜對曰：『人情甚不美，又何問焉？』」（語出《荀子・性惡》）堯向舜問道：「人情怎麼樣？」舜回答說：「人情很不好，又何必問呢？」

人情有不美之處。因此，為人處世不可全拋一片心，否則遇人不賢，極易被人利用。

在《荀子．性惡》中，荀子對「人情」作了詳細的論述。荀子說：「堯向舜問道：『人情怎麼樣？』舜回答說：『人情很不好，又何必問呢？人們有了妻子兒女，對父母的孝順就減弱了。人們的嗜好欲望達到了，對朋友的信用就減弱了。人們有了高官厚祿，對君主的忠誠就減弱了。人情啊！人情啊！這很不好，又何必問呢？』只有賢良的人才不這樣做。」

荀子之所以認為「人情不美」，正如他認為「人性本惡」一樣，是從人的否定性的一面來警醒人。

我們應感謝荀子對我們的率真，但同時我們也應感到慚愧，人與人之間的確存在著眾多不美的東西。

戰國時，魏王向楚懷王贈送了一名美女。這名美女生得眉清目秀，可與西施媲美。楚懷王自然對她十分傾心，並取名為珍珠，捧在手上怕掉了，含在口中怕化了。二人整天形影不離。

楚懷王原本有名愛妾，名叫鄭袖。珍珠未來之前懷王整日與她在一起，如今來了個珍珠，懷王對她漸漸疏遠了。鄭袖對懷王的移情別戀十分惱火，同時對珍珠嫉妒得幾乎發狂。然而鄭袖沒有大吵大鬧，她知道那樣對自己不利，弄不好會送了小命。表面上鄭袖對珍珠百般疼愛，視之為自己的親妹妹，稍有空閒就坐在一起聊天，以此向懷王表示，她對珍珠絲毫不嫉妒。

有一天，鄭袖偷偷地對珍珠說：「大王對你很滿意，也十分寵愛你，不過對你的鼻子他好像有點看不慣，大王曾在我面前說了幾次，所以以後你在大王面前，一定要將自己的鼻子捂住。」珍珠壓根不知道，鄭袖設的圈套自己已慢慢地鑽了進去。從此她在懷王面前，總是一隻手捂住鼻子，並作出難受狀。懷王莫名其妙，便來詢問鄭袖。開始鄭袖故意裝出一副遲疑的樣子，欲言又止。「別害怕，有什麼就說出來嘛！」懷王說道。「珍珠……珍珠在我面前說大王有體臭，並說特別難聞。所以她就捂住自己的鼻子。」

楚懷王脾氣十分暴躁，聽完鄭袖的話，一氣之下，將珍珠處以割鼻的劓刑。鄭袖又回到了懷王的懷抱。珍珠空負美女之名，卻不懂得保護自己，最終的下場實在可悲。

像鄭袖這樣的人，便是「人情不美」的始作俑者。鄭袖害了人，還讓受害者對她心存感激。這種人最大的特點是口蜜腹劍，兩面三刀，計算周密，演技高超。因此，要識破這種人很不容易。

令人尷尬的是，這只是「人情不美」的冰山一角。既然人情有不美之處，我們與人交往在堅守美德的同時，也要留個「心眼」，善於知人和察人。這是聖人荀子對我們的教誨。

## 【知古通今】

蘇秦向秦惠王上書十次，而連橫的主張沒有被採納。黑貂皮裘穿破了，攜帶的金銀細軟用完了，生活費用沒有了，只得離開秦國回家。裹著綁腿，穿著草鞋，背著書籍，挑著行李，身子又乾又瘦，臉色又黑又黃，流露出慚愧的樣子。回到家裡，妻子不下織機，嫂嫂不給他做飯，父母不跟他說話。蘇秦嘆著氣說：「妻子不認我做丈夫，嫂嫂不認我做叔子，父母不認我做兒子，這都是我自己的過錯啊！」就連夜翻出書籍，打開幾十個箱子把書擺出來，找到一部太公陰符兵法書，伏案誦讀，選擇重要的熟記，結合當時形勢，反覆研究它的意義。讀書疲倦想睡的時候，就拿個錐子刺自己的大腿，鮮血直流到腳上。說道：「哪有遊說人而不能得到金玉錦繡，獲取卿相尊位的呢？」過了一年，他揣摩透了，說：「這回真正可以說服當世的君主了。」

於是，蘇秦在華麗的宮殿裡遊說趙肅侯，兩人談得拍起手掌來，情投意合。趙王非常高興，封蘇秦為武安君，授給相印，還有兵車百輛，錦繡千捆，白璧百雙，黃金二十萬兩，跟在他的後面，去約集六國合縱，拆散連橫，抑制強暴的秦。所以蘇秦做了趙的相國之後，秦國透過函谷關與諸國聯繫的交通就斷絕了。這樣不費一斗糧食，不拿一件兵器，不用一個士兵打仗，不斷一張弓，不折一支箭，六國的諸侯就互相親善比兄弟還好。真是賢人當政，天下信服；一人任用，天下順從。所以說：靠政治，不靠勇敢；靠在朝廷決策，不靠在國境之外打仗。原先蘇秦不過是一個居住在窮街僻巷、低門陋屋裡的窮士罷了，拜相以後，出入都是坐車乘馬，橫行天下，在各國的朝廷上遊說諸侯，把國君左右的親信都辯得啞口無言，天下的人沒有一個敢同他抗衡。

蘇秦將要去遊說楚王，路過洛陽。他的父母聽說他來了，就收拾房屋，打掃道路，敲鑼打鼓，備辦酒席，到三十里外的郊野去迎接；他的妻子不敢正面望他，側著眼睛看他的顏色，側著耳朵聽，他的嫂嫂，像蛇一樣地爬行，伏在地上，向蘇秦跪拜，口稱請罪。蘇秦說：「嫂嫂，你為什麼先前那樣傲慢，而現在又這樣卑下呢？」嫂嫂說：「因為你現在地位尊貴，又多金錢。」蘇秦感嘆地說：

「唉呀！貧窮的時候，連父母都不把自己當作兒子；富貴的時候，連親屬都畏懼。人生存在世界上，那權勢、地位和金錢，怎麼能夠忽視呢？」

## 點評：

趨炎附勢也是「人情不美」的表現之一。趨炎附勢者的利益是短暫的，這些人缺乏深刻的思想，不可能有博大的智慧。如何面對功名利祿、毀譽褒貶呢？請聽古人一句話：飽諳世味，任覆雲翻雨，懶的開眼；閱盡人情，隨喚牛喚馬，只是點頭。

## 【延伸閱讀】

堯問於舜曰：「人情何如？」舜對曰：「人情甚不美，又何問焉？妻子具而孝衰於親，嗜欲得而信衰於友，爵祿盈而忠衰於君，人之情乎！人之情乎！甚不美，又何問焉？」唯賢者為不然。

——《荀子．性惡》

堯向舜問道：「人情怎麼樣？」舜回答說：「人情很不好，又何必問呢？

人們有了妻子兒女，對父母的孝順就減弱了。人們的嗜好欲望達到了，對朋友的信用就減弱了。人們有了高官厚祿，對君主的忠誠就減弱了。人情啊！人情啊！這很不好，又何必問呢？」只有賢良的人才不這樣做。

**公生明，偏生暗，端愨生通，詐偽生塞，誠信生神，誇誕生惑，此六生者，君子慎之，而禹桀所以分也。**

——《荀子．不苟》

公正產生廉明，偏私產生暗昧，端正誠實產生通達，欺詐虛偽產生閉塞，虔誠忠信產生神明，虛誇荒誕產生迷惑。這六種正反兩方面產生的結果，君子一定要慎重對待，賢明的禹和殘暴的桀正是憑這些區分開來的。

# 無爭才能無禍

荀子曰：「人生而有欲，欲而不得，則不能無求，求而無度量分界，則不能不爭。」（語出《荀子．禮論》）人一生下來就有欲望，有了欲望不能滿足，就要去爭取、追求，追求過分了而沒有一定的限度和界限，就勢必要發生爭執。

人因欲望而爭奪，爭來爭去，什麼也不會爭到手，爭來的只能是氣、是恨、是仇。無爭，才能無禍。

荀子在〈禮論〉中說：「人生而有欲，欲而不得，則不能無求，求而無度量分界，則不能不爭。爭則亂，亂則窮。」

人一生下來就有欲望，有了欲望不能滿足，就要去爭取、追求，追求過分了而沒有一定的限度和界限，就勢必要發生爭執。只要發生了爭鬥就會造成混亂，混亂就會造成窮困。荀子十分形象地說明了紛爭的由來。

人們之所以產生紛爭，是由於欲望過於強烈，過於看重財利和地位。其實這些都是身外之物，爭到與爭不到又有多大的關係？

得到了不一定是福，失去了未必是禍，要用辯證的思想去對待名利和地位。無休止地爭奪，是引起糾紛和禍害的根源。

對於紛爭，古人提倡要克制這種心理和行為。

賈誼〈鵩鳥賦〉中說：「豁達的人很達觀，無所求。而貪婪的人為利而死，烈士為名而亡。」

許名奎《忍經》中說：「好權的人爭權於朝廷，好利的人爭利於市場，爭來爭去永無休止，就好像殺人奪物之人逞強而不怕死。錢財能給人帶來好處，同樣也能坑害人。人們一直沒有想明白，因此而喪失生命。權勢能使人得到寵愛，也能使人備受侮辱。人們為什麼對此不好好深思，而最終被誅呢？」

荀子對紛爭則更加鄙視，他在《荀子．性惡》中說：「一味地爭奪，不怕死亡受傷，不怕對方勢力強大，只要看見有利可圖就貪得無厭，這是和豬狗一樣的勇敢啊！」

荀子告訴我們，智者有深遠的見解，不去爭奪外物，把利看成汙濁的糞土，把權力看得輕如鴻毛。認為汙濁的東西，自然就能比較容易避開；輕視一樣東西，也能很容易地拋開它。避開了利則能使人無恨，拋開了權則能讓自己輕鬆。其實，還有什麼比知足常樂更讓人快樂的呢？

要知道，在日常的生活和經營過程中，利益是創造出來的，是以誠實勞動作為基礎的，不是靠爭。爭來爭去，雙方失和，誰也不見得能夠獲得更多和更大的利益，何必爭呢？

荀子提醒我們，不爭才能無禍，不爭才是更高明的做法。

## 【知古通今】

戰國時，齊國有三個大力士，一個叫公孫捷，一個叫田開疆，一個叫古冶子，號稱「齊國三傑」。他們勇猛異常，仗著齊景公的寵愛，為所欲為。當時，齊國的田氏勢力越來越大，他聯合國內幾家大貴族，打敗了掌握實權的欒氏和高氏，威望越來越高，直接威脅著國君的統治。田開疆正屬於田氏一族，齊相晏子很擔心「三傑」為田氏效力，危害國家，想把他們除掉，又怕國君不聽，反倒壞了事。於是心裡暗暗拿定了主意：用計謀除掉他們。

一天，魯昭公來齊國訪問。齊景公設宴招待他們。魯國是叔孫大夫執行禮儀，齊國是晏子執行禮儀。君臣四人坐在堂上，「三傑」佩劍立於堂下，態度十分傲慢。正當兩位國君喝得半醉的時候，晏子說：「園中的金桃已經熟了，摘幾個來請二位國君嘗嘗鮮吧！」齊景公傳令派人去摘。晏子說：「金桃很難得，我應當親自去摘。」不一會兒，晏子領著園吏，端著玉盤獻上六個桃子。景公問：「就結這幾個嗎？」晏子說：「還有幾個，沒太熟，只摘了這六個。」說完就恭恭敬敬地獻給魯昭公、齊景公每個人一個金桃。魯昭公邊吃邊誇金桃味道甘美，齊景公說：「這金桃不易得到，叔孫大夫天下聞名，應該吃一個」。叔孫大夫說：「我哪裡趕得上晏相國呢！這個桃應當請相國吃。」齊景公說：「既然叔孫大夫推讓相國，就請你們二位每人吃一個金桃吧！」兩位大臣謝過景公。晏子說：「盤中還剩下兩個金桃，請君王傳令各位臣子，讓他們都說一說自己的功勞，誰功勞大，就賞給誰吃。」齊景公說：「這樣很好。」便傳下令去。

話音未落，公孫捷走了過來，得意洋洋地說：「我曾跟著主公上山打獵，忽然一隻吊睛大虎向主公撲來，我用盡全力將老虎打死，救了主公性命，如此大功，還不該吃個桃嗎？」晏子說：「冒死救主，功比泰山，應該吃一個桃。」公孫捷接過桃子就走。

古冶子喊著：「打死一隻虎有什麼稀奇！我護送主公過黃河的時候，有一隻黿咬住了主公的馬腿，一下子就把馬拖到急流中去了。我跳到河裡把黿殺死，救了主公，像這樣大的功勞，該不該吃個桃？」

景公說：「那時候黃河波濤洶湧，要不是將軍除黿斬怪，我的命就保不住了。這是蓋世奇功，理應吃個桃。」晏子急忙送給古冶子一個金桃。

田開疆眼看金桃分完了，急得跳起來大喊：「我曾奉命討伐徐國，殺了他們的主將，抓了五百多個俘虜，嚇得徐國國君稱臣納貢，鄰近幾個小國也紛紛歸附咱們齊國，這樣的大功，難道就不能吃個桃子嗎？」晏子忙說：「田將軍的功勞比公孫將軍和古治將軍大十倍，可是金桃已經分完，請喝一杯酒吧！等樹上的金桃熟了，先請您吃。」齊景公也說：「你的功勞最大，可惜說晚了。」田開疆手按劍把，氣呼呼地說：「殺黿打虎有什麼了不起！我跋涉千里，出生入死，反而吃不到桃，在兩國君主面前受到這樣的羞辱，我還有什麼臉活著呢？」說著竟揮劍自刎了。公孫捷大吃一驚，拔出劍來說：「我的功小而吃桃子，真沒臉活了。」說完也自殺了。古冶子沉不住氣說：「我們三人是兄弟之交，他們都死了，我怎能一個人活著？」說完也拔劍自刎了。人們要阻止已經來不及了。

魯昭公看到這個場面無限惋惜地說：「我聽說三位將軍都有萬夫不當之勇，可惜為了一個桃子都死了。」

## 點評：

為了一個桃子竟然連丟三命，這便是紛爭的結果。老子《道德經》中說：「只要不與別人相爭，天下就沒有人能與你爭。」紛爭有害而無益，因此我們必須遠離紛爭。

## 【延伸閱讀】

**快快而亡者，怒也；察察而殘者，忮也；博而窮者，訾也；清之而俞濁者，口也。**

——《荀子．榮辱》

肆意妄為導致死亡的原因，是因為突然發怒；太精明卻受殘害的原因，是因為嫉妒；學識淵博而處於困境的原因，是因為詆毀別人；希望名聲清白卻更加名聲汙濁的原因，是因為言過其實。

**直立而不見知者，勝也；廉而不見貴者，劌也；勇而不見憚者，貪也；信而不見敬者，好剸行也。**

——《荀子．榮辱》

立身正直反而不被人理解，是因為總想超過別人；為人清廉反而不被人敬重，是因為刺傷了別人的感情；勇敢而別人並不懼怕，是因為他貪圖小利；為人誠信反而不受別人尊敬，是因為愛獨斷專行。

# 人貴有自知之明

荀子曰：「子曰：『回，知者若何？』顏淵對曰：『知者自明。』」（語出《荀子．子道》）孔子問：「回啊！有智慧的人應該是怎樣的？」顏淵回答說：「有智慧的人能認識自己。」

人貴有自知之明。人不自知，容易出現兩個極端：一是自我膨脹，妄自尊大；一是自輕自賤，妄自菲薄。驕傲和自卑的根源都是對於自己的無知。

在《荀子．子道》中荀子記載了一段孔子與其弟子的談話。

子路進來，孔子問道：「由啊！有智慧的人應該怎樣？講仁德的人應該怎樣？」

子路回答說：「有智慧的人讓人了解自己，講仁德的人讓人愛自己。」

孔子說：「你可以稱為儒士了。」

子貢進來，孔子問道：「賜啊！有智慧的人應該怎樣？講仁德的人應該怎樣？」

子貢回答說：「有智慧的人了解別人，講仁德的人愛別人。」

孔子說：「你可以稱為儒士中的君子了。」

顏淵進來，孔子問：「回啊！有智慧的人應該怎樣？講仁德的人應該怎樣？」

顏淵回答說：「有智慧的人能認識自己，講仁德的人懂得自愛。」

孔子說：「你可以稱為明達的君子了。」

荀子借用孔子及其弟子的談話告訴我們：人貴有自知之明。

所謂自知，即知道自己，了解自己。把人的自知稱之為「貴」，可見人是多麼不容易自知；把自知稱之為「明」，又可見自知是一個人智慧的體現。

人之所以不自知，正如莊子所說：「目不見睫」。人的眼睛可以看見百步之外的東西，卻看不清自己的睫毛。正所謂「不識廬山真面目，只緣身在此山中」，這便是人不自知的原因。

那麼，我們該如何做到自知呢？

## 孤獨地面對自己

許多人總是陷於無窮無盡的日常事務和人際關係中，這使他們根本無暇去了解自己。在紛繁複雜的高速運轉中，你不妨給自己放個假，讓自己隱退，孤獨地只有自己，讓內心的真我有一個展現的時間和機會。

## 與自己良好對話

要真正了解自己，必須養成與自己「對話」的良好習慣。你需要每天抽出一點時間留給自己。當你一個人獨處時，你可以把自己那刻的感覺、感情、想法等在心中一一過濾，審視一下自己的心態是否平衡；了解自己真正在想些什麼；怎樣做才能使自己心安理得；出現問題最主要的原因是什麼；知道自己為人處世的缺陷等。

### 透過別人了解自己

設法了解自己在別人心目中的形象。你可以向親人或較親近的朋友詢問自己在他們心中的印象，聽聽他們對自己各方面的看法。你可以透過身邊的人對你的態度、評價，捫心自問：「我做錯了什麼?」「我做對了什麼?」「我什麼做得還不夠?」……但需切記，對於別人合理、善意的批評，應該冷靜地予以接受。

需要提醒的是，人要知道自己，了解自己，不但要知道自己多高、多重、多胖、多瘦、多美、多醜這些外在的東西。而且要知道自己是一個什麼樣的人，有什麼優點和缺點。自己應該走什麼樣的路，合適做什麼等，也就是說要找對自己的社會角色定位。從某種意義上而言，後者比前者更加重要，也更難清楚地認識。

## 【知古通今】

齊威王的相國鄒忌長得相貌堂堂，身高八尺，體格魁梧，十分漂亮。與鄒忌同住一城的徐公也長得一表人才，是齊國有名的美男子。

一天早晨，鄒忌起床後，穿好衣服、戴好帽子，信步走到鏡子面前仔細端詳全身的裝束和自己的模樣。他覺得自己長得的確與眾不同、高人一等，於是隨口問妻子說：「你看，我跟城北的徐公比起來，誰更漂亮？」

他的妻子走上前去，一邊幫他整理衣襟，一邊回答說：「您長得多漂亮啊，那徐先生怎麼能跟您比呢？」

鄒忌心裡不大相信，因為住在城北的徐公是大家公認的美男子，自己恐怕還比不上他，所以他又問他的妾，說：「我和城北徐公相比，誰漂亮些呢？」

他的妾連忙說：「大人您比徐先生漂亮多了，他哪能和大人相比呢？」

第二天，有位客人來訪，鄒忌陪他坐著聊天，想起昨天的事，就順便又問客人說：「您看我和城北徐公相比，誰漂亮？」客人毫不猶豫地說：「徐先生比不上您，您比他漂亮多了。」

鄒忌如此作了三次調查，大家一致都認為他比徐公漂亮。可是鄒忌是個有頭腦的人，並沒有就此沾沾自喜，認為自己真的比徐公漂亮。

恰巧過了一天，城北徐公到鄒忌家登門拜訪。鄒忌第一眼就被徐公那氣宇軒昂、光彩照人的形象怔住了。兩人交談的時候，鄒忌不住地打量著徐公。他覺得自己長得不如徐公。為了證實這一結論，他偷偷從鏡子裡面看看自己，再調過頭來瞧瞧徐公，結果更覺得自己長得比徐公差。

晚上，鄒忌躺在床上，反覆地思考著這件事。既然自己長得不如徐公，為什麼妻、妾和那個客人卻都說自己比徐公漂亮呢？想到最後，他總算找到了問題的答案。鄒忌自言自語地說：「原來這些人都是在恭維我啊！妻子說我美，是因為偏愛我；妾說我美，是因為害怕我；客人說我美，是因為有求於我。看來，我是受了身邊人的恭維讚揚而認不清真正的自我了。」

## 點評：

人都喜愛聽好話和奉承話，不自知的人聽到好話和奉承話，信以為真，飄飄然，覺得自己很偉大，他沒有考慮在這些話的背後，說這話的人的目的是什麼。相反，有自知之明的人，能在一片讚揚聲中保持清醒的頭腦，不會因幾句奉承而迷失了方向。

## 【延伸閱讀】

**不知則問，不能則學，雖能必讓，然後為德。**

——《荀子．非十二子》

不知道的就問，不會的就學，雖然有才學但必能謙讓，這樣才算有道德。

**大巧在所不為，大智在所不慮。**

——《荀子．天論》

最能幹的人在於他不去做不應該做的事，最聰明的人在於他不去思考不該考慮的問題。

**凡事行，有益於理者，立之；無益於理者，廢之：夫是謂中事。凡知說，有益於理者，為之；無益於理者，捨之：夫是之謂中說。**

——《荀子．儒效》

所有的事情和行為，有益於治理的就去做，無益於治理的就不做，這就叫做正確地處理事情。凡是知識和學問，有益於治理的就確立，無益於治理的就捨棄，這就叫正確地對待學說。

# 凡事量力而為

荀子曰：「孔子曰：『能之曰能之，不能曰不能，行之至也。』」（語出《荀子．子道》）孔子說：「能做到的就說能做到，不能做到的就說不能做到，這是行為的準則。」

任何事情都要量力而為，在做事情的時候要充分分析自己的能力。

荀子認為，人貴有自知之明。自知的人，知道自己能力的大小，他們懂得量力而為。

所謂「量力而為」，即正確估量自己的能力，不做力不能及的事情。

《莊子．人世間》中有這樣一個故事：

魯國的名士顏闔來到衛國遊歷，衛靈公聽說他很有才學，便打算聘請他當自己長子蒯的老師。

顏闔聽聞蒯非常凶暴，任意殺人，衛國的人對他十分懼怕。對這樣的人是否可以教導，他沒有把握，因此去請教衛國的賢人蘧伯玉。

顏闔把自己對蒯的了解告訴了蘧伯玉，然後說道：「如今大王要我當他長子的老師，我要是同意了，會很難辦的：如果放任他而不引導他走正路，他一定會繼續殘害國人，給國家帶來危難；如果對他嚴加管束，制止他胡作非為，他就會來害我。我該怎麼辦呢？」

蘧伯玉回答說：「你想用自己的才能去教育蒯，是很困難的。如果真的當他老師，應該處處謹慎，不能輕易地去觸犯他，否則便會惹出殺身之禍。就像有個人太愛自己的馬了，見有蟲咬馬，便趕緊猛力拍打。結果驚了馬，自己也被馬踢死。」

蘧伯玉見顏闔不住地點頭，便又舉了一個例子：「你知道螳螂嗎？一次我乘馬車外出，看到路上有一隻螳螂，不顧車輪正在朝牠滾去，卻奮力舉起兩條前腿走來，想擋住車輪行進。牠不知道自己的力量根本不能勝此重任，結果當然被車輪輾得粉身碎骨。螳螂之所以被輾死，是因為牠不自量力。如果你也不自量力，想去觸犯蒯聵，恐怕也要落得個與螳螂擋車一樣的下場。」

顏闔聽了，決定不去觸犯蒯聵，盡快離開衛國。後來，蒯聵因鬧事而被人殺死。

在《荀子．子道》中，荀子借用孔子的話告誡我們：「能做到的就說能做到，不能做到的就說不能做到，這是行為的準則。」

在荀子看來，量力而為，是一個人行事的準則。

一個人的能力是有限的，不知道這一點，打腫臉充胖子，硬是挺著去承擔重大的責任和使命，這顯然是吃力不討好。

不能量力而為，即力微負重，自身能力弱小，卻承擔自己力不能及的事情，如明明自己做不到卻答應別人某事，明明自己能力不足卻處於某一位置等，這樣超出自己的能力範圍，輕則損己，重則損人、損國。

凡事一定要量力而為，絕不能力微負重，否則，會給自己帶來不幸。

## 【知古通今】

孔子分別到子路和顏回家吃飯。

子路家家道殷實，招待孔子，山珍海味弄了好幾十道菜，孔子吃完回去，學生們問他吃的什麼，孔子說：「一頓家常便飯而已！」

到顏回家吃飯時，顏回的母親只做了一個野菜豆腐的飯，孔子卻吃得津津有味，讚不絕口。從顏回家回來，學生們又問他吃的什麼，孔子說：「難得的山珍海味！」

學生們對比子路和顏回兩家的經濟狀況，覺得不對勁，繼續追問老師，願聞其詳。

孔子說：「饑時甜如蜜，飽時蜜不甜，吃飯能填飽肚子就行了。吃飯也是件接受心意的事，對方恰如其分、量力而為地表達出心意就行了。子路家的生活，沒有因為我前去而造成被動，所以我說吃的是家常便飯。但顏回家就不同了，他們母子平日裡幾乎靠野菜充饑，為了我，顏回的母親到田裡撿豆子，到山上專挑剛發芽的野菜，其誠意讓我難忘，其情分讓我感動，其飯也確實比山珍海味貴重。我受之有愧，欠下了他們母子的人情。」

## 點評：

人與人的交往，免不了物質互贈，物語親情和友情。但今人的人情往來，卻不如古人的開明。現時的人情債，牽扯了人們太多的精力，也使許多人互相攀比，盲目跟風。其實，禮尚往來，也需量力而為。

## 【延伸閱讀】

孔子曰：「君子知之曰知之，不知曰不知，言之要也；能之曰能之，不能曰不能，行之至也。言要則知，行至則仁。既知且仁，夫惡有不足矣哉。」

——《荀子．子道》

孔子說：「君子知道的就說知道，不知道的就說不知道，這是說話的重要原則。能做到的就說能做到，不能做到的就說不能做到，這是行為的準則。說話符合重要原則就是智慧，行為符合準則就是仁，既有智慧又有仁德，還有什麼不足的呢？」

# 以謙遜的態度待人

荀子曰：「雖有戈矛之刺，不如恭儉之利也。」（語出《荀子・榮辱》）雖然有戈矛的銳利，也不如以恭謹謙遜的態度待人的作用大。

謙遜，即謙恭有禮。謙遜是一種美德，一種修養。能否做到謙遜是衡量一個人特質是否高尚的標準之一。

荀子曰：「雖有戈矛之刺，不如恭儉之利也。」雖然有戈矛的銳利，也不如以恭謹謙遜的態度待人的作用大。

謙遜，是一個優點，是一種高尚的特質，是一個人一生受用不盡的財富。以謙遜的態度待人，能獲得較好的人緣。

具有謙遜品德的人恪守的是一種平衡，即，使周圍的人在對自己的認同上達到一種心理上的平衡，讓別人不感到卑下和失落。不僅如此，謙遜有時還能讓人感到高貴，感到比其他人強，即產生任何人都希望能獲得的所謂優越感。所以，不讓別人感到失落而使人產生優越感的祕訣之一，便是在他面前恰當地表現自己的謙遜。

謙遜的人不易受到別人排斥，容易被社會和群體接納和認同。一個功成名就而又謙遜的人，身價定會倍增。

關於謙遜，荀子非常推崇春秋時楚國宰相孫叔敖。

一次，有一疆界的執掌官見到了孫叔敖，問：「我聽說：做官久了的人，士人嫉妒他；俸祿多了的人，百姓怨恨他；官位高的人，君主憎恨他。如今您，居官久、俸祿厚和職位尊三者都具備，卻沒有得罪楚國的士人和民眾，這是什麼原因呢？」

孫叔敖回答說：「我三次做楚國的相國，思想上更加謙卑，每當俸祿增加時，施捨就更加廣泛，地位越高，待人就越恭敬。因此，才不得罪楚國士人和民眾。」

滿招損，謙受益。荀子在《荀子．宥坐》中記載了一段孔子與子路的對話。

子路問：「請問有保持『滿』的狀況的辦法嗎？」

孔子說：「聰明有智慧的，就以愚拙的樣子來保持；功蓋天下的，就用謙讓的態度來保持；勇力蓋世的，就用怯懦的樣子來保持；天下最富有的，就用謙遜的態度來保持，這就是謙讓再謙讓的辦法。」

謙遜是為人處世的金科玉律。謙遜的人從不自高自大、自鳴得意，自以為是。

荀子說：「傲慢輕侮，是人的災禍；恭謹謙遜，能排除戰爭的危脅。」謙遜，連戰爭的威脅都能排除，又何況是人與人之間的矛盾呢？

然而，對於謙遜，有一點需要指明：謙遜並不是卑躬屈膝，更不是趨炎附勢。過度的謙遜不僅是在欺騙別人，也是對自己能力的詆毀。所以，謙遜必須與適時的自我肯定相結合。

## 【知古通今】

曹操招安張繡之後，聽取了賈詡的建議，打算找一位名士去招安劉表。孔融推薦禰衡。誰知禰衡恃才自傲，將曹操的手下貶損一番。當時張遼在一旁，抽劍要殺禰衡。曹操制止說：「我正缺少一個鼓吏，早晚朝賀享宴，可令你擔任這個職責。」禰衡不推辭，應聲而去。張遼說：「此人出言不遜，為何不殺了他？」曹操說：「此人素有虛名，遠近皆知，今天殺了他，天下人必然說我不能容人。他自以為有能耐，所以令他為鼓吏來羞辱他。」

第二天，曹操大宴賓客，令鼓吏擊鼓。禰衡一身舊衣而入，擊《漁陽三撾》，音節殊妙，深沉遼遠，如金石之聲。座上人聽著，莫不慷慨流涕。左右人喝道：「為何不更衣？」禰衡當著他們的面脫下舊衣服，裸體而立，赤身盡露，客人皆掩面。禰衡慢慢穿上褲子，臉色不變。曹操叱道：「廟堂之上，為何這般無禮？」禰衡說：「欺君罔上才叫無禮。我露父母之形，以顯清白之體而已。」曹操說：「你清白，那誰汙濁呢？」禰衡道：「你不識賢愚，眼濁；不讀詩書，口濁；不納忠言，耳濁；不通古今，身濁；不容諸侯，腹濁；常懷篡逆之意，心濁。我是天下名士，你把我用作鼓吏，這像陽貨輕賤孔子。」曹操指著禰衡說：「令你去荊州做說客，如果劉表來降，就封你做公卿。」禰衡不肯去，曹操便命備三匹馬，令二人挾持著他而去。

禰衡到荊州，見劉表之後，表面上頌揚劉表的功德，可實際上盡是譏諷。劉表不高興，叫他去見黃祖。有人問劉表：「禰衡戲謔主公，為何不殺了他？」劉表說：「禰衡多次羞辱曹操，曹操不殺他，是因為怕因此失去人心，所以叫他當說使到我這裡來，要借我的手殺他，使我蒙受害賢的惡名。我如今讓他去見黃祖，讓曹操知道我劉表有見識。」眾人皆說好。

禰衡至黃祖處，共飲，皆醉。黃祖問禰衡：「你在許都有什麼人？」禰衡說：「大兒孔融，小兒楊修。除此二人，別無人物。」黃祖說：「我像什麼呢？」禰衡說：「你像廟中的神，雖然受祭祀，遺憾的是不靈驗！」黃祖大怒，說：「你把我比成是土木製作的偶像了！」於是殺了禰衡。禰衡至死罵不絕口。曹操得知禰衡被殺，笑著說：「腐儒舌劍，反自殺了！」

**點評：**

古語云：「天不言自高，地不言自厚。」自己有無本事，本事有多大，別人都看得見，心裡都有數，不用自吹，更不能狂妄。沒有人樂意依賴一個言過其實的人，也沒有人樂意幫助一個出言不遜的人。所以，無論如何還是謙遜一些，恭謹一些，切忌出言不遜。

## 【延伸閱讀】

憍泄者，人之殃也；恭儉者，摒五兵也。雖有戈矛之刺，不如恭儉之利也。故與人善言，暖於布帛；傷人之言，深於矛戟。

——《荀子．榮辱》

傲慢輕侮，是人的災禍；恭謹謙遜，能排除戰爭的危脅。雖然有戈矛的銳利，也不如恭謹謙遜的態度待人的作用大。所以，用美好的語言稱讚別人，比送給人布帛溫暖；用惡毒的語言傷害別人，比矛戟傷人更深。

子路曰：「敢問持滿有道乎？」孔子曰：「聰明聖知，守之以愚；功被天下，守之以讓；勇力撫世，守之以怯；富有四海，守之以謙。此所謂挹而損之道也。」

——《荀子．宥坐》

子路問：「請問有保持『滿』的狀況的辦法嗎？」孔子說：「聰明有智慧的，就以愚拙的樣子來保持；功蓋天下的，就用謙讓的態度來保持；勇力蓋世的，就用怯懦的樣子來保持；天下最富有的，就用謙遜的態度來保持，這就謙讓再謙讓的辦法。」

荀子與人交往十分謙遜有禮。

「滿招損，謙受益」。驕傲自滿會使自己遭受損害，是無知的表現；謙虛謹慎會使自己得到益處，是做人的美德。

謙遜，是一種美好的特質，是一種崇高的精神境界。

# 做人要有自己的主見

荀子曰：「天不為人之惡寒也，輟冬；地不為人之惡遼遠也，輟廣。」（語出《荀子．天論》）天不會因為人討厭寒冷，而廢止冬天；地不會因為人討厭它的廣闊遠大，而廢止了它的廣大。

走自己的路，讓別人去說吧！有智慧的人有自己的主見，他們懂得堅定自我，而不人云亦云。

荀子曰：「天不為人之惡寒也，輟冬；地不為人之惡遼遠也，輟廣；君子不為小人匈匈也，輟行。」

意思是說，天不會因為人討厭寒冷，而廢止冬天；地不會因為人討厭它的廣闊遠大，而廢止了它的廣大；君子不會因為小人氣勢洶洶，而廢止他的德行。

在荀子看來，做人要有自己的準則，而不會為了迎合別人隨便改變自己。然而，現實生活中就是有這樣一種人，他們一聽到不同的意見，就惶惶然不知所措，隨便放棄自己的立場，毫無主見可言。

有這樣一個有趣的故事：

爺孫倆騎驢外出，開始時爺爺騎在驢上，孫子徒步，這時遇見幾個少年，他們立即指責這位爺爺，怎麼能只圖自己享受，讓自己那麼小的孫子走路呢？爺爺一想也對，孩子那麼小，是不宜跋涉辛苦的。於是爺爺下驢，換孫子坐了上去。

孫子坐上去還沒一會兒，又遇到幾個年紀大的人，他們異口同聲地責備騎在驢上的孫子，怎麼能讓鬍子已經白了的爺爺走路，而自己卻悠哉悠哉地安享快樂呢？孫子一想，也覺得自己不對，自己年紀輕輕的，卻讓年邁的爺爺勞累，真是過意不去。於是孫子也從驢上下來，他們乾脆兩人都不騎驢，一起徒步趕路。

沒走一會兒，又遇見幾個人，他們嘲笑著說，這爺孫倆真是糊塗，有驢不去騎，卻用兩條腿趕路，真是蠢笨如驢。這爺孫倆想了想，不無道理。怎麼能讓人走路，卻讓天生馱物的畜牲閒著呢？於是，這爺孫倆全都騎上了驢。

還沒走多遠，又遇到一群人，他們又批評道，你看這爺孫倆真不像話，兩人都騎在驢背上，不怕把驢壓死了嗎？畜牲雖是畜牲，好歹也是條命啊！這爺孫倆一聽，也覺得沒有說錯，他們只好又從驢背上下來。然而，這一次他們為難了，到底該怎麼辦呢？

一頭驢，爺爺坐，孫子坐不成，別人批評爺爺；孫子坐，爺爺坐不成，別人指責孫子；爺孫都不坐，別人說他們蠢得要命；爺孫都坐，別人又說他們糟蹋動物。有驢騎也不是，不騎也不是，這真是莫衷一是，叫人哭笑不得。由此可見，人們對同一件事的看法和態度是多麼的不同啊！

事實也的確如此，生活中每個人的知識、教養、經驗、所處位置等各不相同，他們也完全會有不同的情感和取向。在這眾口難調的世界裡，如果一個人沒有主見，人云亦云，亦步亦趨，沒有自己的衡量取捨標準，他將無所適從。

所以，無論做什麼事情，都要有自己的主見。當我們認定了一件事，就不能太在意別人的說法和看法。

相信自己沒有錯，為什麼害怕別人議論呢？

## 【知古通今】

一位畫家想畫出一幅人人見了都喜歡的畫。

畫畢，他拿到市場去展出。畫旁放一枝筆，並附上說明：每一位觀賞者，如果認為此畫有欠佳之處，均可在畫中塗上記號。

晚上，畫家取回畫，發現整個畫面都塗滿了記號——沒有一筆一畫不被指責。畫家十分不快，對這次嘗試深感失望，他決定換一種方法去試試。

畫家又摹了一張同樣的畫拿到市場上展出。可這次，他要求觀賞者將其最為欣賞的妙筆標上記號。當畫家再取回畫時，畫面又被塗遍了記號，一切曾被指責的筆畫，如今卻都換上了讚美的標記。

## 點評：

我們無法改變別人的看法，能改變的只能是我們自己。每個人都有自己的想法，每個人都有自己的見解。討好每個人是愚蠢的，也是沒有必要的。與其一味地把精力花在獻媚別人，無時無刻地順從別人上，還不如把主要精力放在踏踏實實地做人和兢兢業業地做事上。

## 【延伸閱讀】

**天不為人之惡寒也，輟冬；地不為人之惡遼遠也，輟廣；君子不為小人匈匈也，輟行。天有常道矣，地有常數矣，君子有常，體矣。君子道其常，而小人計其功。**

——《荀子．勸學》

天不會因為人討厭寒冷，而廢止冬天；地不會因為人討厭它的廣闊遠大，而廢止了它的廣大；君子不會因為小人氣勢洶洶，而廢止他的德行。天有一定的運行規律，地有一定的運行法則，君子有一定的做人準則。君子遵循他的做人標準，而小人卻計較他的功利得失。

# 先事慮事，先患慮患

荀子曰：「先事慮事，先患慮患。」（語出《荀子．大略》）在事情發生之前就要對事情有所考慮，在禍患發生之前就要對禍患有所考慮。

在事情發生之前有所考慮，事情才能圓滿完成；在禍患發生之前有所考慮，禍患就不會發生。

人宜遠慮，歷為儒家所重視。

孔子云：「人無遠慮，必有近憂。」人如果不考慮長遠，那麼憂患一定會在近期出現。

荀子曰：「先事慮事，先患慮患。」在事情發生之前就要對事情有所考慮，在禍患發生之前就要對禍患有所考慮。

概括而言，荀子的話中，包含了兩層含義。

**先事慮事**

荀子曰：「先事慮事謂之接，接則事優成。」在事情發生之前有所考慮的叫做迅速，迅速則事情就能圓滿完成。

正如《禮記．中庸》中所說：「凡事豫則立，不豫則廢。」無論做什麼事，事先要有所準備才能成功，否則就會失敗。

凡事應未雨綢繆。否則，平時不作充分的準備，當事情發生之後才去想應對之策，顯然太晚。「平時不燒香，臨時抱佛腳」，臨渴掘井，往往事與願違。

做學問，書到用時方恨少，是由於平時讀書太少所致；做事業，到手的機遇抓不住，往往是因為平時沒有作充分準備。

荀子說：「事情來了之後才考慮的叫做落後，落後事情就辦不成。」

所以，凡事作好充分準備，才能有備無患。

除此之外，「先事慮事」還包含著一種「事先籌劃」的意識。做事情要周全，事先預定一個完整的計畫，事情就容易辦成。

**先患慮患**

荀子曰：「先患慮患謂之豫，豫而禍不生。」在禍患發生之前對禍患有所考慮的叫做預見，有預見禍患就不會發生。

其實，荀子這裡所說的是一種「居安思危」的憂患意識。所謂「居安思危」，即在安定的環境裡，要考慮到有可能出現的危難。

生活中，許多因素並不是人可以完全把握的，禍患、災難隨時都有可能發生。所以，人們在安定的時候，應保持謹慎，對此應有所預見，有所警惕並有所防備，以免在災禍來臨之時，因自己毫無防備而措手不及，輕則摔跤跌倒，重則招致滅頂之災。

荀子舉例說：「這兩種魚，喜歡浮出水面晒太陽。在沙灘上擱淺後又想回到水中，那麼就來不及了。遭遇禍患後才想謹慎，也就沒有什麼可補益的了。」

荀子又說：「禍患來了才考慮的叫做窮困，窮困則禍患就無法抵擋。」人不能居安思危，往往就會麻木地陶醉在一種舒適的生活中，幻想自己的生活永遠風平浪靜。顯然，我們不能坐等危機的到來，而應先患慮患。

## 【知古通今】

周武王消滅商朝後，沒有殺掉商紂王的兒子武庚，而繼續封他為殷君，讓他留在商的舊都，但對他又不放心，所以讓自己的三個弟弟管叔、蔡叔和霍叔，分封在商舊都的東面、西面和北面，以便監視武庚和商朝的遺民，稱為「三監」。

武王的弟弟周公旦以及太公、召公等，幫助武王滅商立了大功，武王把他們留在鎬京城輔政，其中周公旦最受武王寵信。

過了兩年，武王患了重病，大臣們都非常憂愁。忠於武王的周公旦特地祭告周朝祖先，表示願意代替哥哥去死，只望武王病癒。祝罷，命人將祝辭封存在石室裡，不準任何人泄密。

說來奇怪，周公旦祝禱後，武王的病情一度有了好轉。但是，不久又發病去世。年幼的太子姬誦被擁立為國王，周公旦受武王遺命攝政。

周公旦的攝政，引起了管叔等三個叔叔的妒忌。他們放出話來，說周公旦企圖奪取成王的王位。這些流言蜚語很快傳到成王耳朵裡，從而引起了成王的疑慮。周公旦知道後，對太公和召公說：「如果我不討伐他們，就無法告慰於先王！」

但是，周公旦考慮到一時很難向成王說清楚，又為了解除他對自己的疑慮，就離開鎬京，前往東都雒邑。

武庚不甘心商朝的滅亡。他見周氏兄弟之間發生了矛盾，就派人和管叔等「三監」聯絡，挑撥他們與周公旦的關係。與此同時，他積極準備起兵反叛。

周公旦在雒邑住了兩年，其間他調查清楚了武庚暗中與管叔等勾結的情況，便寫了一首詩送給成王。這首詩的詩名叫《貓頭鷹》。它的前兩節是這樣的：

「貓頭鷹啊貓頭鷹！

你已搶走了我的兒，不要再毀我的家。

我多麼辛苦殷勤喲，為哺育兒女已經全累垮！
趁著天還沒有下雨，
我就忙著把桑根剝下，
加緊修補好門窗。
因為下面的人呀，有時還會把我欺嚇！」

這首詩以母鳥的口吻哀鳴，反映了周公旦對國事的關切和憂患。詩中的貓頭鷹是指武庚，哀鳴的母鳥則是周公旦自己。

不料，年輕的成王並沒有看懂這首詩的含義，因此沒有理解周公旦的苦衷。後來，他無意之中在石室裡發現了周公旦的祝辭，深受感動，立即派人把周公旦請回鎬京。這時，成王才知道武庚與三叔相互勾結的內情，派周公旦出兵討伐。最後，殺了武庚、管叔和霍叔，蔡叔在流放中死去，周王朝得到了鞏固和發展。

## 點評：

所謂「未雨綢繆」，即趁著天還沒有下雨，先把窩巢纏綁牢固，比喻事先作好準備，防患於未然。周公旦便是懂得「先事慮事，先患慮患」的人，如果不是他未雨綢繆，年輕成王的下場可想而知。

**【延伸閱讀】**

者，浮陽之魚也。胠於沙而思水，則無逮矣。掛於患而欲謹，則無益矣。

——《荀子．榮辱》

這兩種魚，喜歡浮出水面晒太陽。在沙灘上擱淺後又想回到水中，那麼就來不及了。遭遇禍患後才想謹慎，也就沒有什麼可補益的了。

先事慮事，先患慮患。先事慮事謂之接，接則事優成。先患慮患謂之豫，豫而禍不生。事至而後慮者謂之後，後則事不舉。患至而後慮者謂之困，困則禍不可御。

——《荀子．大略》

在事情發生之前就要對事情有所考慮，在禍患發生之前就要對禍患有所考慮。在事情發生之前有所考慮的叫做迅速，迅速則事情就能圓滿完成。在禍患發生之前對禍患有所考慮的叫做預見，有預見禍患就不會發生。事情來了之後才考慮的叫做落後，落後了事情就辦不成。禍患來了才考慮的叫做窮困，窮困則禍患就無法抵擋。

# 勿怨天尤人

荀子曰：「怨人者窮，怨天者無志。」（語出《荀子・榮辱》）埋怨別人的人常處於困境，埋怨天的人沒有志向。

有智慧的人不怨天尤人，因為他們知道，任何事情，除了受客觀條件制約外，都是由自己的所作所為造成的。

荀子曰：「自知者不怨人，知命者不怨天；怨人者窮，怨天者無志。」

意思是說，有自知之明的人不埋怨別人，知道命運的人不埋怨天；埋怨別人的人常處於困境，埋怨天的人沒有志向。

在荀子看來，怨天尤人不可取。

怨天尤人就像精神的烈性毒藥，只會帶來更大的痛苦，並且使前進的動力逐漸消耗殆盡，最終形成惡性循環。

整天心懷怨氣的人，總感覺生活對他不公平，而又希望一些神奇的力量改變那些使他產生怨恨的事情，使他得到補償。從這個意義上來說，怨天尤人是對已發生之事的一種心理反抗或排斥。

怨天尤人的結果是自毀形象，得不償失。就算抱怨的是真正的不公正與錯誤，它也不是解決問題的好方法，因為它很快就會轉變成一種習慣情緒。一個人習慣的覺得自己是不公平的受害者，就會定位於受害者的角色上，並可能隨時尋找外在的藉口，想方設法去為自己辯護。

習慣性的怨天尤人一定會帶來自憐，而自憐又是最壞的習慣。有人說這類人只有在苦惱中才會感到適應，在這種埋怨和自憐的習慣作用下，他們會把自己想像成一個不快樂的可憐蟲或者犧牲者。

一個人如果總是憤憤不平，他就不可能把自己想像成自立、自強的人。怨天尤人的人把自己的命運交給別人，把自己的感受和行動交給別人支配。怨天尤人幾乎是無道理可言的，就像毒蛇纏身，很難擺脫出來。若是有人給他快樂他也會怨天尤人，因為對方不是照他希望的方式給的；若是有人感激他，而且這種感激是出於欣賞他或承認他的價值，他還會怨天尤人，因為別人欠他的這些感激的債並沒有完全償還；若是生活不如意，他更會怨天尤人，因為他更會生活欠他的太多。

其實，產生怨天尤人的真正原因是自己的情緒反應。因此，只有自己才有力量克服它，如果你能理解並且深信：怨天尤人與自憐不是取得成功與幸福的方法，你便可以控制並改變這種習慣。

荀子說，錯誤是自己造成的，你反而責怪別人，難道不是太不著邊際了嗎？

## 【知古通今】

威爾遜先生是一位成功的企業家，他從一個普普通通的事務所小職員做起，經過多年的奮鬥，終於擁有了自己的公司。

這一天，威爾遜先生從他的辦公樓走出來，剛走到街上，就聽見身後傳來「嗒嗒嗒」的聲音，那是盲人用竹竿敲打地面發出的聲響。威爾遜先生愣了一下，緩緩地轉過身。

那盲人感覺到前面有人，連忙上前說道：「尊敬的先生，您一定發現我是一個可憐的盲人，能不能占用您一點點時間呢？」

威爾遜先生說：「我要去會見一個重要的客戶，你要說什麼就快說吧。」

盲人在一個包裡摸索了半天，掏出一個打火機，說：「先生，這個打火機只賣兩美元，這可是最好的打火機啊！」

威爾遜先生聽了，嘆了口氣，把手伸進西服口袋，掏出一張鈔票遞給盲人：「我不抽菸，但我願意幫助你。這個打火機，也許我可以送給電梯的小夥子。」

盲人用手摸了一下那張鈔票，竟然是一百美元！他用顫抖的手反覆撫摸這錢，嘴裡連連感激著：「您是我遇見過的最慷慨的先生！仁慈的富人啊，我為您祈禱！上帝保佑您！」

威爾遜先生笑了笑，正準備離開，盲人拉住他，又喋喋不休地說：「您不知道，我並不是一生下來就瞎的。都是二十三年前布爾頓的那次事故！太可怕了！」

威爾遜先生一震，問道：「你是在那次化工廠爆炸中失明的嗎？」

盲人彷彿遇見了知音，興奮得連連點頭：「是啊是啊，您也知道？這也難怪，那次光炸死的人就有九十三個，傷的人有好幾百，可是頭條新聞啊！」

盲人想用自己的遭遇打動對方，爭取多得到一些錢，他可憐巴巴地說：「我真可憐啊！到處流浪，孤苦伶仃，吃了上頓沒下頓，死了都沒人知道！」他越說越激動，「您不知道當時的情況，火一下子冒了出來！彷彿是從地獄中冒出來的！逃命的人群都擠在一起，我好不容易衝到門口，可是一個大個子在我身後大喊，『讓我先出去！我還年輕，我不想死！』他把我推倒了，踩著我的身體跑了出去！我失去了知覺，等我醒來，就成了瞎子，命運真不公平呀！」

威爾遜先生冷冷地說：「事實恐怕不是這樣吧？你說反了。」

盲人一驚，用空洞的眼睛呆呆地對著威爾遜先生。

威爾遜先生一字一句地說：「我當時也在布爾頓化工廠當工人。是你從我的身上踏過去的！你長得比我高大，你說的那句話，我永遠都忘不了！」

盲人站了好長時間，突然一把抓住威爾遜先生，發出一陣大笑：「這就是命運啊！不公平的命運！你在裡面，現在出人頭地了，我跑了出去，卻成了一個沒有用的瞎子！」

威爾遜先生用力推開盲人的手，舉起了手中一根精緻的棕櫚手杖，平靜地說：「你知道嗎？我也是一個瞎子。你相信命運，可是我不信。」

**點評：**

殘疾並不意味著失去一切，靠自己的奮鬥一樣可以獲得成功，贏得尊敬。同樣是盲人，有的人只能以乞討為生，有的人卻能出人頭地，這決非命運的安排，而在於個人奮鬥與否。盲人尚能如此，我們一切正常的人又怎麼能怨天尤人呢？

## 【延伸閱讀】

自知者不怨人，知命者不怨天；怨人者窮，怨天者無志。失之己，反之人，豈不迂乎哉？

——《荀子．榮辱》

有自知之明的人不埋怨別人，知道命運的人不埋怨天；埋怨別人的人常處於困境，埋怨天的人沒有志向。錯誤是自己造成的，反而責怪別人，難道不是太不著邊際了嗎？

# 做君子，不做小人

荀子曰：「孔子曰：『君子……有終身之樂，無一日之憂。小人者……有終身之憂，無一日之樂也。』」（語出《荀子・子道》）孔子說：「君子……有終身的快樂，而沒有一天的憂愁。小人……有終身的憂愁，而沒有一天的快樂。」

君子耿直、忠良、光明磊落、胸襟坦蕩……小人奸邪、卑鄙、汙濁、偏激、狡詐……為什麼有的人情願當小人，而不願意當君子呢？其實，人人原本的意願是當君子，之所以選擇當小人，歸根究柢是受利益的驅使。

一天，荀子為韓非、李斯等弟子講解「君子與小人的區別」。

韓非問：「先生，君子是一種什麼樣的人呢？」

荀子回答說：「概括而言，君子就是明了禮義，並能親身實踐的人。」

「君子學習淵博的知識，且每天檢查和反省自己。」

「君子尊重別人，但不奢求被別人尊重。」

「君子講究誠信，不以不被人相信為恥。」

「君子不會被金錢名譽誘惑。」

「君子不誹謗別人，也不怕被人誹謗。」

「君子拒絕賄賂，小到小禽小犢不要，大到連整個國家給他都不要。」

「君子道德高尚，很容易交許多朋友。君子在朋友之間施行仁義。」

「君子為了『禮』、『義』，可以犧牲自己。」

「君子稱讚別人的美德，但絕不阿諛奉迎。」

「君子指出別人的過失，但絕不挑剔別人。」

「君子啊！他的言行猶如日月，人皆仰視。」

李斯問：「先生，那小人是一種什麼樣的人呢？」

荀子回答說：「概括而言，小人就是好利、好嫉妒、好聲色，不學禮義，不修養身心，任其本性發展下去的人。」

「小人從來不說真話，不講誠信，到處搞欺騙。」

「小人唯利是圖，大發不義之財。」

「小人嫉恨別人，栽贓陷害別人，好私鬥。」

「小人一旦掌握了權力，便會耀武揚威，不可一世也。」

「小人獨斷專行，聽不進別人的勸告。」

「小人排擠賢良有功的人，陷害不與他們同流合汙的人。」

「小人只想獨享榮華富貴，從不懂得與人分享。」

「小人甚至會公然犯法，成為強盜。」

「小人在國家混亂時，會殺父弒君，賣國投敵。」

毫無疑問，荀子讚賞君子，而鄙視小人。荀子教導他的弟子們，做君子，而不做小人。

荀子借用孔子的話告訴我們：「君子……有終身的快樂，而沒有一天的憂愁。小人……有終身的憂愁，而沒有一天的快樂。」

君子為人所尊敬，小人為人所不恥；君子凡事順利，小人災禍連連。在現在生活中，究竟是選擇做一個君子，還是做一個小人，有智慧的人會毫不猶豫地做出正確的選擇。

## 【知古通今】

李勉是唐朝人，從小喜歡讀書，並且注意按照書上的要求去做。時間長了，就成了習慣，培養出了誠信儒雅的君子風度。

他雖然家境貧寒，但是從不貪取不義之財。

有一次，他出外學習，住在一家旅館裡。正好遇到一個準備進京趕考的書生，也住在那裡。兩人一見如故，於是經常在一起談古論今，討論學問，成了好朋友。

有一天，這位書生突然生病，臥床不起。李勉連忙為他請來郎中，並且按照郎中的吩咐幫他煎藥，照看著他按時服藥。一連好多天，李勉都細心照顧著病人的起居飲食等日常生活。可是，那位書生的病不但沒有好轉，反而一天天地惡化下去了。看著日漸虛弱的朋友，李勉非常著急，經常到附近的百姓家裡尋找民間藥方，並且常常一個人跑到山上去挖藥店裡買不到的草藥。

一天傍晚，李勉挖藥回來，先到朋友的房間，看見書生氣色似乎好了一些。他心中一陣歡喜，關切地湊到床前問：「哥哥，感覺可好一些？」書生說：「我想，我剩下的時間不多了，這可能是迴光返照，臨終前兄弟還有一事相求。」

李勉連忙安慰道：「哥哥別胡思亂想，今天你的氣色不是好多了嗎？只要靜心休養，不久就會好的。哥哥不必客氣，有事請講。」

書生說：「把我床下的小木箱拿出來，幫我打開。」

李勉按照吩咐做了。

書生指著裡面一個包袱說：「這些日子，多虧你無微不至的照顧。這是一百兩銀子，本是趕考用的盤纏，現在用不著了。我死後，麻煩你用部分銀子替我籌辦棺木，將我安葬，其餘的都奉送給你，算我的一點心意，請千萬要收下，不然的話兄弟我到九泉之下也不會安寧的。」

李勉為了使書生安心，只好答應收下銀子。

第二天清晨，書生真的去世了。李勉遵照他的遺願，買來棺木，精心為他料理後事。剩下了許多銀子，李勉一點也沒有動用，而是仔細包好，悄悄地放在棺木裡。

不久，書生的家屬接到李勉報喪的書信後趕到客棧。他們移開棺木後，發現了陪葬的銀子，都很吃驚。了解到銀子的來歷後，大家都被李勉的誠實守信不貪財的高尚品行所感動。

後來李勉在朝廷做了大官，他仍然廉潔自律，誠信自守，深受百姓的愛戴，在文武百官中也是德高望重。

**點評：**

毋庸置疑，李勉是一個君子。千百年來，正義、善良因君子之為而生，和平、美好君子風範凜然佇立於地。所以，做人應言行一致，要不屑於名和利；為官不聽信讒言媚語，不讓利益迷惑了心智，始終不渝地保持著一雙明亮的眼睛，一顆堅貞的心。

## 【延伸閱讀】

君子能亦好，不能亦好；小人能亦醜，不能亦醜；君子能則寬容易直以開道人，不能則恭敬繜以畏事人；小人能則倨傲僻違以驕溢人，不能則妒嫉怨誹以傾覆人。

——《荀子．不苟》

君子有才能美，沒有才能也美；小人有才能醜，沒有才能也醜；君子有才能就寬容、平易近人、正直，並且用來開導別人，沒有才能也會恭敬、謙遜，用敬畏的態度去體奉人；小人有才能就會傲慢、邪僻，並且用驕傲的輕侮的態度待人；小人沒有才能也會妒嫉、怨恨，用言語誹謗來顛覆陷害人。

子路問於孔子曰：「君子亦有憂乎？」孔子曰：「君子，其未得也則樂其意；既已得之，又樂其治。是以有終身之樂，無一日之憂。小人者，

**其未得也，則憂不得；既已得之，又恐失之。是以有終身之憂，無一日之樂也。」**

——《荀子．子道》

子路問孔子說：「君子也會有憂愁嗎？」孔子說：「君子在沒有獲得官職時，就以修養自我為樂；在獲得官職以後，又以能有所作為為樂。所以，君子有終身的快樂，而沒有一天憂愁。小人，在獲得官職之前，憂愁的是不能獲得官職，在得到官職之後，又擔心官職會失去。所以，小人有終身的憂愁，而沒有一天的快樂。

荀子博學深思，其思想學說以儒家為本，兼採道、法、名、墨諸家之長。他以孔子、仲弓的繼承者自居，維護儒家的傳統，痛斥子張氏、子夏氏、子游氏之儒為「賤儒」，對子思、孟子一派批評甚烈。其對孔子思想有所損益，政治思想中突出強調了孔子的「禮學」，頗有向法家轉變的趨勢，韓非、李斯都是荀子的弟子。

# 對小人敬而遠之

荀子曰：「人賢而不敬，則是禽獸也；人不肖而不敬，則是狎虎也。」（語出《荀子．臣道》）別人賢德卻不尊敬他，那就像禽獸一樣；別人沒有才德如果不尊重他，那就像戲弄老虎。

生活中，一旦我們得罪了小人，他就會想方設法來破壞你的正事，分散你的精力，使你不能安心於工作、學習和生活。所以，我們對小人應敬而遠之，畏而防之。

荀子曰：「敬人有道：賢者則貴而敬之，不肖者則畏而敬之；賢者則親而敬之，不肖者則疏而遠之。」

意思是說，尊敬別人有標準：對賢德的人就要當尊貴的人一樣禮敬他，對沒有才德的人就要小心地敬奉他；對賢德的人就要當親人一樣尊敬他，對沒有才德的人就要遠而敬之。

人大體分為兩種，君子和小人。在龍蛇混雜的社會中，我們常常會遇到小人，我們每天都生活在小人的周圍。很多時候，我們對小人恨之入骨，卻又無可奈何。

君子與小人不兩立，而小人與君子不同謀。君子坦蕩蕩，用心於正，疏於防範；小人常竊竊，用心於邪，暗施詭計，讓人防不勝防。因此，君子要敬畏小人。敬，是敬而遠之；畏，是畏而防之。

面對小人，我們嗤之以鼻，卻不要隨便惹他。「休與小人結仇，小人自有對頭」，自然界一物降一物，鳥吃蟲，貓捕鼠，是生態平衡的一種法則。任何一種動物，再凶再惡自有克制牠的另一種動物存在。人與人之間也是如此，所謂「惡人自有惡人磨」，小人自然有小人來降制他，所以我們不必跟小人結仇，以避其險惡蜂蠆之毒。身邊的小人令我們感到煩惱，我們更應小心處世，對待小人，敬而遠之。

面對小人，在敬而遠之的同時，還要畏而防之。小人之所以常常給別人氣受，甚至樂此不疲，主要是因為這樣做是有所圖。要麼是為了損人利己，爭得一些好處；要麼純粹是為了陷害別人，避免別人勝過自己，謀求心理上的平衡。小人是思索別人的專家，敢於為小恩怨付出一切代價。這些鼠輩小人，他們的眼睛牢牢地盯著我們周圍所有的大大小小的利益，隨時準備多撈一份，他們往往會不惜一切代價使用各種手段來算計別人，因此，對小人必須要有所防範。

面對小人，在做好敬而遠之和畏而防之的同時，還要懂得忍。在和小人發生矛盾、紛爭甚至對抗時，一定要忍讓。忍一時風平浪靜，退一步海闊天空，惹著小人就等於惹了麻煩。人們常說吃虧是福，其實吃些小虧也無妨。

## 【知古通今】

李林甫是常伴隨唐玄宗的一個奸臣，心胸極端狹隘，容不得別人得到唐玄宗的寵愛。唐玄宗有個喜好，他比較喜歡外表漂亮、一表人才、氣宇軒昂的武將。

有一次，唐玄宗在李林甫的伴同下正在花園裡散步，遠遠看見一個相貌堂堂、身材魁梧的武將走過去，便感嘆了一句：「這位將軍真漂亮！」便問身邊的李林甫那位將軍是誰，李林甫支吾著說不知道。此時他心裡很慌張，生怕唐玄宗喜歡上那位將軍。

事後，李林甫暗地裡指使人把那位受到唐玄宗讚揚了一句的將軍調到一個非常邊遠的地方，使他再也沒有機會接觸唐玄宗。

**點評：**

小人的行為讓人莫名其妙，其心眼很小，為一點小榮辱就會不惜一切，做出損人利己的事來。小人固然厲害，但我們並不怕他，避開小人是因為我們不值得把太多的精力浪費在一些沒有價值的爭鬥上。

**【延伸閱讀】**

仁者必敬人。凡人非賢，則案不肖也。人賢而不敬，則是禽獸也；人

**不肖而不敬，則是狎虎也。禽獸則亂，狎虎則危災及其身矣。**

——《荀子．臣道》

仁德的人一定要尊敬別人。凡是不賢德的人，就是沒有才能的人。別人賢德卻不尊敬他，那就像禽獸一樣；別人沒有才德如果不尊重他，那就像戲弄老虎。人若像禽獸一樣就會作亂，戲弄老虎就會將危險災害招致到自己身上。

**仁者必敬人。敬人有道：賢者則貴而敬之，不肖者則畏而敬之；賢者則親而敬之，不肖者則疏而敬之。其敬一也，其情二也。**

——《荀子．世道》

仁德的人一定要尊敬別人。尊敬別人有標準：對賢德的人就要當尊貴的人禮敬他，對沒有才德的人就要小心地敬奉他；對於賢德的人就要當親人一樣尊敬他，對於沒有才德的人就要遠而敬之。這些雖然都是敬，可是其中的實際情況卻是兩樣。

電子書購買

國家圖書館出版品預行編目資料

在偽善社會裡，荀子教你做自己：收斂、自制與行動力，儒學大師的完美人生建構法 / 劉燁，山陽著 . -- 第一版 . -- 臺北市：崧燁文化事業有限公司，2021.12

面；　公分

POD 版

ISBN 978-986-516-598-7(平裝)

1.(周)荀況 2. 荀子 3. 學術思想 4. 研究考訂

121.277　　　110002540

# 在偽善社會裡，荀子教你做自己：收斂、自制與行動力，儒學大師的完美人生建構法

臉書

作　　者：劉燁，山陽

發 行 人：黃振庭

出 版 者：崧燁文化事業有限公司

發 行 者：崧燁文化事業有限公司

E-mail：sonbookservice@gmail.com

粉 絲 頁：https://www.facebook.com/sonbookss/

網　　址：https://sonbook.net/

地　　址：台北市中正區重慶南路一段六十一號八樓 815 室

**Rm. 815, 8F., No.61, Sec. 1, Chongqing S. Rd., Zhongzheng Dist., Taipei City 100, Taiwan (R.O.C)**

電　　話：(02)2370-3310　　　傳　　真：(02) 2388-1990

印　　刷：京峯彩色印刷有限公司（京峰數位）



定　　價：370 元

發行日期：2021 年 12 月第一版

◎本書以 POD 印製